Dietmar Dressel

Der Schrei zu Gott

Trilogie

Teil 2

Der Medicus und die Nonne

Historischer Roman

In Liebe - für Barbara, Alexandra, Kai, Timon, Nele und Isabelle

Ein historischer Roman mit unwahrscheinlich viel Tiefgang

Pressestimme von Michel Friedman am 3. Juni 2016

'Wanderer, kommst Du nach Velden''. Wer schon einmal im kleinen Velden an der Vils war, der merkt gleich, dass an diesem Ort Kunst, Kultur und Literatur einen besonderen Stellenwert genießen. Der Ort platzt aus allen Nähten vor Skulpturen, Denkmälern und gemütlichen Ecken die zum Verweilen einladen. So ist es auch ganz und gar nicht verwunderlich, dass sich an diesem Ort ein literarischer Philanthrop wie Dietmar Dressel angesiedelt hat.

Dressel versteht es wie wenige andere seines Faches, seinen Figuren Leben und Seele einzuhauchen. Auch deswegen war ich begeistert, dass er sich an das gewagte Experiment eines historischen Romans gemacht hatte. Würde ihm dieses gewagte Experiment gelingen?

Soviel sei vorweg genommen: Ja, auf ganzer Linie!

Aber der Reihe nach. Historische Romanautoren und solche, die sich dafür halten, gibt es jede Menge. Man muß hier unterscheiden zwischen den reinen 'Fiktionisten' die Magie, Rittertum und Wanderhuren in eine grausige Suppe verrühren und historischen „Streberautoren", die jedes noch so kleine Detail des Mittelalters und der Industrialisierung studiert haben und fleißig aber langatmig wiedergeben. Dressel macht um beide Fraktionen einen großen Bogen und findet zum Glück schnell seinen eigenen Stil. Sein Werk gleicht am ehesten einem Roman von Ken Follett mit einigen erfreulichen Unterschieden!

Follett recherchiert mit einem großen Team die Zeitgeschichte genauestens und liefert dann ein präzises, historisches Abbild. Ein literarischer und unbestechlicher Kupferstich als Zeugnis der Vergangenheit. Dressel hat kein Team und ersetzt die dadurch entstehenden Unklarheiten gekonnt mit seiner großartigen Phantasie. Das Ergebnis ist, dass seine Geschichten und Landschaften 'leben' wie fast nirgendwo anders.

Follett packt in seine Geschichten stets wahre Personen und Figuren der Zeitgeschichte hinein, die mit den eigentlichen Helden dann interagieren und sprechen. Das nimmt seinen Geschichten immer wieder ein wenig die Glaubwürdigkeit. Dressel hat es nicht nötig, historische Figuren wiederzubeleben. Das Fehlen echter historischer Persönlichkeiten gleicht er durch menschliche Gefühle und lebendige Geschichten mehr als aus.

Folletts Handlungen sind zumeist getrieben von Intrige, Verrat und Hinterhältigkeit. Er schreibt finstere Thriller, die Ihren Lustgewinn meist aus dem unsäglichen Leid der Protagonisten und der finalen Bestrafung der 'Bösen' ziehen. Dressel zeigt uns, dass auch in einer so finsteren Zeit wie der frühen, industriellen Neuzeit Freundschaft, Liebe und Phantasie nicht zu kurz kommen müssen. Er wirkt dabei jedoch keinesfalls unbeholfen sondern zeigt uns als Routinier, dass er das Metier tiefer Gefühle beherrscht, ohne ins Banale abzugleiten.

Folletts Bücher durchbrechen gerne die Schallmauer von 1000 und mehr Seiten. Er beschreibt jedes Blümchen am Wegesrand. Dressel kommt mit viel weniger Worten aus. Substanz entscheidet!

In der linken Ecke Ken Follett aus Chelsea, in der rechten Ecke Dietmar Dressel aus Velden. Zwei grundverschiedene Ansätze und Herangehensweisen an ein gewaltiges Thema. Wer diesen Kampf wohl gewinnt?

Keiner von beiden, in der Welt der Literatur ist zum Glück Platz für viele gute Autoren!

Bibliografische Information der Deutschen Nationalbibliothek.
Die Deutsche Nationalbibliothek verzeichnet diese Publikation in
der Deutschen Nationalbibliografie;
detaillierte bibliografische Daten sind im Internet über
http://dnb.d-nb.de abrufbar.

Copyright © 2012 Dietmar Dressel - Autor

Herstellung und Verlag: BoD - Books and Demand , Norderstedt.
Alle Rechte vorbehalten. Das Werk darf - auch teilweise, nur mit
Genehmigung des Verlages wiedergegeben werden.
Gestaltung: Alexandra Dressel und Barbara Dressel
Layout: Kai Hintzer
Printed in Germany
ISBN 978-3-8482 0587-5

Zum Roman

Deutschland am Anfang des neunzehnten Jahrhunderts.
Der Medicus und die Nonne ist eine frei erfundene Geschichte und eine
Fortsetzung des Romans -
„Der Mönch und der Bader".
Der Roman ist ein Werk der Phantasie und nicht ein Ausschnitt aus der
wirklichen Geschichte. Von den erwähnten Personen lebten nur:
Napoleon, der Herzog von Braunschweig. Marshall Davout, Graf
Montgelas, Friedrich der Dritte - die Generäle: Hohenlohe, Rüchel und
Kalckreuth. Friedrich von Schiller und Wolfgang Johann von Goethe.
Alle anderen Namen sind frei erfunden, und rein zufällig gewählt.
Vieles von der Atmosphäre der Kriegsereignisse um 1806 ist verloren
gegangen. Wo keine glaubhaften Aufzeichnungen vorhanden waren, habe
ich meine Phantasie zu Rate gezogen.
Nikolas, der Mönch, erschüttert von dem kriegsbedingten, furchtbaren
Leid der Menschen, kann dem Kloster nicht mehr dienen, versucht sein
Glück im weltlichen Leben zu finden und trifft Hilde. Katarina, am Ende
ihrer Kraft, sucht ihr Heil im Kloster und hat den Wunsch Nonne zu
werden.
Zusammen mit Ferdinand, dem Medicus, erfährt sie das tiefe Glück der
Liebe.
Das Schicksal will es so, dass sie eine andere Aufgabe erfüllen soll,
die sie in Lynhart suchen muß.

Inhalt

Erster Teil

Der Mönch Nikolas

Eine trügerische Idylle

*Ein Kloster ist nicht eine ruhige, idyllische Herberge für Schutzsuchende -
wie man vielleicht meinen mag. Ein Kloster ist ein gar widersprüchlicher
Ort, und die geistigen Inhalte die ihre Bewohner predigen, gleichen nicht
selten einem Raum ohne Inhalte.*

Dietmar Dressel

Aufdringlich und ohne Rücksicht drängeln sich laut und dazu auch noch pünktlich wie an jedem Morgen sechs Uhr,
die ersten lauten Glockengeräusche in die Ohren der noch
schlafenden Mönche im Kloster zur grünen Pforte. Ein sanftes, be-
hutsames Klopfen an den Schlafkammern ihrer Bewohner würde
dem Tag möglicherweise eher zum Lachen bringen.

Eingebettet in eine kaum übersehbare große Fläche, dicht bepflanzt
mit Weinstöcken, sind die hohen Mauern schon aus der Ferne zu
sehen. Vom Kloster abwärts blickend schaut man auf einen breiten
Fluss, der sich kraftvoll seinen unaufhaltsamen Weg durch die
Landschaft bahnt. Am Horizont sieht man einen nicht enden wollenden, dicht bewaldeten Gebirgszug. Unter der Federführung des
sächsischen Herrscherhauses und der schöpferischen und fleißigen
Arbeit der Mönche gedeiht der Weinbau gut, so dass es keinen
spürbaren Mangel für die durstigen Kehlen und für Kenner und
Genießer von guten Weinen gibt.

Pater Nikolas fällt es sichtbar schwer, das dröhnende Geläute der
Klosterglocken als sanften Weckruf zu empfinden. Nur mühsam
gelingt es ihn sich von seinem Strohsack zu trennen, eine aufrech-

te Haltung einzunehmen und in dieser Lage auch zu bleiben. Die drei Krüge Wein vom gestrigen Abend, die er mit seinem Freund Pater Werner getrunken hatte, liegen ihm noch schwer in den Beinen. Auch die Denkarbeit seines Kopfes will keinen Fortschritt einleiten, zumindest nicht so, wie er es gern hätte.

Heute muß er mit seinem Maulesel zum Dorf Liebmein reiten, um in den nächsten Tagen den morgendlichen Gottesdienst zu zelebrieren. Anschließend wird er bei einer kleinbäuerlichen Familie ein Kind taufen, so es zwischenzeitlich nicht schon verstorben ist. Es gehört zum traurigen Alltag bei ärmlichen Familien auf dem Land, dass mehr als die Hälfte aller geborenen Kinder die ersten sechs Monate nicht überleben. In den Dörfern sind diese Rituale noch von großer Bedeutung. Die Taufe selbst ist ja nicht so zu sehen, dass der Säugling nur mit Wasser besprengt wird, sondern die Taufe führt ja unmittelbar in das Leben als Christ. Seine Berufung zur Nähe Gottes sieht Pater Nikolas allerdings mehr im Lesen und Studieren begründet. Sein Lieblingsplatz ist und bleibt in der Bibliothek des Erfurter Doms. Der Bischof lässt ihm in dieser Hinsicht auch eine relativ freie Hand. Schickt ihn allerdings hie da auf Wanderschaft zur Erfüllung kirchlicher Aufgaben. Die Theorie ist eine Sache, die praktische, seelsorgerische Arbeit mit den Menschen eine andere. Und unerlässlich für jeden Geistlichen der Gottes Nähe sucht sei sie auch. Ermahnt er des öfteren Nikolas mit erhobenem Zeigefinger, wenn der zaghaft seine Abneigung zu dieser Arbeit äußert.

Nikolas, sich seiner Verantwortung und seiner Pflicht als Mann Gottes bewusst nimmt sich vor, seinen schlaffen Körper mit einem eiskalten Bad wieder in Schwung zu bringen und in der Klosterküche etwas für seinen Magen zu tun. Der Weg zum Dorf Liebmein ist weit und wann er wieder was für seinen Bauch bekommt, ist auch nicht so sicher.

Eine Stunde später öffnet sich das Klostertor und er verlässt mit seinem Maulesel die schützenden Mauern des Klosters. Ungern, gesteht er sich ein - sehr ungern! Die Zeiten sind mehr als unruhig. Aus vielen Informationen, die er in letzter Zeit las, konnte er entnehmen, dass man auf Mönche auch keine Rücksicht mehr nimmt. Es kommt nicht selten vor, dass man sie schwer misshandelt und vergewaltigt am Straßenrand tot liegen sieht. Reste aus preußischen und sächsischen Armeeverbänden, die bei Scharmützeln mit überlegenen französischen Einheiten vernichtend geschlagen wurden, ließen ihren Unmut und ihren miesen Frust nicht selten an der unschuldigen und hilflosen Zivilbevölkerung aus. Kein Sold, kein Alkohol, keine Frauen und nichts Essenbares trugen dazu bei, dass das Wort Rücksichtnahme aus ihrem Wortschatz ersatzlos gestrichen wurde. Was soll's, denkt Nikolas, vielleicht hält der selige Herr seine schützende Hand über mich und hilft mir, meine christlichen Aufgaben zu erfüllen.

Mehrmals begegnen ihn kleine Gruppen von Soldaten. Dem Herrn sei Dank, es sind Spähtrupps der preußisch – sächsischen Armeeabteilung Hohenlohe, die nicht marodierend umherstreifen, um nur Unheil unter der Zivilbevölkerung anzurichten.

Langsam nähert er sich einer kleinen Talsenke, an dessen Fußende sich ein größerer Bach langschlängelt. Mehr als sechzig Bauernhöfe haben sich im Laufe der vielen Jahrhunderte hier angesiedelt. Schon sieht er einzelne Familien, deren Männer auf ihren Feldern die Kornsamen mit gleichmäßigen Ausholbewegungen ihres rechten Armes in den aufgeackerten Boden einstreuen. Die Frauen bemühen sich in tief gebückter Haltung, die Saatkartoffeln, jede einzeln, in die bereits angehäufelten Erdfurchen zu legen. Eine größere Herde von Schafen und Ziegen, aufmerksam bewacht von Kindern und einigen Hunden, machen sich über das frische Gras her. Auch einzelne Kühe und Ochsen sind bereits auf den Wiesen und können sich nach dem langen Winter endlich richtig satt fressen.

In den nächsten Wochen wird den Kindern die Aufgabe übertragen, die gefräßigen Vögel mit lautem Trommeln und Geklatsche von den Feldern fernzuhalten, damit die Saatkörner in der Erde bleiben und nicht im Magen der Tauben, Krähen und Dohlen landen. Das Korn, das auf den Feldern wachsen soll, ist die Grundlage für das tägliche Brot der Familien. Allein von Kartoffeln können sie sich nicht ernähren. Gemüse, Gewürze und verschiedene essbare Beerensorten aus dem eigenen Garten bringen ein wenig Abwechslung auf den Tisch und sorgen so für die eine oder andere Gaumenfreude. Sollte sich das Grundstück in der Nähe des kleinen Baches befinden wird auch ein größerer Weiher angelegt, um Fische zu züchten. Auf dem Markt in der Stadt bringt das die finanziellen Mittel für den begehrten Zucker, für Salz, Tabak, Werkzeuge, Holz und Zukauf von Vieh. Auch Bekleidung für die Familie muß gekauft werden. Nicht zu vergessen sind die notwendigen Rücklagen für Familienfeiern und schwere Zeiten. Sie sollten ja ebenfalls auf der Seite liegen. Keine sehr leichte Aufgabe für eine Bauernfamilie die, um das auch zu erreichen, ein friedliches Leben braucht.

Die schrecklichen, kriegerischen Unruhen, die schon seit Jahren das Land erschüttern, machen es den kleinen und großen Familien auf dem Land noch schwerer, als es ohnehin schon ist.

Das Dorf Liebmein

Eines Tages nahm ein reicher Mann seinen Sohn mit aufs Land, um ihm zu zeigen, wie arme Leute leben. Vater und Sohn verbrachten einen Tag und eine Nacht auf einen Bauernhof einer sehr armen Familie.

Als sie wieder zurückkehrten, fragte der Vater seinen Sohn "Wie war dieser Ausflug?" "Sehr interessant!" antwortete der Sohn.

"Und hast du gesehen, wie arm Menschen sein können?" "Oh ja, Vater, das habe ich gesehen."

"Was hast du also gelernt?" fragte der Vater. Und der Sohn antwortete: "Ich habe gesehen, dass wir einen Hund haben und die Leute auf dem Bauernhof haben vier." Der Vater war sprachlos. Und der Sohn fügte noch hinzu - "Danke Vater, dass du mir gezeigt hast, wie arm wir sind."

Dr. Philip E. Humbert,

Liebmein ist ein altes thüringisches Walddorf. Eine urkundliche Begründung dieses kleinen Dorfes ist in den Annalen der umliegenden Klöster nicht aufzustöbern. Die erste Erwähnung dieses Ortes ist, mit leicht abgeändertem Namen, vor mehr als neunhundert Jahren nachzulesen. Die Menschen hier im Dorf, insbesondere die Männer, verdienen ihr Geld als Holzfäller, Zimmerer, Harzscharer, Pechsieder und Kienrussbrenner. Alles keine leichten und ungefährlichen Arbeiten. Verletzungen gehören zur Tagesordnung und nicht selten verliert ein Arbeiter dabei sein Leben oder bleibt für den Rest seines Daseins ein Krüppel. Mit der guten medizinischen Versorgung, wie sie auf den Schlössern und Burgen des Adels selbstverständlich ist, kann man das Leben eines Kranken in den Dörfern nicht vergleichen, höchstens mit der Hölle, so es eine Hölle überhaupt geben sollte.

Auch die Kenntnisse eines Baders, der in bestimmten Zeitabständen die Dörfer besucht, reichen nur für kleine Verletzungen und leicht heilbare Krankheiten. Natürlich muß er auch den einen oder anderen kaputten Zahn ziehen und Haare schneiden, aber das beherrscht der Bader gut. Die Schmerzen, die sich die Schwerkranken aus ihren Kehlen schreien, verstummen nicht. Was bleibt ist der Alkohol oder wie es im Volksmund heißt, der Saft des Vergessens. Natürlich gibt es auch das kleine Fünkchen Hoffnung, dass einem der Herr vielleicht zu sich ins Paradies holen könnte? So er möchte?

Das Dorf liegt geschützt in einem kleinen Talkessel und ist von den rauen Nord- und Ostwinden ganz gut geschützt. Großflächige Fichten- und Tannenwälder am Fuße des Thüringer Waldes reichen fast bis an den kleinen Ort heran und lassen die Arbeit für die Holzarbeiter nicht ausgehen.

Auch der Abt aus der nahe gelegenen Wasserburg unterstützt mit seinen üppigen Geldeinnahmen aus dem Wegezoll kleine dörfliche Baumaßnahmen kümmert sich um die Wasserversorgung im Ort und natürlich auch um das Seelenheil seiner Bewohner. Die Ordensburg hier am Ort, denkt Nikolas, wird ihm für die nächsten Tage einen sicheren Aufenthalt bieten. Er war schon mehrmals hier und schätzt die Geborgenheit hinter den schützenden gewaltigen Mauern und das gute und vielseitige Essen. Das Wort „Hunger" wird in dieser Burg jedenfalls nicht verwendet. Natürlich könnte er im Gasthof hier im Ort übernachten – eigentlich kein Problem. Karl und Hilde, die Gastwirtsfamilie der Schenke, kennt er schon seit vielen Jahren aber, denkt Nikolas, mehr Sicherheit bietet die Burg und Geld braucht er hier auch nicht, um zu schlafen und zu essen.

Der deutsche Ritterorden hat vor gut fünfhundert Jahren sicherlich alles daran gesetzt, die Sicherheit der ach so frommen Bewohner hinter diesen Mauern durch entsprechende bauliche Maßnahmen zu garantieren. Das Verteidigungssystem ist, würde man es mit anderen, ähnlich konstruierten Bauwerken vergleichen, geradezu einzigartig und meisterhaft in seiner Art. Ein sehr breiter und tiefer Wassergraben und komplexe Wallanlagen umschließen die gesamte Burg. Von der Ferne aus betrachtet könnte man meinen, die Festung steht auf einer großen Insel. Hinein in die Wasserburg kommt man nur über eine Zugbrücke und die wird nur herabgelassen, wenn der Gast willkommen ist - selbstverständlich - was sonst? Schwimmend durch den Wassergraben die Burg zu erreichen sollte niemand versuchen, so er an seinem Leben hängt. Die hinter den Mauern postierten Wachen verstehen da keinen Spaß. Unsere Ordensbrüder haben sich ja was gedacht, als sie diesen Steinkoloss bauen ließen. Direkt an der Kupferstraße gebaut, die den Norden Deutschlands mit der Handelsmetropole Venedig verbindet, braucht man sich um laufende finanzielle Einnahmen aus Wegezoll und sonstigen fälligen Abgaben keine Sorgen zu machen, das Geschäft blüht! Jeder der auf dieser Straße seine Waren transportiert, muß an dieser Burg vorbei, ob er will oder nicht. Eine andere Möglichkeit gibt es nicht.

Nikolas muß sich keine Gedanken darüber machen, nicht eingelassen zu werden. Die Wachen kennen den Mönch und ohne großes Erkennungsprozedere wird die Zugbrücke heruntergelassen. Eilig nimmt er seine Sachen vom Boden auf und macht sich auf den Weg zum Burgherrn, um sich ordnungsgemäß anzumelden. Wenige Minuten später steht er dem Abt der Ordensburg gegenüber und berichtet ihm von seinem Auftrag, den er vor einer Woche vom Erfurter Bischof erhalten hat. Sicherlich froh darüber, dass mit dem Besuch seines Ordensbruders sich eine gute Gelegenheit bietet, aktuelle Informationen und Ereignisse zu erfahren, die derzeit das Land in Atem halten. Er verspürt überhaupt kein Verlangen, vom Strudel der schrecklichen Ereignisse, die das ganze Land bis in die Grundfesten erschüttern, eingefangen zu werden. Ob seine inbrünstigen Gebete zum Herrn erhört werden und Gottes Schutz ihm sicher ist, darauf schwören möchte er nicht. Seine Schwester ist mitsamt der Wachmannschaft erst vor Tagen von einem Soldaten-trupp auf grausame Weise getötet worden, bevor sie die rettende Ordensburg erreichen konnten. Seine sorgenvollen Überlegungen werden abrupt unterbrochen, Nikolas steht in der Türe und bittet ihn um ein Gespräch.

„Hast du heute schon unser üppiges Mittagessen probiert, Bruder Nikolas?" „Nein, ehrwürdiger Vater! Ich hatte noch keine Gelegen-heit dazu, obwohl mein Magen das sicherlich anders sieht oder besser – verspürt." „Dann werden wir beide das umgehend nach-holen. Ihr seid viel unterwegs und eilt von Dorf zu Dorf, um Gottes Wort zu predigen und den Menschen in ihrer seelischen Not christlichen Beistand zu leisten. Dabei bemerkt ihr sicherlich auch täglich die weltlichen Geschehnisse, die derzeit unser Land in gro-ße Unruhe, Angst und Schrecken versetzen und den Menschen das Leben doch sehr schwer machen. Ich habe die große Sorge, Gott hat sich von uns abgewandt. Was meint ihr dazu, Pater Nikolas?" „Wenn man sieht, wie viele Menschen sich über Gottes Gebote hinwegsetzen als seien sie Luft für sie, würde ich mich nicht wun-dern, wenn der Herr uns den Rücken zukehrt. Möglicherweise ist es auch eine Prüfung für uns Menschen, die er uns auferlegt in der Erwartung, dass wir sie als solche auch annehmen und sie auch ernst nehmen. Und wenn wir sie schon nicht bestehen können oder wollen, so sollten sich die Menschen doch wenigstens die Mühe ge-ben, etwas daraus zu lernen." „Der Herr, mein lieber Nikolas, spricht auch manches Mal in recht diffusen Rätseln. Sicherlich nicht nur, um uns das Leben schwer zu machen – bestimmt nicht." „Ich glaube das auch, ehrwürdiger Abt. Wie viel Sorgfalt hat Gott, als er uns erschuf, bei der Schöpfung unseres Gehirns praktizieren müssen. Bestimmt nicht nur deswegen, damit wir uns auf seiner wunderbaren Erde wohlfühlen können, sondern vermutlich auch dafür, dass wir uns bemühen, dass es dabei bleibt und wir uns nicht gegenseitig des lieben Geldes wegen ständig an die Gurgel gehen." „Du verwendest zwar, jedenfalls was meine Geisteshaltung betrifft, nicht die richtigen Worte, doch stimme ich dir in der Sache zu. Was würde uns an Leid nicht alles erspart bleiben und wie hingebungsvoll könnten wir doch Gottes mächtiges Werk erfüllen." „Verzeiht mir, ehrwürdiger Abt, meine Wortwahl. Der ständige Umgang mit den einfachen Menschen auf dem Land lässt mir keine andere Wahl. Auch finde ich es nicht immer angebracht, den Menschen die heilige Schrift als Wort Gottes vorzulesen. Die Familien brauchen praktischen Beistand. Jedenfalls werde ich jeden Tag damit berührt. Wie sollte Gott für die vielen Menschen und in welcher Sprache über unsere Glaubensgrundlagen geschrieben haben. Tief in meinem Inneren fühle ich Gottes Wort und unser Herr Jesus Christus muß wohl sehr intensiv die Worte seines Vaters gehört haben. Sorgsam und mit viel Geduld sprach er mit den Menschen darüber. Kluge Leute, die der Schreibkunst mächtig waren – so viele gab es um diese Zeit ja nicht, haben dann diese Aussprüche und Lebensweisheiten aus ihrer Sicht aufgeschrieben, damit sie uns für ewig erhalten bleiben."

„Bruder Nikolas, du bist mit deinen Gedanken nahe an einer Gotteslästerung. Da ich fühlen kann, was du wohl meinen magst und wie fest dein Herz in unserem Herrn ruht, werde ich dir das nicht übel nehmen. Außerdem haben deine Worte auch etwas Sinniges, über das ich in den nächsten Tagen nachdenken werde." „Wie meint ihr das, ehrwürdiger Abt?" „Wir sollten die Mahnungen Gottes, die er uns in der heiligen Schrift offenbart, nicht auf die leichte Schulter nehmen. Sie womöglich nicht beachten wollen oder einfach unberücksichtigt lassen. Wenn wir das wirklich tun sollten, werden wir auf Dauer in der Finsternis wandeln und Gott nicht wahrnehmen können."

„Verzeiht mir bitte, ehrwürdiger Vater, dass ich euch unterbreche, es fällt mir schwer, meine drängenden Gedanken zurückzuhalten." „Sprecht Nikolas." „Ein bekannter Philosoph der „Griechischen Antike" soll einmal gesagt haben - „Gehe, und finde dich selbst!" „Wie soll ich mich finden, wenn ich nicht weiß wo ich stehe? Un wenn ich weiß wo ich stehe, wozu soll ich mich dann auf die Suche aufmachen, um mich vielleicht zu finden? Und wo ist bei der ganzen Sucherei unser Herr? Wo soll ich ihn suchen? Wo hat er sich vielleicht versteckt? Oder ist es eher so, dass die Suche nach Gott nicht rational zu beantworten ist, sondern einzig und allein unser Gefühl uns zu Gott leitet. Ich glaube, wir werden ihn nur mit allen Fasern unserer Seele, unseres Herzens und unseres Körpers fühlen und finden können."

„Du hast Fragen, Nikolas, die nicht leicht und nicht sofort zu beantworten sind, wenn überhaupt? Ich werde mir in den nächsten Tagen die Zeit nehmen darüber nachzudenken." „Verzeiht, ehrwürdiger Vater, eine ganz andere Frage. Wie sicher fühlt ihr euch in den Mauern dieses mächtigen Bauwerkes von einer Wasserburg? Wie ihr vermutlich wisst, sind hier in unserem schönen Thüringen schon erste Verbände der französischen Armee unterwegs, um das Land zu unterwerfen?" „Wir alle in der Burg sind uns der Gefahr bewusst, die vor unseren Toren lauert. Wir können nur hoffen, dass der Herr unsere inbrünstigen und flehenden Gebete erhört, damit die Gefahr an uns vorüber ziehen möge. Mein Großonkel ist mit seiner Begleitung hier her unterwegs. Ich hoffe sehr, dass sie alle rechtzeitig die rettenden Mauern erreichen werden. Genug der sorgenvollen Gedanken, Nikolas, lass uns erstmal was für unseren Magen tun, der wartet bestimmt schon sehnsüchtig darauf und danach solltest du dich von der langen Reise ausruhen. Du hast ja morgen einen anstrengenden Tag vor dir."

Nikolas, nicht unglücklich über die Wendung in ihrem Gespräch, greift zu Messer und Gabel und beide wünschen sich einen gesegneten Appetit. Nach dem Essen macht sich Nikolas auf den Weg zum Gebetsraum, ein ernsthaftes Gespräch mit dem Herrn muß auch sein. Eine der dringenden Bitten an den Herrn wird sein, dafür Sorge zu tragen, dass alle französischen Soldaten möglichst schnell das Land verlassen sollten. Nach dem erlösenden Gebet und der Fürbitte für die notleidenden Menschen an den Herrn, nimmt Nikolas erstmal ein ausgiebiges warmes Bad, entspannt gemächlich seine verkrampfte Muskulatur und macht sich danach auf den Weg in eine der freien Schlafkammern der Wasserburg.

Eine kleinbäuerliche Familie

Wir leben alle unter dem gleichen Himmel, aber - wir haben nicht alle das gleiche Leben.

Dietmar Dressel

Die Familie Michelsberger sind typische Häusler. Man könnte auch Kleinstbauern dazu sagen. Die meisten Männer von ihnen sind handwerklich geschickt und erfinderisch. Die Frauen, also die Oma, die Mutter und die Kinder bemühen sich, natürlich immer mit großen Mühen und Strapazen, die gesamte Familie so leidlich satt zu bekommen, die Wäsche und das Haus sauber zu halten, die Haustiere zu versorgen und die kleinen Wehwehchen mit bewerten Mitteln in Grenzen zu halten.

Der spärliche Besitz von kleinen Ackerflächen, oftmals sind sie auch nur ein Lehen vom Kloster oder einer Fürstenfamilie, ist für den Anbau von Getreide, Kartoffeln und Gemüse kaum ausreichend, um die Familie satt zu bekommen. Letztlich brauchen auch die paar Ziegen, Karnickel und Schafe Futter, damit wenigstens für Milch, Käse und Fleisch gesorgt ist.

Ein paar Hühner werden gehalten, natürlich der Eier wegen, damit die Hausfrau am Sonntag einen Obstkuchen backen kann und nicht nur Brot und Käse, wie an den Wochentagen auf den Tisch kommt. Auch ein paar gekochte Eier, Spiegeleier oder Rühreier zaubern dem morgendlichen Frühstück ein kleines Lächeln ins Gesicht. Häusler, das sind Menschen in einem Dorf, die gerade so überleben können. Jedes kleine Ereignis, im Guten wie im Schlechten, sprengt die Haushaltskasse und bei den schlimmen Dingen, wie Unwetter bei der die kleine Ernte möglicherweise fast gänzlich vernichtet wird oder kranke Tiere, die man notgedrungen schlachten muß, bedeuten für die Familie schlimmen Hunger. Sehr zum Leidwesen der Kleinsten, die das oftmals nicht überleben werden.

Bei kriegerischen Ereignissen oder puren Vandalismus durch Räuberbanden, sind die Bewohner der kleinbäuerlichen Gehöfte die ersten Opfer.

Dem Herrn sei Dank, der Abt aus der nahe gelegenen Wasserburg zeigt sich großzügig und übernimmt die Verköstigung der kleinen Feier, die bei der Familie Michelsberger morgen sein wird. Xaver, der Vater und Geraldine die Mutter sind schon ganz aufgeregt und verbreiten eine hektische Betriebsamkeit. Kein Wunder, die Taufe ihres ersten Sohnes ist für die Familie ein großes Ereignis. Er soll einmal auf den Namen Richard hören. Sein Großvater, der vor acht Jahren im Winter bei Holzfällerarbeiten für einen Großbauern von einer umstürzenden Fichte erschlagen wurde, hörte auf diesen Namen und nun soll er im Enkelsohn weiterleben.

Die Erregtheit der Eltern hält sich in Grenzen, denn das Essen und Trinken wird ja vom Abt zur Verfügung gestellt. Damit ist eigentlich die größte Sorge und die Belastung für die Haushaltskasse vom Tisch. Nikolas hat einen größeren Geldbetrag vom Bischof erhalten, den er frei für feierliche Anlässe verwenden darf. Einen Teil des Geldes gibt er Horst und Hilde, den Eheleuten und Besitzern der Dorfschenke, damit ihre Unkosten der kleinen Feier gedeckt werden können. Für die Taufe des kleinen Jungen haben sie den Gastraum zur Verfügung gestellt. Auch der kleine Richard ist ganz aus dem Häuschen. Mal schreit er, mal lacht er! Irgendwie ist er verwandelt. Vielleicht schon in dem Wissen, dass er morgen der Mittelpunkt der Familie und der Gäste sein wird.

Es ist Abend und die Dunkelheit bricht herein. Alle gehen zeitig zu ihren Strohsäcken, damit sie sich für die Feier noch ausruhen können. Geraldine, die Mutter des kleinen Täuflings, der in wenigen Stunden den Namen Richard zugesprochen bekommt, kann trotz Müdigkeit noch nicht einschlafen. Viele Gedanken gehen ihr durch den Kopf und erinnern sie an die Zeit, als sie Xaver, ihren Ehemann bedrängte, doch noch einen Versuch für die Zeugung eines Kindes zu machen in der Hoffnung, dass es ein Junge werden möge. Zwei Mädchen haben sie ja schon, aber der Hof braucht einen männlichen Nachfolger, so fordert es das Gesetz. Nur der Sohn kann ein bäuerliches Anwesen und mag es noch so klein sein, nach dem Tod des Vaters weiterführen. Ihr Mann versprach, sich auch mächtig bei der Zeugung anzustrengen. Na, viel gemerkt hatte sie davon nichts. Vielleicht küsste er sie, so genau kann sie sich nicht mehr erinnern. Jedenfalls muß der Herr seinen Segen gegeben haben, denn nach vier Monaten verspürte sie die ersten Bewegungen ihres noch ungeborenen Kindes, die bereits ziemlich kräftig waren.

Die Zeit der Schwangerschaft bis zur Geburt war für sie als Mutter und Hausfrau bestimmt nicht einfach. Auch wenn die Töchter sich fleißig bemühten ihrer Mama die Arbeit zu erleichtern. Aufgelockert wurde das tägliche Miteinander höchstens dann, wenn ihre beiden Töchter von der Neugierde geplagt genau wissen wollten, wie so ein Kind in den Bauch ihrer Mutter kommt und natürlich auch wie und wo es den schützenden Mutterleib verlässt. Ohne alles im Detail erzählen zu müssen, gelang es ihr doch meistens, die bohrenden Fragen zu beantworten. Wenn es ihr zu heikel wurde half nur die Ablenkungstechnik, die sie schon von ihrer Mutter gelernt hatte.

Die Hebamme im Dorf schaute in den letzten acht Wochen der Schwangerschaft regelmäßig vorbei um nachzusehen, ob das Kind im Bauch die richtige Lage eingenommen hat. So energisch und lebhaft wie sich der kleine Lausebengel bewegt, kann es eigentlich nur ein Junge sein. Meinte sie bei einem ihrer Besuche. Seit Xaver das erste Mal die Prophezeiung der Hebamme vernahm, läuft er vor Freude herum, wie ein Gockel auf dem Misthaufen. An die Geburt mag sie sich nicht so gern erinnern. Es war zwar nicht ihre erste Niederkunft, zwei Töchter brachte sie ja ohne großen Schwierigkeiten auf die Welt. Trotzdem - das Angstgefühl, dass sie und das Kind möglichst alles gesund überstehen mögen, nagte schon beträchtlich an ihren Nerven. Gott sei Dank, dieser Befürchtung braucht sie sich nicht mehr anzunehmen, die Taufe von Richard, ihrem ersten Sohn steht an und das ist alles, nur kein trauriges Ereignis. Und außerdem, um in die Zukunft zu schauen, haben getaufte Kinder ein besseres Leben, als die nicht getauften Kinder. Nicht zu vergessen, dass liebe Seelenheil. Als getauftes Kind wird Richard das auch erlangen, sagt jedenfalls der Volksmund. Der sagt auch, dass Feen angeblich ungetaufte Kinder rauben würden, dann in dunkle Höhlen schleppen, um sie anschließend grausam zu quälen. Na ja, denkt sich Geraldine, schon halb in Morpheus Arme sinkend, wenn man das wohlige Einschlafgefühl so nennen mag. Alles muß man ja auch nicht glauben, was so im Volk gesabbelt wird. Ein paar Minuten später, zieht sie der Schlaf in eine andere Welt.

Auch die beiden Schwestern, Katarina und Ruth, wälzen sich auf ihren Strohsäcken hin und her nicht nur deswegen, weil sich das Ungeziefer etwas Essbares an ihren Körpern sucht, sondern weil sie ein heikles Thema am Wickel haben – Männer! Oder genauer gesagt, die jungen Burschen im Dorf.

„Katarina, du bist doch ein Stück älter als ich und kennst ja bereits so bestimmte Sachen, wenn einem der eine oder andere von den Knechten an die Wäsche will." „Ja, schon! Es hält sich in Grenzen. Ich lass nicht alles mit mir machen, bloß weil sie vielleicht was drückt." „Wie meinst du das – was drückt?" „Das verrate ich dir, wenn du ein paare Jahre älter bist." „Na gut, wenn du meinst! Stell dir vor, der Peter – „wer ist bitte Peter, meine liebe Schwester?" „Na der Stallknecht vom Nachbarhof." „Ach so! Ist der nicht zu jung für dich?" „So wie der sich beim Küssen anstellt, denke ich das auch manchmal. Vorgestern, bei unserem letzten Treffen im Kuhstall meinte er, ich hätte einen Mundgeruch wie ein Kalb in seinem

Stall. Ich sag dir, ich bin beinahe geplatzt. Vielleicht knutscht der noch mit seiner Lieblingskuh herum – echt witzig, Katarina, wirklich echt witzig!" „Ich wäre nicht geplatzt, ich hätte ihn stehengelassen! Und wie ging das weiter." „Na hör mal? Wenn er seinen Waschlappen von einer Zunge so weit in meinen Rachen steckt, um in meinem Magen zu landen und darin umzurühren, wie soll da mein Mundgeruch sein, frag ich dich, ha." „Das war nicht schlecht, Schwesterlein – wirklich, nicht übel!" „Also bitte, was heißt hier nicht schlecht, das ist eklig. Laß dich mal was fragen. Wieso grabschen die Jungs immer nur am Busen herum? Ich habe doch auch noch andere Körperteile. Meine Arme, mein Rücken, mein Kopf und so. Da kann der Junge meinetwegen stundenlang herumfummeln, aber nein! Immer nur an meinen beiden Äpfeln in der Bluse. Echt langweilig, Katarina, wirklich!" „Das ist so, Ruth. Die jungen Männer hören immer nur von den „Älteren", dass wir Mädchen und Frauen darauf stehen, wenn sie ihre Zunge möglichst tief in unseren Mund stecken und ständig an unserem Busen rumfummeln." „Das ist ja zum Einschlafen, Katarina," „Laß gut sein, Ruth! Solange sie mit ihren Händen nicht in Richtung unseres Bauches und tiefer rutschen, ist das zum Aushalten. Nicht besonders angenehm, aber man kann es ertragen. Der wilde Busengrabscher denkt auch noch meistens dabei, dass er der beste Liebhaber im Dorf sei. Laß deinen Knecht ruhig machen und versuch ihn behutsam mit deinen Händen dorthin zu lenken, wo du ihn haben willst. Entweder er lernt es oder nicht. Wenn nicht, such dir einen anderen, so einfach ist das.

So, Schluss jetzt, sonst bekomm ich in meinem Bauch so komische Gefühle, die mich nicht so schnell einschlafen lassen." „Ach nein! Du hast das auch?" „Aber ja, Ruth und jetzt wird geschlafen du Gefühlsmaus – gute Nacht!"

Hektische Betriebsamkeit macht sich lautstark zum frühen Morgen im Hause Platz. Die beiden Töchter haben einen großen Holzbottich mit warmem Wasser aufgestellt, und alle können sich bei angenehmer Wassertemperatur mal richtig waschen. Sonst, außer an festlichen Tagen, gibt es nur kaltes Wasser – lustig ist das nicht. Vor allem die Haare mit kaltem Wasser zu waschen ist ätzend, jammert Katarina, die ältere der beiden Töchter.

„Was heißt hier Haare? Es gibt auch noch ein paar andere Stellen an meinem Körper, die sich über warme Wasser freuen würden, Katarina." „Denke nicht an solche Stellen, putz lieber deine Zähne, damit dein Freund dich nicht wieder mit dem Kalb verwechselt." „Du nun wieder! Lass das nicht unseren Vater hören! Du kennst ja seine Sprüche: „kaltes Wasser härtet ab und beugt vielen Krankheiten vor." Dabei hebt er warnend seine Hand mit ausgestrecktem Zeigefinger. Und überhaupt, junge Burschen haben nur Unsinn im Kopf. Dabei denkt er vermutlich an seine Jugendzeit."

Schon meldet sich die Mutter, unterbricht das Badegespräch der beiden Töchter und mahnt zur Eile.

„Die anderen wollen sich auch noch waschen! Also beeilt euch gefälligst und lasst das Wasser in der Holzwanne, auf dem Fußboden können wir uns nicht sauber schruppen." „Ha, ha - Mutter war schon mal witziger." Flüstert Ruth leise ihrer Schwester zu. „Pst, sei ruhig oder willst du ein paar Ohrfeigen von Mama fangen?" „Ja ja, ist ja gut! Murmelt Ruth leise und macht sich mit Seife und warmen Wasser über ihre langen dunklen Haare her. Nach einer Stunde sind alle festlich gekleidet auf dem Weg zu der kleinen Kirche in der Mitte des Ortes, in der Nikolas bereits sehnsüchtig auf den kleinen Richard mit seinen Eltern wartet, um den feierlichen Akt der Taufe zu vollziehen.

Die ganze Familie, Verwandte und die Kinder aus dem Dorf versammeln sich auf dem Hof. Die kleine örtliche Blaskapelle stimmt ihr erstes Lied an und alle laufen mit langsamen Schritten auf den

Weg zum Kircheneingang. Nikolas hält an der Türe zur Kirche eine Rede zum festlichen Anlass und nach einem kurzen Gebet nehmen alle im inneren der Kirche auf bereitgestellten Holzbänken ihre Plätze ein. Vorn auf der ersten Bank, vor dem Altar und dem Taufbecken, sitzen natürlich die glücklichen Eltern mit ihrem Taufkind Richard der, man mag es nicht glauben, trotz des Trubels ruhig in seinem Stoffkissen liegt.

Nikolas wartet geduldig bis alle sitzen und Ruhe im kleinen Kirchenraum einkehrt. Das Wort „Taufe" geistert Nikolas durch den Kopf und lässt seine Gedanke vom Ort des Geschehens für einen kurzen Augenblick abwandern. Von den sieben Sakramenten ist doch die Taufe für uns Menschen, die von Jesus Christus in den Fluten des Jordan vorgenommen wurde, das wichtigste Ritual. Mit den Worten - „ich schütte reines Jordanwasser über euch, damit ihr Reinheit erlangen möget", wurde jeder Täufling behandelt. Was ist, denkt Nikolas, wenn das Wasser des Jordan, durch welche Umstände auch immer, verschmutzt war? Dann war nichts mit dem Versprechen, den Täufling von allen Unreinheiten zu säubern, dann hatte er eben Pech − möglicherweise. Vielleicht hat der Herr das mit dem reinen Wasser auch nicht so wörtlich gemeint oder Jesus, der Sohn Gottes, hatte ihn nicht richtig verstanden. So genau weiß man das alles nicht mehr. Letztlich war bei den Zwiegesprächen zwischen Vater und Sohn ja niemand von den Sterblichen dabei. Deutlich wichtiger war die Annahme, dass der, der nicht aus reinem Wasser und reinem Geist geboren wird keine Chance hat, in das Reich Gottes zu kommen. Ob das so richtig ist, mag man ja drüber streiten. Wichtig war, so glauben wenigstens die, die mehr organisationsorientiert denken, jeder Getaufte trägt dazu bei, die Gemeinschaft der Christen zu mehren, damit auch das Vermögen, das sich durch die wachsende Gemeinde ansammelt, vergrößert wird. Dieses Vermögen wiederum wurde von ganz bestimmten, von maßloser Gier getriebenen Machtgruppen, natürlich nicht vom lieben Gott, fest eingeplant, um Machtinteressen mit allen ihren zur

Verfügung stehenden Gewaltmittel durchzusetzen. Die Heiligkeit und Gott mögen schon wichtig sein, aber was ist schon dagegen der Besitz von Geld und Macht? Mit der Taufe sollen wir ja zu Kindern Gottes werden und die Taufe soll uns ja befähigen, die Heiligkeit zu erlangen. Da fällt Nikolas der Begriff „heiliger Krieg" ein. Kann ein Abschlachten, Zerstückeln und Schänden von Menschen heilig sein? Heilig im Namen Gottes – na, na !

Wenn der Herr um diese menschenverachtenden, üblen Schandtaten wüsste und wirklich die Macht besäße, die ihm einige zuschreiben, dann müssten sich eigentlich diese Verbrecher schnell in tiefe Höhlen verstecken und dort auch bleiben – das ist sicher! Oder richtiger – das wäre möglicherweise so.

Ein leichtes sanftes, eher lustiges Kreischen des kleinen Richards reißt ihn aus seinen Gedanken, die schon sehr nahe an einer Gotteslästerung entlangstreifen. Jedenfalls bei einem Mönch.

Was soll's, denkt Nikolas, jetzt werde ich erstmal dazu beitragen, dass der kleine Richard sein Seelenheil erlangt, ein weiteres Mitglied unserer christlichen Kirche wird und endlich einen Namen bekommt, der ihn zu einer eigenen Persönlichkeit verhelfen wird.

Der Tag wird erwärmt durch die angenehme Frühlingssonne. Alle Gäste sind nicht nur feierlich angezogen, auch ihre Gesichter sind gelöst und strahlen vor Freude. Der kleine Richard, anfangs auch eher freudig gestimmt, ändert schlagartig sein Verhalten, als Nikolas vorsichtig etwas von dem klaren Wasser auf seinen relativ kahlen Kopf träufelt. Natürlich ist das Wasser rein, wie sollte es auch anders sein. Für den kleinen Richard ist es erstmal nass und kalt und das weckt in ihm keine Freude. Was man an seinem sofort einsetzenden Schreien auch hört. Wenige Minuten später, Nikolas beeilt sich mit dem heiligen Zeremoniell, kann Geraldine den Kleinen in die Arme nehmen, legt ihn schnell an ihre Brust und der frisch Getaufte nimmt, nach den beträchtlichen Anstrengungen, erstmal ein kleines flüssiges Frühstück ein. Leicht angewärmt ist es auch. Also, was will der kleine Lausebengel mehr?

Das gemeinsame Singen beschließt die kleine, aber doch festliche Feier. Anschließend bewegen sich alle entspannt zum örtlichen Gasthof hin. Dort soll ja auch gefeiert werden, aber eben anders. Nikolas kommt bei solch einer Erwartungshaltung der Menschen hie und da der Verdacht, dass das der eigentliche Grund für so eine Feier sein mag. Na, so ernst ist ihm das natürlich auch nicht. Denn er versteht schon die Sehnsucht der armen Menschen, wenigstens bei feierlichen Anlässen sich mal richtig satt essen zu können und ausgelassen fröhlich zu sein. Viele Ereignisse zum üppigen Essen und ausgelassenem Lachen gibt es bei den armen Menschen im Dorf sowieso nicht. Karl, der Gastwirt, steht bereits im festlich ge-schmückten Türeingang seines Wirtshauses und bittet die Gäste um einen Moment Ruhe, damit die Dorfkapelle sich richtig ins mu-sikalische Zeug legen kann. Jetzt, vor der Dorfschenke, muß die Musik ja nicht so feierlich sein. Am Ende von zwei lustigen Volks-liedern, passend für eine Taufe, wird zum Marsch in den Gastraum geblasen und alle strömen übermütig in den Raum und nehmen auf den bereitgestellten Stühlen und Bänken ihren Sitzplatz ein. Nach und nach kommen sie zur Ruhe und alle Augen blicken in Richtung Küche, aus der wenige Minuten später Hilde und ihre zwei Mägde die gut riechenden Suppenschüsseln, Holzplatten mit verschiedenen Fleischsorten, Brot, frisches Gemüse und Krüge mit Bier und Wein auf den Tischen abstellen. Für die Kinder gibt es viele leckere Süßspeisen und zum Trinken Fruchtsäfte, frische Milch und Tee. Den Anfang machen Teller vollgepackt mit Brot-scheiben, die dick mit Schweineschmalz bestrichen sind. Dazu verschiedene frische Salate mit Schafskäse, Eiern, kleinen gebra-tenen Vögeln und Speck. Kaum ist alles von den leichten Gerichten verputzt, folgt der erste schwere Gang. Dicke Scheiben von gesal-zenen und geräucherten Schweineschlegeln. Dazu für die Männer viel Bier und für die Frauen Wein und Apfelmost. Wenn man meinen sollte, das war's – dann war das falsch gedacht. Das waren nur kleine Vorspeisen, sozusagen zum „warm" werden. Hilde und ihre Helferinnen räumen schnell das leere Geschirr ab und bringen große dampfende Töpfe mit einer köstlich duftenden Zwiebelsuppe. Dazu gebackene Brotscheiben. Als auch das alles seinen Weg in den Magen gefunden hat, folgt der Hauptgang. Rindersauerbraten mit Rotkraut und gebratenen Kloßscheiben. Und wer gern etwas vom Schaf essen will, für den gibt es Lammhaxe mit Speckbohnen und Semmelstückchen.

Normalerweise, denkt Nikolas, sein Magen hat ja bereits die Aufnahmegrenze erreicht, sollten doch alle knüppeldicke satt sein. Irgendwo müssen sie noch ein kleines Plätzchen für die Nachspeisen in Reserve haben, denn die vollen Schüsseln mit roter Grütze und Vanillesoße und die gefüllten Eierkuchen mit viel Vanillesoße und Rosinen, sind nach geraumer Zeit aufgegessen! Nikolas kann nur ungläubig mit dem Kopf wackeln, es ist so! Der eine oder andere kräftige Rülpser am Tisch erreicht teilweise schon fast das Donnern von Kanonen. Während so mancher Furz bei dem Getöse gar nicht gehört wird. Anders bei den Kindern. An den Gesichtern kann man die große Freude über das viele und schmackhafte Essen gut sehen. Sie genießen jeden Bissen, auch in der Gewissheit, dass es vermutlich Monate dauern wird, bis sie wieder so richtig satt werden können. Die Hühnerfleischsuppe mit Erbsen und Eierflocken und die gebackenen Hühnerbrüste und Hühnerbeine mit Buttermöhrchen sind einfach lecker. Apfelkrapfen mit Zucker und Zimt und Vanillesoße, als auch die rote Grütze mit Vanillesoße sind so ausreichend, dass für alle Kinder gut gesorgt ist.

Leicht schwankend erhebt sich Xaver, der Vater vom Richard, um einen kräftigen Trinkspruch auf seinen Sohn und Erben des kleinen Hofes loszulassen, als mit lautem Getöse die schwere Eingangstür aufgerissen wird. In der offenen Tür steht, etwas wacklig auf den Beinen, ein Soldat. In der einen Hand ein Gewehr, in der anderen Hand eine kleine Fahne der preußischen Armee. Die kann er sich eigentlich sparen. Jeder hier im Raum kennt die Farben der verschiedenen Uniformen. Blauer Rock, weiße Weste und weiße Hose - klar - der in der Tür steht ist kein Franzose, sondern ist Soldat der Preußischen Armee. Von welchem Regiment dieser Soldat kommt, was man an seinen Ärmelaufschlag erkennen könnte, weiß niemand hier im Gastraum, das ist in dem Moment auch völlig wurscht. Hauptsache kein Franzose, alles andere ist erstmal Nebensache. Der Gesichtsausdruck aller Gäste, der sich in Erwartung der Rede von Xaver völlig entspannt zeigt, ändert sich schlagartig beim Anblick des Soldaten. Mit Angst und Entsetzen in den Augen schauen sie auf den Uniformierten in der Sorge, was wohl seine Nachricht sein wird. Und das er etwas sagen will, ist unschwer zu erkennen. Kein Mucks ist im Raum zu hören. Selbst die Magenwinde, die mühsam einen Weg nach außen suchen wollen, gleich in welche Richtung, werden krampfhaft zurückgehalten.

„Alles mal herhörn! Wer ist hier der Dorfvorstand? Karl, der Gastwirt, steht auf und geht auf den Soldaten zu. „Du kannst mit mir sprechen. Was hast du Wichtiges, was uns hier im Dorf betreffen könnte? Der Soldat schaut sich Karl kurz an, salutiert und nimmt eine stramme Haltung an.

„Also, in der Nähe der Wasserburg wurde ein kleiner Spähtrupp einer französischen Militäreinheit gesichtet." „Ach was! Sind sie da ganz sicher – Soldat?" „Nix Soldat! Wie sie das an meinen Rangabzeichen sehen können, bin ich Gefreiter, aber das nur nebenbei. Also, was das „sicher" betrifft! Farbenblinde haben in der Preußischen Armee keinen Platz. Es ist vermutlich ein Spähtrupp der Franzmänner, für eine Kampfeinheit waren es zu wenige, verstanden, Dorfvorsteher?" „Schon, aber – „Was aber?" „Bei uns im Dorf gibt's doch nichts zum Ausspähen, oder etwa doch?" „Richtig! Hier nicht! Aber in unmittelbare Nähe von Liebmein, eurem Dorf, liegt die bekannte Wasserburg, na - eigentlich schon eine kleine Festung. Und was viel wichtiger für die französische Truppenführung sein wird ist die Tatsache, dass diese Burg nicht nur ein massives und strategisches Machtzentrum ist und an einer sehr wichtigen Verkehrsstraße liegt, sondern dem Klerus von Thüringen eine beträchtliche Einnahmequelle sichert, die sie gern für sich selber besitzen wollen. Jedenfalls sollte man, bei allen sonstigen Unsicherheiten die es noch gibt, fest davon ausgehen. Unser Truppenkommandeur ist ziemlich sicher, dass das militärische Interesse der Franzmänner auf diesen Standort ausgerichtet ist. Da die Soldaten einer Armee, gleich welcher Nation sie angehören, immer Hunger haben, sind natürlich die umliegenden Dörfer in der Nähe der Wasserburg eine willkommene Speisekammer. Wenn ihr versteht, was ich damit sagen will. Also, organisiert zwei Knechte, beritten natürlich, die eure unmittelbare Gegend gut kennen und im Umkreis von ungefähr zwanzig Kilometern ständig Wache schieben und zwar Tag und Nacht. Wenn sich eine größere Militäreinheit der Franzosen der Festung nähert, trefft ihr alle entsprechenden Maßnahmen, um die Bewohner eures Dorfes, so es geht, in Sicherheit zu bringen." „Sollen wir die wachhabenden Knechte bewaffnen?" „Wenn sie mit einer Waffe umgehen können kann das nicht schaden. Achtet darauf, dass sie nicht wild in der Gegend rumballern, bloß weil sie vielleicht ein paar französische Soldaten sehen sollten. Sie ziehen damit nur unnötige Aufmerksamkeit auf sich und gefährden sich selbst. Sie müssen ja nur beobachten und nicht Krieg spielen. So – alles verstanden?" „Ja, soweit schon und sie? Können sie uns nicht mit ihrer militärischen Ausbildung helfen?" „Ich nicht, ich bin ja nur allein. Außerdem bin ich Melder und nicht Soldat der kämpfenden Truppe. Soviel ich weiß und soweit ich das sagen darf, sind bereits unsere Truppen auf dem Weg zur Wasserburg. Wir wollen ja nicht, dass sie in die Hände der Franzosen fällt, damit sie den gesamten Nord – Südverkehr in Thüringen kontrollieren können. Also nochmal, habt ihr wirklich alles verstanden?" „Ja!" „Na gut – dann sorgen sie mal dafür, dass ihren Leuten im

Dorf möglichst wenig in die Quere kommt. Sie wissen schon wie ich das meine oder nicht? Krieg ist für die Menschen in einem Dorf oder in einer Stadt mehr als schrecklich. Wie und mit was sollten sie sich auch zur Wehr setzen?"

Mit diesen Worten dreht sich der Soldat auf dem Absatz um, geht in den Hof, schwingt sich auf sein Pferd und reitet davon. Alle Gäste wenden sich aufgeregt Karl zu, in der Hoffnung, dass er ihre aufkommenden Sorgen und Ängste in Grenzen haltn kann. Denn mit so einer Wende der ausgelassenen und fröhlichen Feier hat hier keiner von ihnen gerechnet. Der leichte Alkoholrausch ist bei allen schnell verschwunden, wohin auch immer und alle überlegen fieberhaft, wie sie der drohenden Gefahr begegnen können. Sie reden durcheinander und jeder bemüht sich um die richtigen und vor allem praktischen Ideen. Karl verschafft sich mit kräftigem Klatschen seiner Hände sofort Gehör.

„So, sperrt eure Ohren auf und hört gut zu. Die Idee mit der berittenen Wache ist nicht schlecht. Meine beiden Knechte werden die erste Wache übernehmen und unser Dorf im weiten Umkreis kontrollieren. Stellen sie Truppenbewegungen fest, die sich in Richtung unseres Dorfes oder der Wasserburg bewegen, wird einer der beiden sofort zu uns ins Dorf reiten, so dass wir schnell entsprechende Schutzmaßnahmen treffen können. Die Einteilung der wieteren Wachen für die nächsten Tage organisiert mein Schwager. Alle Familien werden sofort in ihren Häusern die Kellerverstecke so herrichten, dass die Hausbewohner im Notfall für mindestens drei Tage zu Essen und zu Trinken haben. Die größeren Tiere, also alle Pferde, Kühe und Ochsen werden von den Knechten zu den geheimen Plätzen im Liebmeiner Forst gebracht und dort solange bewacht und versorgt, bis wieder Ruhe in unserer Gegend einkehrt. Nehmt nur Knechte, die das schon gemacht haben und sich mit so was gut auskennen. Kümmert euch um die Kinder, sie brauchen besondere Hilfe und unseren Schutz. Wer Verwandte oder gute

Bekannte im Vogtland hat, sollte sich schleunigst dorthin auf den Weg machen. Das Gebiet ist, jedenfalls bis heute, von Kämpfen verschont geblieben. Teile der französischen Armee sollen ja angeblich aus der Richtung Bayern kommen." Eine Frauenstimme unterbricht Karl in seinem Redefluss. „Ich habe Verwandte in Erfurt. Meinst du, dass ich mit meiner Familie den weiten Weg riskieren kann?" „Eine so große Stadt wie Erfurt, mit seinen dicken und hohen Stadtmauern, ist schon ein sicherer Schutz. Aber der Weg dahin ist nicht ungefährlich und zu Fuß sollte man die weite Strecke nicht unternehmen. Nimm, wenn du mit deiner Familie das Risiko eingehen willst zwei Pferde, spann sie vor einen leichten Wagen und nehmt nur das Nötigste mit. Fahrt nur in der Nacht, am Tag versteckt ihr euch im Wald."

„Hat noch einer von euch eine Frage? Nein! Gut, also dann los! Sorgen wir dafür, dass möglichst niemand aus unserem Dorf zu Schaden kommt.

Geraldine nimmt schnell ihren kleinen Sohn Richard fest in die Arme, Xaver greift sich die beiden Töchter und ab geht es eilig nach Hause. Auch die anderen Gäste greifen ihre Sachen und verlassen eilig den Gastraum.

Als erstes werden die Kinder ins Bett gebracht, damit sie nicht unruhig werden und mit ihrem Weinen und Schreien alles nur aufhalten. Die Männer der Familien steigen in die heimlichen, gut ausgebauten Kellerverstecke und räumen erstmal auf. Wobei Kellerverstecke nicht gleiche Kellerverstecke sind. Einige haben mit viel Aufwand unter dem Haupthaus neben den Stallungen einen drei Meter tiefen und mindestens zehn Quadratmeter großen Kellerraum ausgebaut. Die Belüftung dafür wird getarnt über das Haupthaus geleitet. Im Schutzkeller ist eine tiefe Grube für die täglichen Darm- und Blasenentleerungen angelegt. Natürlich mit Deckel, versteht sich. Trotzdem, in dem Raum stinkt es fürchterlich. Bei allem Gestank, die Familie, die Knechte und Mägde sind vor Angriffen von Soldaten und Räuberbanden relativ sicher und das ist schließlich die Hauptsache. Andere Bauern haben beim Bau ihres Wohnhauses unter dem Fußboden ebenfalls einen Kellerraum gemauert. Problematisch ist bei dieser Bauweise die Belüftung. Ein Aufenthalt über mehrere Tage ist kaum praktisch durchzuhalten, wenn sie nicht ersticken wollen. Sollte das Haus in Brand geschossen werden oder Soldaten die Häuser anzünden, gibt es für die Bewohner im Keller, bedingt durch den Qualm und der Hitze die dabei entstehen, kaum eine Überlebenschance.

Alle Frauen im Dorf tragen derweil hastig alle Lebensmittel, auf die in den nächsten Tagen verzichtet werden kann zusammen und bringen sie in das Kellerversteck. Trinkwasser muß ebenfalls mit rein. Nachdem alles Notwendige für einen kurzen Aufenthalt auf engstem Raum organisiert und eingerichtet ist, versuchen alle etwas Ruhe zu finden. Hoffentlich, denken die Bewohner im Dorf, werden wir nicht von einem der Knechte, die auf Wache sind, aus dem Schlaf gerissen und müssen Schutz im Keller suchen. So ganz sicher ist der Raum ja auch nicht.

Der anbrechende Morgen bemüht sich mit seinen sonnigen, warmen Strahlen die Bewohner im Dorf in dem Glauben zu wiegen, dass es nichts Schöneres auf der Welt gibt, als ein friedliches Erwachen der Natur. Bei so einem Aufleben verschwinden schnell alle Befürchtungen. Das Zwitschern der Vögel und der liebliche Blütenduft der ersten Frühlingsblumen verbreitet eine Idylle des Friedens und der Geborgenheit. Soldaten und Kanonenkugeln haben in so einem friedlichen Bild keinen Platz. Wenn, ja wenn da nicht die französische Armee wäre. Dabei ist sein Anführer, Napoleon nennt er sich wohl, als Mann gesehen ein kleiner Zwerg. Na jedenfalls nicht viel größer als ein solcher. Ein richtiger Winzling von einem Mann, kein kraftstrotzender Krieger. Aber mit seinen Ideen und Gedanken im Kopf, macht er die körperliche Schwäche dicke wieder wett. Außer andere Völker abschlachten und ohne Rücksicht auf das Leben und die Gesundheit seiner eigenen Soldaten, treibt er sie, mit allem was zu einem Krieg gehört, von einem Land zum anderen in dem witzigen Glauben, er könnte so die ganze Welt unterwerfen. Würde er Geschichtsunterricht nehmen, anstatt Krieg zu führen wüsste er, dass das in der Geschichte der Erde schon immer völlig daneben ging. Außer, dass einige Wenige bei der Sache steinreich wurden, blieben schlimmes menschliches Leid und nur große Verwüstungen übrig.

Nikolas und Karl machen sich auf den Weg durch das Dorf und kontrollieren, ob sich auch alle Bewohner an die Anweisung für den Schutz und für eine gründliche Vorsicht zu sorgen, gefälligst halten.

„Man staunt doch, Karl, was Angst alles bewirken kann." „Ich für meine Person, Nikolas, das gilt auch für meine Familie, würde gern auf die Angst verzichten, wenn das möglich wäre." „Da schließe ich mich an."

Im schnellen Galopp kommt einer der Wächter des Dorfes angepprescht und bleibt vor Karl und Nikolas stehen. „Franz, du tauschst dein Pferd gegen ein ausgeruhtes aus und schläfst ein paar Stunden. Jetzt berichte, was gibt es für neue Nachrichten von den Franzosen zu melden?" „Seit gestern Nacht und auch heute am Vormittag haben wir keine Männer in französischer Uniform gesehen. Verstecke, jedenfalls solche die wir auch nutzen würden, haben wir untersucht – keiner von den Franzosen zu sehen. Vielleicht war es wirklich nur ein kleiner Spähtrupp und ist wieder verschwunden. Gut wäre zu wissen, nach was sie Ausschau hielten, dann könnten wir vielleicht ruhiger schlafen." „Gut gemacht, Franz. Wir lassen es bei der Beobachtung, sicher ist sicher. So, und jetzt leg dich aufs Ohr, ich lass euch beide heute um Mitternacht am bekannten Versteck oberhalb vom Bärenstein am kleinen Fichtenwald ablösen.

Alles verstanden, Franz?" „Ja, alles klar!" „Gut, dann ab mit dir auf deinen Strohsack!" „So, Nikolas, ich hau mich auch für ein paar Stunden hin, muß nur noch eine Kleinigkeit essen. Ich lege den Schutz unserer Gemeinde solange in deine umsichtigen Hände. So in vier bis fünf Stunden löse ich dich ab." „Mach ich gern, Karl! Ruh dich erstmal aus, wer weiß schon von uns was die nächsten Stunden bringen werden."

Nikolas begleitet Karl bis zum Gasthof und macht sich's im Gastraum auf einer Eckbank mit einer Decke gemütlich. Sein Körper findet zwar in dieser Stellung Ruhe, sein Geist nicht. Die Gedanken gleiten zu Napoleon und bleiben an dieser Person wie an einer Klette haften. Was ist das bloß für ein Mensch, überlegt Nikolas. Es soll ja Könige, Fürsten, Generäle und Minister geben, die behaupten stur und steif, der kleine Zwerg wäre ein militärisches Talent. Ja wirklich - sinniert Nikolas. Wenn ich das mal so drastisch überlege, grübelt er, dann würde - „militärisches Talent" bedeuten, dass das ein Mensch ist, der in besonders effizienter Weise so viel wie möglich Menschen, ob Soldaten oder auch Zivilisten, also Frauen, Männer und Kinder in möglichst kurzer Zeit, bei vollem Einsatz von Waffen und Munition abmetzeln, verstümmeln und schänden lässt. Befehle gibt, das Hab und Gut zu konfiszieren oder, wenn dazu keine andere Gelegenheit ist, wenigstens alles zu vernichten. Welche vernünftigen Menschen brauchen denn Häuser, Fabriken, Schulen, Krankenhäuser und landwirtschaftliche Anwesen, na wirklich nicht. Für was auch?!

So, und so ähnlich müssen militärische Strategen denken. Oder haben diese Menschen einfach nur einen kräftigen Schaden an ihrer Schüssel – oder besser – ist ihr Denkapparat völlig ruiniert. Bei der Vernichtung der nach Befreiung vom adligen Joch und der Sehnsucht nach Freiheit revoltierenden französischen Revolutionäre soll er, natürlich nur was das Töten von Menschen betraf, so eifrig gewesen sein, dass man ihn als militärisches Talent ersten Ranges bezeichnet haben soll. Das ist kein Witz - wirklich! Konkret betrachtet, hat dieser Zwerg von einem Mann mit massivem Artilleriebeschuss die mit Säbeln, Harpunen, wenigen Gewehren und Pflastersteinen bewaffneten Aufständischen mit Kanonenkugeln und Splittergeschossen regelrecht zerstückeln lassen. Zum Dank für seine große, talentierte militärische Leistung, wurde er zum kommandierenden Oberbefehlshaber des Inneren ernannt. Abartig, einfach krank und absolut abartig! Natürlich kann ein Mann allein keinen Krieg führen, auch wenn er noch so talentiert sein sollte, jedenfalls im militärischen Sinne denkend. Was eigentlich für das Volk im Lande und in den anderen Ländern erheblich besser und auch deutlich gesünder für viele wäre. Die wenigen Fabrikbesitzer und Bankiers die dabei natürlich leer ausgehen würden, könnte man großzügig in Pension schicken. Außerdem - ein Soldat allein, eine Uniform, ein Gewehr einen Säbel und ein paar Schuss Munition – lachhaft. Wer soll denn an diesem Hampelmann in Uniform was verdienen wollen – witzig – wirklich sehr witzig!

Nein! So geht das sicherlich nicht. Eine große Armee bedeutet eine Menge Material, Kriegszeug und begeisterte Männer in Uniform. Und wenn sie mal nicht so für das Abschlachten von Menschen zu begeistern sind, weil der Sold schon seit Monaten aussteht, das Essen hundsmiserabel schlecht ist, kein Alkohol und keine Weiber greifbar sind, verspricht man ihnen halt die vielen Güter, Reichtümer, Frauen und Männer in anderen Ländern, die natürlich schon sehnsüchtig darauf warten, von ihnen erobert zu werden. Die muß man allerdings vorher totschießen – bis auf die Frauen, denen will man ja, bevor man sie ins Jenseits befördert, die Freuden des Liebesleben beibringen, ob sie wollen oder nicht. Außerdem wird diese militärisch talentierte Arbeit auch mit einem ansprechenden Sold gut bezahlt – versteht sich. Wenn nur bei der ganzen Angelegenheit nicht der liebe Gott wäre. Angeblich liegt ja im Verzeihen die Stärke des Charakters und Gott hat sicherlich einen starken und unendlich großen davon. Hoffen jedenfalls die Soldaten. Was passiert dann bei der Auferstehung, wenn das nicht stimmen sollte? Bleibt dann die Himmelspforte geschlossen und wenn ja, wo sollen sie dann hin? Und an welche himmlische Persönlichkeit können sie sich notfalls wenden – schwierig, wirklich sehr schwierig - grübelt Nikolas. Und die Hölle? Das Wort existiert für Soldaten nicht. Obwohl der liebe Gott extra, jedenfalls in Bezug auf das Töten, ausdrücklich ein Verbot erlassen hat. Andererseits ist der Beruf eines tapferen Soldaten sehr ehrenhaft und gut bezahlt wird er schließlich auch noch. Wie und in welcher Weise sollte also das Handwerk des Soldaten gegen Gottes Gebot - „Du sollst nicht töten" - verstoßen? Schwierig, wirklich sehr schwierig.

Ja, dieser Napoleon und seine talentierten Kampfgefährten. Wenn das alles nicht so furchtbar grausam wäre, könnte man darüber hinwegsehen. Jetzt ist er mit seinen Truppen bei uns in Deutschland und keiner unserer Herrscher findet einen friedlichen Weg, ihn wieder los zu werden. Völlig verkrampft bemüht sich Nikolas um einen rettenden Gedanken.

Das Klappern von Küchengeschirr rüttelt Nikolas aus seinen Überlegungen. Hilde brutzelt das Frühstück für die Familie. In der Dunkelheit hat sie vermutlich Nikolas noch nicht bemerkt, sonst stände sicherlich schon eine Tasse Kaffee mit Milch und Zucker auf dem Tisch. Nicht schlecht, überlegt er, eine gute Gelegenheit für ein kleines Frühstück.

„Guten Morgen, Hilde, du bist ja eine richtige Frühaufsteherin." „Dir wünsche ich das auch, du wachhabender Soldat von einem Mönch. Deinem ruhigen Verhalten darf ich wohl entnehmen, dass uns im Dorf keine unmittelbare Gefahr droht, oder was meinst du?" „Nein, dem äußeren Anschein nach nicht. Vielleicht haben wir Glück und die feindlichen Truppen wenden sich anderen Objekten ihrer Habsucht und Begierde zu. Ich denke dabei an Erfurt. Mit dem Kopf des Feindes denkend, gibt es da sicherlich eine

Menge zu holen." „Ich hoffe, der Herr erhört unsere Gebete und bringt dieses ganze Elend, ich meine damit Napoleon und seine Soldaten zur Vernunft und Einsicht, dass man nicht mordend und plündernd über andere Länder herfällt und Tod und Verderben über die Menschen bringt, nur um seine Gier zu befriedigen. Aber Schluss damit! Magst du einen Kaffee und ein paar aufgebackene Brotscheiben mit Butter und Honig?" „Lecker, Hilde, ich sage nicht nein! Trinkst du eine Tasse Kaffee mit?" „ Aber ja, Nikolas!"

Hilde werkelt eine Weile in der Küche herum und stellt dann alles auf den Tisch, an dem Nikolas bereits sitzt. „Sag mal, Hilde, was ich dich schon immer mal fragen wollte, warum bist du mit Karl allein? Das Hauspersonal rechne ich jetzt nicht dazu. Ihr habt keine Kinder, wollt ihr keine?" „Eigentlich sollte ich das einem anderen Mann, außer meinem Angetrauten, nicht auf die Nase binden. Aber gut, du bist ja ein Mönch und dazu noch einer von den wirklich anständigen Geistlichen der Kirche. Nicht einer, der einem im Namen Gottes nur das Fell über die Ohren ziehen will. Also, zu deiner Frage. Ja, wir haben keine Kinder, das stimmt. Würden aber gern welche haben wollen, wenigstens eins – leider! Der Herr hat wohl was dagegen." „Versteh ich nicht, Hilde, ist denn der Herr bei euch mit im Bett?" „Nikolas, also bitte, bleib ernst!" „War doch nur ein Scherz, Hilde und unser Herr nimmt mir das nicht übel. Er hat nämlich, was viele überhaupt nicht bei ihm vermuten, eine Menge Humor, was zu glauben bei uns Menschen sicherlich nicht immer einfach ist. Du kannst mit mir offen reden, das Beichtgeheimnis und meine aufrichtige Liebe zu dir und Karl verbieten mir, mit anderen darüber zu reden. Wenn ihr beide gesund seid und etwas anderes kann ich mir bei euch beiden auch nicht vorstellen, müsste eigentlich, wenn ihr praktisch und fleißig daran arbeitet, in deinem Bauch ein Kind heranwachsen." Hilde druckst eine Weile herum und wurschtelt an ihrer weißen Schürze herum, als ob sie in die Wäsche müsste. Schließlich hebt sie den Kopf, und schaut Nikolas offen und mit warmblickenden Augen an. „Es stimmt schon was du sagst, krank sind wir sicherlich nicht. Wir beide fühlen uns wohl. Irgendwie müssen wir was falsch oder nicht ganz richtig machen, sonst wären Kinder schon im Haus. Weißt du, Nikolas, meine Eltern und das gilt erst recht für Karls Vater und Mutter, haben versäumt oder es unterlassen uns darüber aufzuklären." „Hm. Darf ich dich mal was fragen, Hilde?" „Ja! Vermutlich willst du wissen, wie wir beide das so anstellen? Laß dir das mal so sagen. Karl kommt einmal im Monat zu mir ins Bett und unternimmt eben das, was man halt bei so einer Sache mit einer Frau macht." „Schau mich nicht so an, ich bin ein Mönch. Ich mache so was nicht – obwohl, aber behalte das bitte für dich, Hilde." „Also, Nikolas – ich bitte dich!" „Mir fiel in unserer Klosterbücherei in Erfurt mal ein kleines Buch versehentlich in die Hand. Ich sage dir, ich lag schon nach den ersten Seiten schweißgebadet auf meinem Bett. Wenn da ein weibliches Wesen neben mir gelegen hätte – also mal Mönch hin oder her, würde ich gern die Theorie im Buch in die Praxis umgesetzt haben."

„Nikolas, Nikolas - deine Gedanken sind leicht sündig!" „Weiß ich, Hilde, weiß ich! Aber in so einer Situation – ich bitte dich! Natürlich bin ich mit meinem Kopf und meinem Denken ein Mönch, aber unterhalb meines Hauptes, so am Herzen vorbei, kommt der Mann durch oder raus, je nachdem wie man das sehen will." „So, so – ich sage ja, wenn es um bestimmte Handlungen mit Frauen geht sind doch alle Männer gleich."

Hilde greift sanft nach den Händen von Nikolas, schaut ihn mit aller Neugier in seine Augen und fragt mit leicht belegter Stimme - „Kannst du mir etwas aus diesem Buch erzählen, ich meine so von Mönch zu Mönch oder besser von Mann zu Mann. Denk einfach so, als sei ich nicht hier." „Nein, nein - bleib lieber hier. So von Mann zu Frau erzählt sich so was besser. Außerdem hast du wunderbare warme und weiche Hände." „Mein lieber Nikolas, ich ahne deine Gedanken. Du solltest solche Überlegungen schnell irgendwohin verstecken. Bleibe lieber bei der Theorie und denk daran, ich bin nur eine schwache Frau – also los, erzähl mal!" „Eigentlich hat so ein Thema in unserer christlichen Kirche nichts zu suchen." „Was meinst du damit, Nikolas?" „Na, sexuelle Praktiken zwischen Mann und Frau." „Und so ein Buch ist bei euch in der Klosterbücherei? Nikolas, Nikolas - ich darf doch mal kräftig lachen." „Du bist gut, du kennst doch sicherlich die gängige Volksmeinung zu diesem Thema - "Sie predigen offiziell Wasser und heimlich trinken sie Wein." „Ja, ja – diesen Spruch kenne ich. Wenn Karl einmal im Monat zu mir ins Bett huscht, um ein Kind mit mir zeugen zu wollen, würde er große Sünde auf sich laden, wenn er nur seine Lust an und in mir austoben wollte. Ich möchte nicht wissen wollen, was in den Herrschaftshäusern und mit Wissen der Kirchenfürsten alles so in den Schlafzimmern getrieben wird. Was soll's, lass gut sein, Nikolas! Erzähl mir lieber von diesem Buch aus eurer Klosterbücherei." „Also gut, jammere nicht, wenn dir heiß werden sollte, Hilde, du bringst mich da in keine leichte Situation. Was ist, wenn mich die Gefühle übermannen und ich in dir nur das Weib sehe und nicht die Hilde." „Keine Sorge, Nikolas, ich pass schon auf dich auf." „Na, Gott sei Dank! Jetzt genieß deinen Kaffee und hör zu. Vielleicht kannst du daraus was Interessantes für euch beide erfahren."

Nikolas beginnt einzelne Geschichten über das wirkliche Sexualleben auf dem Land zu erzählen. Darin wird berichtet, wie Bauern jede sich bietende Gelegenheit nutzten, um ihre Triebe abzureagieren. Priester verführen die Frauen auf dem Beichtstuhl und die jungen Burschen im Dorf vernaschen die verheirateten Frauen der Bauern, die entweder vernachlässigt oder bei gemeinsamen Sexspielen zu kurz kommen. In den Geschichten wird deutlich, dass Frauen über die größere Potenz und Lust am Sex verfügen als Männer. Die listenreichen Liebesabenteuer waren so gut geplant, dass es schon sehr schwer war, ihnen auf die berühmten Schliche zu kommen. Scheinbar fehlt Männern die Phantasie für solche Art von

Verführungen. Dafür sind sie nicht zu schlagen, wenn es darum geht, massenweise Menschen abzumurksen. Der Schreiberling dieser Geschichten kommt aus Frankreich. Bei einer Geschichte beschreibt er wie ein Mann sich bemüht eine Frau, die noch keine Erfahrung mit der Sexualität hatte, mit den Praktiken der Liebe vertraut zu machen. Romantisch beschreibt er, wie der Mann, also der Verführer, sein bestes Stück als Teufel und ihren Schoß als Hölle bezeichnet. Behutsam erklärt er ihr nun, wie der ungeduldige Teufel unbedingt wieder in seine Hölle will. Sie gab schließlich klein bei und beugte sich dem Willen des Teufels. In schmerzhafter Erinnerung an diese Zusammenkunft wollte sie die nächste Zeit von solchen Besuchen nichts mehr wissen und sperrte die Hölle, bildlich gesprochen, einfach zu. Erst nach mehreren vorsichtigen und sanften Versuchen des Teufels verschwand der Schmerz in der Hölle und machte einer eigenartigen, neugierigen Lust auf die nächste Begegnung mit dem Teufel Platz. Sehr zur Verwunderung des Mannes, der die zunehmenden Anstrengungen, die so ein Treffen in der Hölle mit sich bringt, immer weniger die dafür notwendige Kraft mobilisieren kann, um die leidenschaftliche Gastfreundschaft der Hölle auch durchzustehen und zu verkraften.

Was will uns die Geschichte lehren. Es liegt nur an uns Männern, die lustvolle Begierde einer Frau zu entzünden und selbst dabei viel Freude zu empfinden. Das scheint auch der gesunde Gegenpol in Bezug auf Machtpolarisierung zu sein. Wie heißt es so treffend: „Wir Männer sind der Kopf der Schöpfung, die Frau ist nur der Hals. Wie sollte das auch anders sein. Nur, wie soll sich ein Kopf drehen und wenden, nicken und nein sagen wollen, wenn der Hals das nicht will?"

Auf dem Gesicht von Hilde gräbt sich ein wissendes und vielsagendes Lächeln ein. „Habe ich dich richtig verstanden, Nikolas, die Mönche haben die Frauen in der Beichtkammer verführt?" Während Hilde die letzten Worte nur noch leise flüstert, ziehen

ihre Hände, die noch immer in den seinen liegen, ihren Unter-
körper langsam auf die Oberschenkel von Nikolas. Dabei schiebt
sie mit ihren Beinen seine Kutte Stück für Stück nach oben. Nikolas, der noch nicht so richtig begreift was geschieht, wohl aber
ahnt, was geschehen könnte, fragt Hilde – „Du weißt schon, dass
wir hier nicht allein sind?" Hilde legt ihren Mund zart an sein Ohr
und meint - „Meine Mägde sind im Nachbardorf bei ihrer Mutter,
unsere beiden Knechte sind auf Wache und Karl ist zur Wasserburg, um ein paar Gewehre zur Selbstverteidigung zu holen." „So,
hm - und die Eingangstür?" „Ist verschlossen!" „Ach nein! So ein
Zufall!" „Hm, schon! So wie sich das anfühlt, hast du keine Hose
an, mein lieber Nikolas?" „Mönche haben grundsätzlich keine Hose
an!" „Verstehe! Vermutlich wegen dem Beichtstuhl und so.." „Mein
Teufel hat den Eindruck, dir fehlt auch die Hose. Es könnte sein,
dass er so ziemlich leicht den Weg in deine Hölle finden könnte?"
„Na, das hoffe ich doch oder soll ich ihm helfen, damit er den Weg
nicht verfehlt?"

Und damit Nikolas nicht noch weiter über den Teufel und die Hölle
philosophiert, verschließen ihre weichen, zarten Lippen kurzerhand seinen Mund. Langsam und zartfühlend lässt die Hölle den
Teufel dorthin gleiten, wo er ja hin soll. In der Hölle versammeln
sich derweilen zunehmend immer mehr Schmetterlinge, summen
zärtliche Lieder und versetzen mit heftigen Schwingungen ihrer
Flügel die Hölle in ein wahres Lustparadies.

Es fällt Hilde sehr schwer, sich aus diesem ungewohntem Glücks-
gefühl zu lösen. Noch völlig außer Atem fragt sie Nikolas, ob, der
vielen Schmetterlinge im Bauch, sein Teufel einen weiteren Besuch bei ihr in der Hölle leisten könnte. Die zarten Schmetterlinge
wären sonst bestimmt sehr traurig. Hildes volle Lippen und ihre
weichen Hände helfen dem Teufel wieder auf die Beine und schnell
ist er wieder an dem Ort, wo er schon sehnsüchtig erwartet wird.
Der zweite Besuch dauert ein ganzes Stück länger und Nikolas,

selbst arg geschwächt, hat Mühe, Hilde bei sich auf den Beinen zu halten. Fest umschlungen bleiben sie noch eine Weile auf dem Stuhl sitzen und genießen das wonnige Gefühl an und in ihrem Körper. Nach einer geraumen Weile löst sie sich von Nikolas und meint – „Ein warmes Bad wird uns beiden gut tun. Du richtest die Wanne im Waschhaus her und ich kümmere mich um das heiße Wasser und ein kräftiges Frühstück." „Weißt du, meint Nikolas schelmisch, „dass es Teufel gibt, die auch in einer Badewanne eine Hölle finden wollen?" „Ach was? Ist das wahr?" „Aber ja! Jedenfalls steht es so im Buch." „Nein! Das ist ja -- könntest du dich mit der Wanne beeilen? Und nimm bitte den großen Holzbottich." „Warum?" „Da findet der Teufel die Hölle leichter und bequemer ist es für sie auch, weil sie mehr Platz hat." „Bin schon unterwegs!"

Es geht bereits auf Mittag zu und beide, sich fest an den Händen haltend, überdenken ihre letzten Stunden. „Nikolas, ich bereue keine einzige Minute unseres Beisammenseins. Ich habe so was noch nie erlebt, wollte es aber schon immer mal. Du hast ja meine vorsichtigen Bemühungen bis heute nicht bemerkt. Und nur mit dir, weil ich dich auch sehr mag, wollte ich das so. Einen anderen Mann würde ich dafür nicht wollen. Ich werde Karl mit meinen weiblichen Waffen und mit dem Wissen, über das was ich heute erlebt habe, fleißig bearbeiten, dass unser Kinderwunsch keine Illusion bleibt und das monatliche „Machen" so verändern, dass es uns beiden Spaß macht. Vielleicht nicht ganz so wild wie mit dir, aber das nehme ich hin." „Sag mal, Hilde, hast du die Haustüre aufgesperrt?" „Nikolas, ich bin eine Frau und denke an alles." „Was ist, wenn aus unserem Liebesspiel ein Kind in deinem Bauch heranwachsen sollte?" „Auch daran habe ich gedacht, mein lieber Nikolas! Auf die Idee, dass du der Vater des Kindes sein könntest, kommt kein Mensch. Glaube mir, das ist so! Und der Herr im Himmel? Wenn er auch nur ein bisschen Liebe und Verständnis für uns geplagten Frauen empfindet, wird er mir mit einem verständnisvollen Lächeln verzeihen. Aber zu dir, Nikolas. Du solltest das

Leben als Mönch aufgeben. Es kann für eine Frau nichts glücklicheres geschehen, als dich zum Ehemann zu gewinnen. Und Geld kannst du auch mit der Unterrichtung von Kindern verdienen. Du hast doch einen klugen Kopf.

Wie ich sehe, kommt Karl nach Hause. Dann verschwinde ich in die Küche und kümmere mich um das Mittagessen." Die Tür geht leise auf, und Karl, einige Gewehre über den Rücken tragend, steht in der Tür. „Ich hab kräftigen Hunger, meine liebe Hilde und Nikolas bestimmt auch. Was gibt es im Dorf für unangenehme Neuigkeiten, mein lieber Freund?" „Es ist alles ruhig, Karl! Ich glaube, uns droht vorerst keine ernste Gefahr. Was nicht heißen soll, dass wir die Gewehre auf deinem Rücken nicht gebrauchen könnten." „Also gut, dann werde ich im Dorf veranlassen, dass die Feldarbeiten wieder aufgenommen werden können. Wir wollen ja im Sommer und im Herbst was ernten." „Laß mal, Karl, ich übernehme das. Du hast einen anstrengenden Weg hinter dir. Ruh dich erstmal aus, wir sehen uns zum Mittagessen."

Noch in Gedanken versunken, die sich mit allem nur nicht mit den befürchteten Unruhen, Ernteeinbringung und Feldarbeiten herumplagen, verlässt der Mönch das Gästezimmer und besucht jeden Bauernhof, um mit den Familien die Nöte und Ängste, natürlich auch die anstehenden Arbeiten auf den Feldern zu besprechen. Es ist für alle im Dorf schwer zu verstehen, wohl erstmal nur das zu tun, was für die Gemeinschaft wichtiger ist. Jeder denkt nur an das eigene Überleben und das seiner Familie und nicht an die anderen im Dorf. Lassen sie die gemeinsame Arbeit auf dem Feld ruhen oder unternehmen sie alles nur für ihre eigene Sicherheit. Eigentlich ist es für die Bewohner im Dorf gleich, aber daran denkt keiner in dieser Situation. Unterlassen sie die Feldarbeit, haben sie im Winter nichts zu Essen und viele im Dorf werden krank oder müssen vor Hunger sterben. Unternehmen sie nichts für ihre Sicherheit, riskieren sie ständig von den Soldaten hingemetzelt zu werden. In beiden Fällen sind das für alle keine wünschenswerten Aussichten. Natürlich hört Nikolas das Gestöhne und das Gejammere der Bauern. Die sind doch nicht dumm. Sie wissen sehr wohl, dass dieses Jahr für sie alles wird, nur nicht angenehm und friedlich. Mit jeder einzelnen Familie bespricht er die anstehenden Maßnahmen, kontrolliert den Kellerraum, damit auch alle notwendigen Nahrungsmittel und Trinkwasser vorrätig sind und gibt Ratschläge für die Sicherheit der Männer, Frauen und Kinder die wichtig sind, um heil aus dem drohenden Unheil herauszukommen.

Einige Bauern wissen von ihren Großeltern und die wiederum von ihren Vätern und Müttern, dass es vor nicht all zu langer Zeit, auch hier bei ihnen in der Gegend, einen furchtbaren Krieg gab, der ungefähr dreißig Jahre gedauert haben soll. Man muß sich das mal vorstellen. Die Hälfte eines normalen Menschenlebens in dieser Zeit, mussten die Menschen mit Tod, Krankheiten, Seuchen und Hunger verbringen, und warum das alles? Wenn die einfachen Leute ihren Pfarrer oder, so möglich, den Bischof danach fragen, verweist die Geistlichkeit auf den lieben Gott. Als ob der daran Schuld wäre. Ist ja auch leichter so. Wer sollte schon die Möglichkeit haben, ihn nach seiner Meinung zu fragen. Na, das wäre vielleicht ein Schreck für die Herren der Kirche wenn es gelänge, den lieben Gott dafür zu gewinnen, seine Meinung zu dieser menschenverachtenden Abschlachterei zu sagen. Leider - es funktioniert nicht. Entweder er kann es nicht oder er will einfach nicht. Irgendwie scheinen die Herren der Kirche das zu wissen, sonst würden sie nicht so unglaublich arrogant, überheblich und selbstsicher immer und immer wieder ihn für alle üblen Taten verantwortlich machen. Wer sonst als er sollte das auch sein. Die Menschen bestimmt nicht und wenn schon, dann sind das grundsätzlich immer nur die anderen. Entweder haben sie einen anderen Gott oder es sind die ganz, ganz bösen Menschen, die frisch aus der Hölle kommen.

Sein letzter Besuch ist bei der Familie Michelsberger. Geraldine, die Mutter, sitzt gemeinsam mit ihrer Tochter Ruth in der Küche. Der Deckel für das Kellerverlies ist offen und Nikolas sieht, dass die beiden damit beschäftigt sind, Vorräte in dem kleinen Raum anzulegen. Katarina, so erfährt er, ist auf dem Weg zu ihrem Vater, der auf dem Kartoffelfeld mit einer kleinen Egge an deren unteren Seite Eisenspitzen angeschraubt sind, das Unkraut zwischen den Kartoffelfurchen aufzulockern, damit man die unnützen Pflanzen leichter herausziehen kann. Sie wollen ja Kartoffeln ernten und keine Disteln und sonstiges Kraut, das man nicht essen kann. Die Michelsberger, also Vater, Mutter die zwei Töchter, der kleine Richard und der Knecht brauchen von der Ernte ab bis zur nächsten, mindestens fünfzehn Zentner Kartoffeln. Davon benötigen sie vier Zentner als Saatgut im nächsten Frühjahr, um wieder ernten zu können, fünf bis sechs Zentner brauchen die Ziegen, Schafe, Schweine und Kleintiere. Bleiben gerade mal für eine sechsköpfige Familie drei bis vier Kartoffeln pro Tag und Erwachsener. Je nachdem, wie groß die Kartoffeln gewachsen sind. Letztlich spielt das Wetter auch eine Rolle wie die Ernte ausfällt. Das mag sich für den Moment viel anhören. Wenn man allerdings bedenkt, dass außer Kartoffeln höchstens etwas Ziegen- und Schafskäse dazu kommt und an Feiertagen, manchmal auch an Sonntagen, Geflügelfleisch oder ein Karnickel, ist das nicht viel. Alle Verrichtungen auf dem Hof, im Wald und auf den Feldern sind körperlich schwere Arbeiten, die viel Energie benötigen und dafür braucht man gute Nahrungsmittel. Also Fleisch, Butter, Brot und Gemüse, so man sie hat und davon möglichst nicht zu wenig. Nikolas verabschiedet sich von Geraldine und den Kindern und verspricht ihr, dass er morgen wieder hier sein wird. Spät, aber nicht zu spät, kommt Nikolas im Gasthof an und riecht schon von außen, was es zum Mittagessen geben wird. Seine Lieblingsspeise – Sauerbraten mit Rotkraut und Klöße, dazu einen ordentlichen Humpen Bier. Nach dem Essen verabschiedet er sich von Karl und Hilde und macht sich auf dem Weg zur Wasserburg, um mit dem Abt die politische Lage zu besprechen. Die Sehnsucht nach einem Gespräch mit dem Herrn will ihn auch nicht loslassen. Die vertrauliche Zweisamkeit und eine innige Zuneigung zu Hilde lassen seine Seele nicht zur Ruhe kommen.

Die Gespräche mit dem heiligen Vater in der Burg dauern länger als gedacht und so verbringt er die Nacht in der Burg, denn bei Dunkelheit zum Dorf zu laufen, getraut er sich nicht. Nach dem Frühstück verabschiedet er sich vom Abt, um rechtzeitig wieder im Dorf zu sein. Vorsichtshalber entscheidet er sich für den Umweg durch den Wald, der direkte Weg zum Dorf ist ihm zu gefährlich. Sein erster Gang führt ihn in den Gasthof. Hildes Gesicht braucht man nur anzusehen um zu wissen, wie es um sie und Nikolas steht.

„Was bringst du an grausiger Nachricht, Nikolas?" Hat dich der Herr ob deines sündigen Verhaltens recht getadelt?" „Warte, warte nicht so schnell mit den jungen Pferden. Erstmal zu aktuellen kriegerischen Problemen. Wenn es nach der Meinung des Abtes geht, wäre wohl das Übelste überstanden. Wenn er da mal nicht irrt!" „Davon verstehe ich zu wenig. Wie ich dich kenne, suchtest du auch ein Gespräch mit Gott. Oder irre ich mich?" „Nein, liebe Hilde, du irrst dich nicht! Wie du weißt, ist mein Herz fest bei unserem Herrn. Eigenartig, während meines Gebets und auch bei dem direkten Gespräch mit dem Herrn über dich und mich blieb er sehr gelassen. Irgendwie hatte ich das Gefühl, dass er meinen würde, es käme ja doch alles so, wie es kommen soll." „Es ist die Liebe, Nikolas und nur die Liebe ist es, die Herzen zusammenführen kann. Und die Liebe, das glaube ich wirklich fest, ist unser Herr im Himmel. Wer anders kann über so viel Kraft verfügen." „Mit mir ist heute etwas geschehen, Hilde." „Ach was! Ich hoffe doch, dass es für dich nicht schlimm ist oder du leiden musst, Nikolas?" „Wie man's nimmt!" „Kannst du etwas deutlicher werden, du sprichst in Rätseln." „Ich liebe dich, Hilde! Mein Herz hat sich einfach in dienem verkrümelt." „So, aha – verkrümelt - und wie soll mein Herz diese verliebte Krümelei aushalten, du Lüstling? Ich liebe dich auch sehr, Nikolas. Eigentlich schon als ich dich das erste Mal sah. Es waren deine Augen und deine Blicke. Es fiel mir sehr schwer, mich ihnen zu entziehen oder an sie nicht zu denken. Es ist mir, als ob ich in deinen Augen in eine andere Welt sehen würde. Ich lege meine Gedanken zu dir in Gottes Hand, Nikolas!" „Das habe ich dem Herrn gestern Abend in der Schlosskirche der Wasserburg auch gesagt. Entschuldige bitte, Hilde, wo ist Karl?" „Er ist bei seinem Schwager. Bei ihm gibt es wohl bauliche Schwierigkeiten mit dem Schutzkeller." „So, ich muß dringend zur Familie Michelsberger rüber, sie haben es nicht leicht. Mit dem kleinen Richard in der Familie brauchen sie besonderen Schutz." „Ich weiß, Nikolas, saus schon rüber, unsere Liebe läuft uns nicht weg. Wir sehen uns zum Abendbrot."

Hilde schaut sich schnell um, ob auch niemand in der Nähe ist und drückt Nikolas einen herzhaften Kuss auf seine Lippen. Leicht verwirrt macht er sich auf den Weg zur Familie Michelsberger. An der Tür hört er das herzhafte Kreischen von dem kleinen Lausebengel. Vermutlich wird er gebadet oder er wird von seinen nassgewordenen Windeltüchern befreit. Kurzes Klopfen an der Eingangstür und schon steht er in der Küche. Mutter Geraldine, wie schon vermutet, badet den kleinen Richard. Es hat auch in manchen Lebenslagen sein Gutes, sehr klein zu sein. Die schlimmen Ereignisse, so wie sie jetzt das Land erschüttern, werden von einem Baby noch nicht so erfasst. Erst wenn sie die Kleinen mit ihrer Brutalität berühren, spüren sie die Schmerzen und das Elend, aber dann ist es eigentlich für eine Rettung schon zu spät.

Nikolas setzt sich erstmal auf einen Stuhl und wartet geduldig, bis der Kleine warm eingepackt in seiner Wiege liegt und Geraldine sich Zeit für ihn nehmen kann. „Wohin ist denn der Rest deiner Familie gewandert?" „Xaver und unser Knecht sind auf dem Kartoffelfeld und roden Unkraut. Katarina ist unterwegs zum Papa und unserem Knecht und bringt den beiden ein paar Fettbrote und warmen Tee. Ja und Ruth ist im Stall und kümmert sich um die Tiere. Was meinst du, Nikolas, bitte sag deine wirkliche Meinung, bitte! Es ist wichtig für uns! Wir müssen doch wissen, wie es bei uns im Dorf weitergehen wird?" „So einfach, wie man das denken mag, Geraldine, ist das nicht. Die Informationen, die ich vom Abt in der Wasserburg erhalten habe, sind sehr spärlich und wahr sind sie auch nicht immer." „Ich kann mir das denken, Nikolas. Versuch trotzdem einer ängstlichen Mutter zu erklären, was derzeit um uns herum passiert und was wir davon abbekommen könnten."

Also gut! Soweit ich das selbst verstehe, bemühen sich die preußisch-sächsische Armee und die aus dem Süden anrückenden Franzosen in der Nähe von Jena oder vielleicht bei dem kleinen Städtchen Auerstedt, möglicherweise auch an beiden Orten, sich gegenseitig die Gurgeln durchzuschneiden, den Kopf abzuschlagen, mit feurigen Kanonenkugeln einen Soldaten blitzschnell in einzelne Teile zu zerlegen – besser ich sage zu zerfetzen oder sich auf irgendeine andere Art und Weise umzubringen oder zu verstümmeln. Das alles machen sie auch noch mit wildem Siegesgeheul und lautem Hurra, in dem irrigen Glauben, dass sie gewinnen werden, und zwar mit Gottes Hilfe, mit wem denn sonst!? Hoffentlich glauben dass die Soldaten des Gegners nicht auch? Wie sollte das Gott anstellen? Es kann ja schließlich nur einer gewinnen. Die scheinen nicht zu wissen, in welch prekäre Situation sie mit solchen Überlegungen den Herrn im göttlichem Himmel bringen können. Spätestens dann, wenn sie einsehen müssen, so sie das noch können, dass sie die Metzelei nicht gewinnen, sind sie, liebe Geraldine, für uns im Dorf und natürlich auch für die Menschen in den anderen Dörfern, höchst gefährlich. Ihre ganze Wut auf den so genannten Gegner und den Frust, ihn nicht vollständig abgeschlachtet zu haben, lassen sie dann an uns Zivilisten aus. Ist ja auch viel einfacher. Mit was sollten wir uns auch zur Wehr setzen? Da können sie mal so richtig die männliche Sau rauslassen und sich das holen, was bei der sich auflösenden Truppe nicht mehr zu holen ist – Geld, Wertgegenstände, Essvorräte und natürlich – Weiber! Die warten ja nur darauf, mal von einem richtigen Mann und nicht von solchen Dorflümmeln und Drückebergern ordentlich vergewaltigt zu werden. Dass diese Frauen ihre Mütter sein könnten, die sie mitgroßen Schmerzen auf die Welt brachten, teilweise unter großen persönlichen Entbehrungen ihr letztes Essen für sie hergaben, daran denken sie nicht. Ist ja auch viel zu lange her und Krieg ist Krieg. Das Vaterland muß gerettet werden, koste es was es wolle.

Also, Geraldine, zurück zu unseren Sorgen. Wenn die Marschrichtung, soweit man das glauben darf, von beiden Seiten so eingehalten wird, befindet sich unser Dorf Liebmein nicht an der Strecke, auf der die Soldaten entlang trampeln werden. Was nicht bedeutet, dass kleine Kampfeinheiten, die mit der Beschaffung von Lebensmitteln für die Soldaten und Futter für die Pferde beauftragt sind, nicht doch hier aufkreuzen und großes Unheil anrichten können." „Wann nimmt das bloß ein Ende, Nikolas? Warum bringen wir Mütter die Kinder auf die Welt, sorgen die Väter dafür, dass alle zu Essen haben und auch die Menschen insgesamt im Dorf wenigsten etwas Freude am Leben haben!? Warum hat uns Gott geschaffen, wenn wir uns doch alle umbringen und warum das alles, Nikolas, warum?" „Es vergeht kein Tag, an dem ich Gott nicht danach frage. Er schweigt, Geraldine, er schweigt! Ich versuche ihn zu verstehen, es gelingt mir nicht!"

Ein leises, aber immer lauter werdendes, helles Kreischen ist plötzlich zu hören. Sekunden später gibt es eine laute Detonation. „Was war das, Nikolas?" „Das klang wie eine Kanonenkugel oder eine Granate. Der Einschlag kann nicht weit von hier gewesen sein. Auf keinen Fall in der Nähe der Wasserburg, die ist zu weit entfernt von hier. Schnell, Geraldine, öffne das Kellerverlies und ruf Ruth aus dem Stall. Sie soll sofort zu dir ins Haus kommen. Noch lässt sich nicht sagen, was hier weiter geschehen wird. Du bleibst wachsam und auf dem Sprung. Wenn Gefahr droht, dann ab in den Keller! Auch wenn Katarina, Xaver und der Knecht noch nicht da sind. Die werden sich bestimmt alle drei nicht weiter um das Unkraut kümmern und sich verstecken oder wenn die Lage es zulässt schnell nach Hause kommen. Ich lauf sofort zu den anderen Familien im Ort und achte darauf, dass keine Panik ausbricht. Die können wir jetzt überhaupt nicht gebrauchen. Alles verstanden, Geraldine?" „Ja, Nikolas!"

Ein Blick in ihr Gesicht und er weiß, dass ihr Denken nur noch von der Angst geschüttelt wird. Auf dem Weg nach draußen huscht Ruth an ihm vorbei in die Küche. Wenigstens ist die Mutter mit dem kleinen Richard nicht allein. Muss Nikolas beruhigt denken. Kurz bevor er den Dorfgasthof erreicht, kommen beide Knechte von Karl und Hilde angeritten und schreien wild durcheinander. Ihr plötzliches Auftauchen bringt neue Unruhe in das Dorf. Ein Ruf des Schreckens eilt durch den Ort, als bekannt wird, dass sich ein regulärer Trupp französischer Soldaten der Wasserburg und dem Dorf nähert. Kein besonders gutes Zeichen für die Dorfbewohner und die Angst schwebt langsam als furchterregendes Gespenst mit ihrer hämischen Fratze über den Köpfen der Menschen und findet ihre Opfer. Karl geht auf die Knechte zu und schreit - „Schnell, die Pferde in den Stall und dann ab in den Schutzkeller, sofort!"

Nikolas klopft Karl auf die Schulter und fragt ihn, ob er ihm ein Pferd borgen kann, er möchte schnell zur nahegelegenen Wasserburg um nachzusehen, ob ihren Bewohnern unmittelbare Gefahr droht. „Nein, Nikolas, bitte bleib hier! Wenn die Burg mit massivem Kanonenfeuer angegriffen wird, und anders werden das die Franzosen nicht machen, bist du in größter Gefahr und wirst vermutlich dein Leben verlieren. Wir können dich hier besser brauchen." „Also gut, ich bleibe!" „Dann marsch mit dir in den Garten, zu den Johannisbeersträuchern, ich komme gleich nach."

Witzig, denkt Nikolas, was soll ich denn bei dem Grünzeug? Für die Ernte ist das noch zu früh. Hilde, und die beiden Knechte sind bereits unterwegs. Sekunden später kommt Karl mit einer längeren Kurbel in der Hand auf sie zu und macht sich zügig und geschickt in der Nähe der Wurzeln der Sträucher vorsichtig zu schaffen.

Schnell schiebt er mit der Hand die Erde beiseite und macht Platz für eine Eisenstange, an dessen Ende ein Vierkant gefeilt ist. Mit einem Lappen putzt er alles sauber, setzt die Kurbel auf den Vierkant und beginnt sie ohne sichtbaren Anstrengungen zu drehen. Es dauert nur wenige Sekunden und wie von Geisterhand bewegt sich ein großes Erdstück samt den darauf wachsenden kleinen und großen Pflanzen zur Seite. Und schon kommt eine breite Öffnung zum Vorschein, in der ein Erwachsener, auch wenn er etwas beleibt sein sollte, bequem Platz finden kann.

„Schnell runter mit euch, aber vorsichtig, es geht steil nach unten und die Treppe ist schmal!" Ruft Karl leise und hilft jedem beim Einsteigen in die Öffnung. Mit einer an der Wand des Loches befestigten kleinen Leiter geht es etwa drei Meter nach unten. Als Letzter verschwindet Karl in der Öffnung, nicht bevor er verdächtige Spuren am Boden der Pflanzen beseitigt hat.

Es dauert keine zwei Minuten und alle sind in einem geräumigen Raum. Nicht sehr hoch, aber in einer leicht gebeugten Haltung kann man sich ohne Schwierigkeiten und ohne an der Decke anzustoßen, bewegen. Zügig verschließt Karl mit der Kurbel den Eingang, so dass von außen betrachtet kein Mensch auf den Gedanken kommen würde, dass unter den Sträuchern ein Keller versteckt sein könnte. Dafür sieht alles viel zu urig aus. Außerdem, auf die Idee, dass in einem Garten unter Beerensträuchern, weitab von festen Gebäuden ein unterirdischer Schutzraum sein könnte, muß man erstmal kommen. Der Kellerraum selbst, schätzt Nikolas, hat mindestens eine Fläche von zwölf bis dreizehn Quadratmetern. Die

Raumdecke, der Fußboden und die Wände sind mit starken Brettern verschalt. Massive Pfosten stützen den kleinen Raum ab, damit das Erdreich dort bleibt wo es bleiben soll. Auf dem Boden sind Strohsäcke verteilt und Decken liegen genug herum. Im Raum ist es nicht kalt, aber mollige Wärme kann man auch nicht verspüren. Was soll's, denkt Nikolas, wir sind sieben Erwachsene, da müsste eigentlich die Körperwärme reichen, damit wir hier nicht erfrieren.

„Karl, was passiert mit der verbrauchten Luft, wenn wir hier alle mehrere Tage in dem kleinen Raum verbringen sollten, ohne dass wir die Eingangsklappe öffnen dürfen? Wird es da mit der Luft für uns alle nicht sehr knapp?" „Keine Sorge, Nikolas, daran hat mein Vater auch gedacht, als der Kellerraum angelegt wurde. Dir wird es vermutlich noch nicht aufgefallen sein. Ganz in der Nähe des Einstiegs, etwa zwölf Meter davon entfernt, ist ein großer Komposthaufen angelegt. In einer Ecke, mit Zweigen und kleinen Ästen gut getarnt, ist eine Luftöffnung. Der Schacht dafür endet hier bei uns im Raum. Siehst du in der vorderen oberen Ecke das Loch?" „Ja, sehe ich!" „Von dort bekommen wir genügend frische Luft, um nicht zu ersticken. Und wir hören, was in unserer unmittelbaren Umgebung geschieht. Männerstimmen, ob in deutscher Sprache oder zum Beispiel in Französisch, dass Hufetrampeln der Pferde und sonstigen Lärm aus dem wir gut entnehmen können, ob Freunde oder Feinde draußen sind. Für uns sind das immer Signale dafür, ob wir den Raum verlassen können oder uns leise verhalten müssen." „Keine schlechte Idee, Karl, wirklich gut von deinem Vater ausgedacht." „Das finde ich auch. Du weißt ja - „Not macht erfinderisch und - der bessere Teil der Tapferkeit, ist die Vorsicht." „Was ist, wenn einer von uns mal muß, na du weißt schon was ich meine?" „Da wird es ein ganzes Stück komplizierter. Manche bei uns im Dorf haben sich eine kleine Grube im Kellerfußboden gegraben, damit sie ihre Blase und ihren Darm entleeren können. Ich bin nicht dafür! Der Gestank im Raum ist unerträglich, glaube mir, ich weiß was ich sage. Für die, die mal pinkeln müssen, haben wir einen Eimer mit Deckel hinten in der Ecke stehen und wer mal kacken will, der sollte das so lange anhalten, bis wir nachts vorsichtig den Eingangsdeckel öffnen können. Dann kann er oder sie, draußen im Garten hinter den Büschen seinen Darm entleeren, mal frische Luft holen und schnell ein paar Runden drehen.

Wir alle im Dorf haben mit solchen Kellern noch keine großen Erfahrungen sammeln können." „Was war eigentlich der wichtigste Grund gewesen, solche Räume anzulegen, Karl, Kriegsgetöse ist doch, dem Herrn sei Dank, nicht jeden Tag?" „Ganz übel sind die marodierenden Soldaten, die ohne Sold und Unterstützung des Landesfürsten umherziehen und keinen Stein auf den anderen lassen. Gleich dahinter kommen kleine und größere Räuberbanden. Die wüten besonders arg, sobald der Winter naht und sie ihre Vorratsspeicher auffüllen müssen, damit sie im Winter nicht verhungern, was besser für uns in den Dörfern wäre." „Und wie schützt ihr euch dagegen?" „Von Dorf zu Dorf gibt es ein ausgeklügeltes und bewährtes Alarm- und Meldesystem, das funktioniert. Ist Gefahr im Anzug, werden sofort alle Großtiere in Wäldern mit dichtem Unterholz versteckt und von Jungen, kampferfahrenen Burschen gut bewacht. Alle anderen verstecken sich mit ihrem wichtigsten Hab du Gut, mit dem lieben Geld und allen Wertgegenständen im Keller. Diese Verbrecher, ob nun in Uniform oder nicht, halten sich höchsten ein bis zwei Tage im Dorf auf, weil es nicht viel zu holen gibt. Und die Gefahr, dass der Gutsherr oder ein kleiner Landesfürst sofort Soldaten zu Hilfe schickt, um sie zu vernichten, ist für solche Banden ganz erheblich. Die reichen Adligen benötigen uns Bauern, damit sie ihren Wohlstand mehren können. Auch die Menschen in den Städten brauchen uns. Sie werden zwar durch hohe Mauern geschützt und von Soldaten bewacht, aber ohne den Lebensmitteln die wir liefern, würden sie verhungern. Wäre es nicht so, stände es schlecht um uns Bauern. Trotzdem, solche Überfälle sind und bleiben für uns sehr gefährlich. Wir verlieren immer Teile unserer Habe, Menschen müssen sterben oder büsen ihre Gesundheit ein. So ein Schutzraum ist für uns keine absolute Sicherheit, natürlich nicht, aber ohne würden wir einen Überfall kaum überleben." „Wie merkt ihr, ob diese Verbrecher noch da sind?" „Das Luftloch, Nikolas, ich habe das schon gesagt. Es sorgt nicht nur für frische Luft, sondern gibt uns die Möglichkeit auch zu hören, ob Männer und Pferde sich draußen herumtreiben. Ohne Krawall geht das bei diesen Banden nicht ab. Herrscht über eine längere Zeit, also zwei bis drei Stunden Ruhe, schiebe ich mit der Kurbel vorsichtig die Eingangsplatte etwas zur Seite, stecke meinen Kopf raus und lausche. Sollte es schon dunkel sein und ich keine Stimmen hören, krabble ich raus und sehe mich in der unmittelbaren Umgebung des Gasthofes erstmal vorsichtig um. Kann ich guten Gewissens davon ausgehen, dass die Verbrecher das Dorf verlassen haben, laufe ich vorsichtig von Bauernhof zu Bauernhof und sage Bescheid. Einige Männer von uns bewafnen sich und suchen das Dorf genau ab, ob sich nicht doch so ein Halunke versteckt hat – und wir kennen mögliche Verstecke im Dorf sehr gut. Besteht keine Gefahr, reiten zwei Männe aus unserem Ältestenrat zum Baron oder Gutsherrn, geben einen kurzen Bericht ab und holen sich Informationen darüber, wie sich alle im Dorf weiter verhalten sollen. Ist sicher, dass auch für die nächste Zeit keine Gefahr droht, nimmt das Dorfleben wieder seinen Lauf." „Gut, Karl, alles verstanden! Morgen, bevor es hell wird, möchte ich nachsehen, wo die Kanonenkugel einschlug und ob sie größeren Schaden angerichtet hat. Natürlich nur, wenn keine Soldaten hier im Dorf herumrandalieren. Bis dahin werde ich mich aufs Ohr legen." Hilde meldet sich –„Setzt euch mal alle zu mir, ich hab eine Kleinigkeit für euren Magen zurecht gemacht." Eine gute Stunde später herrscht Ruhe im Raum und der Schlaf lässt für eine Weile die Ängste und Sorgen vergessen.

Zwei Tage sind bereits vergangen ohne dass sie die Möglichkeit hatten, sich im Freien aufhalten zu können, ihre Notdurft zu verrichten, die Beine zu vertreten und frische Luft zu atmen. Der beträchtliche Kampflärm, der unaufhörlich über den Luftaschacht zu hören war, ließ nichts Gutes erahnen.

Karl rüttelt behutsam Nikolas aus seiner Ruhe. „Du kannst, so du musst, oben im Garten mal – na du weißt ja was ich meine." „Ist alles ruhig draußen?" „Ja, ich habe die Eingangsklappe schon eine Weile offen, verdächtige Geräusche sind nicht mehr zu hören. Alle anderen waren schon im Garten, du bist der Letzte." „Danke, Karl, sobald es hell wird, geh ich los. Kann ich mir von dir ein Pferd nehmen?" „Ich würde dir gern ein Pferd geben, aber es geht nicht. Die Soldaten haben unser Haus angezündet und von den zwei Stallgebäuden stehen nur noch die Mauern und der Dachstuhl. Wenn die Pferde sich nicht losreißen konnten, sind sie elendlich im Feuer umgekommen." „Das ist ja furchtbar, Karl! Es tut mehr sehr leid. Eure ganze Existenz wurde damit vernichtet, das ist schlimm." „Lass gut sein, Nikolas, wir leben ja noch und die Gebäude bauen
  wir wieder auf."

Kaum dämmert der Morgen, verabschiedet sich Nikolas und verspricht allen vorsichtig und wachsam zu sein. Als er im Garten kurz stehen bleibt, sieht er die Überreste des Gasthofes. Warum machen das Soldaten, das Haus schadet keinen Menschen. Im Gegenteil, es ist ein Ort des Friedens und der Geselligkeit. Nikolas wendet sich ab und läuft in die Richtung, aus der er den Kanonenschuss zu hören glaubte. Am letzten Gehöft, es ist nur leicht vom Feuer beschädigt, stehen drei Armeepferde völlig verängstigt am Zaun. Vermutlich haben sie sich mit ihren Leinen verheddert und können nicht weg, was sie wohl gern wollen. Nikolas redet behutsam auf die Pferde ein, kommt ohne Schwierigkeiten in den Sattel einer braunen Stute und nimmt die anderen zwei gleich mit. Hinter einem kleinen Laubwald sieht er in ungefähr zweihundert Meter Entfernung leichten Rauch aufsteigen. Das könnte möglicherweise der Aufschlagsort der Kanonenkugel sein, denkt Nikolas. Vom Xaver und dem Knecht ist nichts zu sehen. Ihre Felder sollen ja in der

Nähe des Laubwaldes sein. Vielleicht sind sie schon zu Hause, denkt er zuversichtlich. Behutsam steigt er vom Pferd, bindet alle drei an einen Baum fest und geht die wenigen Meter bis zum Krater zu Fuß. Als er sich der Rauchsäule nähert, sieht er die körperlichen Reste eines Pferdes. Der Boden ist überall voll Blut und – weiter kommt er nicht. Seine Augen mögen das alles erfassen, aber sein Kopf streikt und sein Magen rebelliert heftig. Nikolas, von Weinkrämpfen geschüttelt und wild um sich schlagend bleibt am Boden liegen. Es dauert eine Weile, bis sich Nikolas aufrichten kann. Für die Reste der beiden Männer kann er erstmal nichts tun. Sein Blick fällt nochmals auf das entsetzliche Bild und sich zum Himmel wendend gellt sein Ruf - warum Herr, warum lässt du das zu? Als ob Gott seine flehenden Worte hören würde, bleibt sein Blick plötzlich auf einem kleinen Farbfleck mitten in dem Chaos keine dreißig Meter von ihm entfernt haften. Als er näher kommt, erkennt er einen Korb, der mit einem bunten Tuch abgedeckt ist. Vermutlich ist er für die Aufbewahrung der Brote und Tee für die beiden Männer vorgesehen. Nicht weit davon entfernt sieht er zwei Beine, die unter einem Rock vorschauen. Den Oberkörper kann er nicht sehen. Vermutlich ist er mit Dreck und Steinen, die bei der Detonation der Kanonenkugel hochschleuderten, zugeschüttet worden.

Nein, Herr! Bitte – nein! Nicht das auch noch! Ich kann das alles nicht mehr ertragen! Vorsichtig, ganz vorsichtig räumt er die Erde ab und dreht behutsam den Körper auf den Rücken.

Katarinas Gesicht - ja es ist ihr Gesicht. An der Stirn hat sie eine Wunde. Wenn das alles ist, müsste sie eigentlich am Leben sein, denkt er noch zaghaft. Behutsam öffnet er ihre Bluse und legt sein Ohr an die Brust. Ihr Herz schlägt, zwar leise, aber es arbeitet. Ein Freudenschrei löst sich aus seiner gemarterten Brust und ein Dankesruf an den Herrn folgt hinterher. Schnell ist er am Brotkorb in der Hoffnung, dass vielleicht noch Wasser oder Tee übrig ist. Gott sei Dank, eine Flasche ist noch voll. Das bunte Abdecktuch muß jetzt eine andere Aufgabe übernehmen. Mit leichter Hand und einem nassen Tuch reinigt Nikolas das Gesicht und besonders die Verletzung an der Stirn. Mit dem Rest aus der Flasche befeuchtet er ihre Lippen - keine Regung!

Vorsichtig legt er ihren Kopf etwas auf die Seite und schiebt ein dickes Grasbüschel darunter, damit er etwas höher liegt. Immer noch kein Zeichen von ihr, dass sie wieder in der richtigen Welt ist. Katarina muß hier weg und in Sicherheit gebracht werden. Hier ist das zu gefährlich, überlegt Nikolas. Von den mitgebrachten Pferden macht er zwei los und bringt sie zu Katarina. Wenn sie keine inneren Verletzungen hat, müsste es eigentlich möglich sein, sie auf dem Pferderücken ins Dorf zu bringen. Behutsam schiebt er seine Hände unter ihren Rücken und will sie hochheben. Eine schwache Stimme meldet sich leise. „Bist du das, Nikolas?" „Ja, Katarina, ich bring dich erstmal ins Dorf. Deine Verletzungen müssen behandelt werden, über alles andere unterhalten wir uns später." „Wo ist mein Vater, bitte Nicolas – wo ist mein Vater?" „Ich kann dir das jetzt nicht sagen, Katarina, aber heute Abend reden wir darüber, fest versprochen. Ich lege dich aufs Pferd, solltest du dabei Schmerzen haben, schrei bitte, es kann ja sein, dass du was gebrochen hast." „Es geht schon, Nikolas, wirklich! Nur mein Kopf schmerzt." „Bei der Kopfverletzung ist das kein Wunder."

Nikolas dreht das Pferd mit Katarina so in eine Richtung, dass sie die Reste ihres Vaters und des Knechtes nicht sehen kann und reitet in Richtung Dorf. Das dritte Pferd bindet er an seinem fest. Im Garten vom Gasthof klopft er kurz ihr Erkennungszeichen am Belüftungsrohr im Komposthaufen und Minuten später ist Katarina in den Händen von Hilde und einer Magd, die sich liebevoll um die Verletzte kümmern. Nikolas gibt Karl einen ausführlichen Bericht über das eben Erlebte und verspricht in zwei Stunden wieder hier zu sein. „Wo willst du hin, Nikolas, der Frieden ist noch nicht bei uns im Dorf eingezogen." „Ich weiß, Karl, du meinst es gut. Ich muß zur Familie Michelsberger. Xaver, als auch der Knecht wurden von der Kanonenkugel in Stücke gerissen - der Anblick war furchtbar. Ich will beide ordentlich beerdigen und Geraldine und den Kindern berichten was passiert ist. Ich muß das tun, Karl, du verstehst mich doch?" „Ja, Nikolas, ich kann dein Handeln gut verstehen. Soll ich dir helfen?" „Du könntest das schon besser ist, du bleibst als Schutz bei den Frauen. Du sagst ja selbst, Sicherheit gibt es im Dorf noch nicht." „Dann mach dich auf den Weg und sei möglichst vor Einbruch der Dunkelheit wieder hier! Man weiß ja nie, ob sich noch einige von diesen Halunken hier herumtreiben."

Zwei Pferde bindet er am Gartenzaun fest, und lässt sie an einer langen Leine in der Wiese fressen. Zwei Eimer Wasser zum saufen stellt er auch noch hin, damit sie ihren Durst stillen können. Mit dem dritten Pferd reitet er los. Irgendwie ahnt er, dass das Elend für heute noch nicht zu Ende sein wird.

Sein Weg führt vorbei an vollständigen oder nur teilweise abgebrannten Bauernhäusern mit ihren Stallungen. Ruckartig bleibt das Pferd vor einer Brandruine stehen, als ob es wüsste, wer hier wohnt oder schlimmer - hier wohnte. Vorsichtig nähert er sich den Resten des Wohnhauses, das immer noch an einigen Stellen heftig brennt. Er weiß, an welcher Stelle der Schutzkeller ist, der Deckel glimmt noch. Mit einer Schaufel räumt er vorsichtig die Reste von der Einstiegsplatte weg, immer darauf bedacht, dass nichts nach unten in den Keller fällt.

Die Mühe hätte er sich sparen können. Trotz des schwachen Lichtes erkennt er zwei größere, verbrannte Körper, die sich vermutlich bemühten nach außen zu kommen, bevor sie im Feuer umkamen. Den kleinen Richard kann er nicht sehen. Nach einer Stunde ist ein Grube ausgehoben. Geraldine und Ruth sind in Decken gut verpackt im Grab eingebettet. Auch der kleine Richard findet bei seiner Mutter und seiner Schwester einen Platz. Nikolas kann seine Tränen nicht mehr zurückhalten und will es auch nicht.

Aus zwei langen Stangen und einer Decke baut er eine kleine Trage, befestigt sie mit einem Lederriemen am Pferd und macht sich auf den Weg, um Xaver und den Knecht zu holen. Jedenfalls das, was von ihnen übrig geblieben ist. Umsichtig sind die einzelnen Körperteile der beiden Männer eingesammelt und auf der Trage verstaut. Eine dreiviertel Stunde später sind Xaver und der Knecht in der kleinen Familiengrube zur letzten Ruhe gebettet. Ein kleines Holzkreuz und ein paar frische bunte Wiesenblumen ist alles was zurückbleibt. Nikolas kniet am Grab und bittet Gott, er möge doch der Familie, die auf seiner Erde so viel Leid und Schmerz ertragen musste, einen besonders friedlichen und liebevollen Platz in seinem Reich schenken. Nur mühsam kann er sich vom Grab lösen und sich in Richtung Keller von Karl und Hilde bewegen.

Katarina, die von all dem was geschehen ist noch nichts weiß, wird sehr viel Kraft brauchen, um diese schrecklichen Ereignisse, die ihre Eltern, ihre Schwester ihren Bruder und auch den Knecht getroffen haben, zu verarbeiten, ohne das ihr Geist schlimmen Schaden nimmt. Nikolas will sich bemühen, Katarina davon zu überzeugen, dass ihr Platz, jedenfalls für die nächste Zeit, im Kloster sein sollte. Dort hat sie den Schutz für Leib und Seele und die Zeit, gemeinsam mit den Schwestern im Kloster und natürlich mit Gottes Hilfe, vielleicht Frieden zu finden, der notwendig für sie sein wird, um weiter zu leben.

Der Tag neigt sich dem Ende zu, und er will möglichst noch vor Einbruch der Dunkelheit wieder im Schutzkeller bei seinen Leidensgefährten sein. Am versteckten Lüftungsschacht im Komposthaufen gibt er das vereinbarte Zeichen und Karl öffnet den Eingang unter den Sträuchern. Katarina liegt in Hildes Armen, den Kopf eingepackt in einen festen Verband und schläft. „Wie geht es ihr,

Hilde?" „Ich kann soweit keine anderen Verletzungen feststellen. Vermutlich hat sie die Wucht der Detonation so heftig auf den Boden geschleudert, dass sie sich dabei am Kopf verletzte. Aber sonst geht es ihr den Umständen entsprechend so leidlich. An deinem Gesicht kann ich erkennen, dass du keine guten Nachrichten mitbringst." „Nein, Hilde! Für Katarina ist der Schmerz und das Leid noch nicht zu Ende. Sie wird viel Kraft und unsere ganze Unterstützung brauchen."

Katarina bewegt sich in den Armen von Hilde, die letzten Worte wird sie vermutlich gehört haben. „Nikolas, was ist mit meinen Eltern, mit meiner Schwester und mit meinem kleinen Bruder? Bitte sag mir die Wahrheit und wenn sie noch so grausam sein sollte."

Es vergeht eine Weile. Nikolas, jetzt ganz Mönch, nimmt ihre Hände in die seinen und schaut sie lange an. Kein Laut ist im Keller zu hören.

„Das Schicksal hat sich dafür entschieden, dass du deinen Weg allein gehen musst. Wie steinig oder leichtfüßig dieser Weg auch für dich sein möge, Gott wird dich führen und seine Hand schützend über dich halten, wohin und zu wem er dich auch immer leiten mag. Morgen bei Tagesanbruch, wenn es die Situation draußen zulässt und uns allen vorerst keine unmittelbare Gefahr mehr droht, werden wir deine Familie aufsuchen. Jetzt solltest du im Gebet die Kraft des Herrn suchen, damit dein Herz und deine Seele wieder Mut fassen können und dich ins Leben zurückrufen. Ich fühle es, Katarina, deine Bestimmung ist es nicht, jetzt den Tod zu suchen! Du sollst dich dem Leben stellen, ganz gleich was es dir bringen mag." Katarina umschlingt mit beiden Armen seine Schultern, ihre Hände verkrampfen sich in seiner Kutte und die Tränen wollen kein Ende nehmen. Es braucht eine lange Zeit, bis sich Katarinas Körper beruhigen kann und sie der Schlaf mit seinen Träumen von ihrem Schmerz befreit. Der Morgen beginnt zu dämmern, und die Sonne schickt ihre ersten wärmenden Sonnenstrahlen zur Erde. Karl hat bereits die Eingangsklappe geöffnet und die Gegend geprüft, damit ihnen unangenehme Überraschungen erspart bleiben. Die frische, laue Frühlingsluft strömt in den kleinen Raum und alle sehnen sich nach draußen in den Garten. Auf einem Behelfstisch – Karl hat dafür zwei Bretter auf dicke Pfosten gelegt, bereitet Hilde für alle ein kleines Frühstück vor. Kaffe oder heißen Tee kann es unter diesen Umständen nicht geben, aber zur Not hilft auch ein Topf Wasser. Katarina und Nikolas essen eine Kleinigkeit und machen sich auf den Weg zum Grab von Katarinas Eltern. Die Blumen in der Glasflasche sind noch nicht verwelkt. Beide knien am Fuß des kleinen Erdhügels und versinken im Gebet. Nach einer Weile fragt sie ihn leise - „Was soll ich jetzt tun, Nikolas? Wie soll ich allein mit meinem Schmerz fertig werden? Wie soll ich das alles jeden Tag ertragen ohne Trost und Zuwendung. Gott allein wird mir meinen Kummer nicht abnehmen und die Last, das alles zu ertragen, nicht erleichtern können?" „Ich kenne den Abt vom Kloster zur grünen Pforte gut. Du solltest dort Schutz suchen und die Kraft sammeln die du brauchst, damit dein Körper und deine Seele zur Ruhe kommen. Was meinst du dazu?" „Ich weiß nicht, Nikolas, ob der Platz unter lauter Mönchen der richtige dafür ist." „Keine Sorge, das Kloster hat auch eine Abteilung für Schwestern. Die Äbtissin dort wird sich deiner mit viel Liebe und Verständnis annehmen. Wenn du überzeugt bist, dass das so richtig für dich ist, werden wir uns morgen auf den Weg machen." „Gut, Nikolas, ich werde deinen Rat annehmen. Ob ich die Kraft finden werde, die mein Herz und meine Seele brauchen, weiß ich noch nicht."

Der Deckel zum Kellerabteil ist bereits geschlossen und der Tisch weggeräumt, damit niemand auf die Idee kommt, hier könnten ja noch Bewohner am Leben sein. Kurzes, leises Klopfen an der bekannten Stelle und Minuten später sind sie in Sicherheit. Katarina sucht eine freie Strohmatratze, nimmt sich eine Decke und hofft ein wenig Schlaf zu finden. Nikolas wendet sich an Karl und erklärt ihm, für was sich Katarina entschieden hat.

„Ich denke auch, dass das für sie der bessere Weg sein wird. Wenn ihr zwei morgen aufbrechen werdet, nehmt den Weg über den Bärenstein, das ist eine erhebliche Abkürzung. Haltet euch möglichst immer im Wald auf, dort gesehen zu werden ist eher unwahrscheinlich. Ich würde dir ja gern ein Gewehr mitgeben. Kannst du mit so einem Schießprügel umgehen?" „Können vielleicht schon, aber ich vermute der Herr sieht das bei mir nicht so gern." „Verstehe! Soll ich euch die beiden Knechte als Schutz mitgeben?" „Danke Karl, nein! Je weniger wir sind umso besser! Zwei Menschen fallen bestimmt weniger auf, als vier. Die beiden Männer kannst du auf dem Grundstück bei den Aufräumungsarbeiten bestimmt gut gebrauchen. Außerdem möchte ich noch zur Wasserburg reiten, um zu sehen, in wessen Hände sie gefallen sein könnte. Legen wir uns hin, der Tag morgen wird anstrengend." „Bitte, Nikolas, wendet sich Hilde an ihn – Seid vorsichtig! Nicht auszudenken, wenn euch beiden was zustoßen würde. Für den langen Weg mache ich euch ein paar Käsebrote und eine Flasche Wasser nehmt ihr auch mit." „Danke Hilde, und auch dir Karl für die Unterstützung. Wir werden vorsichtig sein. In drei Tagen möchte ich wieder hier sein." „Was wirst du danach unternehmen?" Wendet sich Karl nochmal an Nikolas. „Ganz so genau weiß ich das noch nicht. Die Wege des Herrn sind unberechenbar. Bei den kriegerischen Auseinandersetzungen ist es für einen Mönch das Sicherste, er verkrümelt sich hinter massiven Klostermauern und liest oder schreibt Bücher. Gut Nacht ihr zwei - ich leg mich hin und nehme eine Mütze voll Schlaf!"

Es heißt Abschied nehmen. Nikolas und Katarina stehen bereits abmarschbereit im Garten. Hilde verpackt in den Satteltaschen der zwei Pferde die wichtigsten Sachen, die Katarina im Kloster bestimmt gut gebrauchen kann. Mit guten Wünschen für den Weg werden sie von den Zurückbleibenden verabschiedet und eine viertel Stunde später ist von beiden nichts mehr zu sehen.

Vorbei am Bärenstein, pirschen sie sich mit den Pferden vorsichtig, damit sie sich nicht unnötig verletzen und gesehen werden, durch Laub- und Fichtenwälder und erreichen am späten Nachmittag das Kloster zur grünen Pforte.

Der Weg ins Kloster

Niemand soll ins Kloster gehn, als er sei denn wohl versehn mit gehörigem Sündenvorrat, damit es ihm so früh als spat nicht mög am Vergnügen fehlen, sich mit Reue durchzuquälen.

Johann Wolfgang von Goethe

Nikolas klopft an der Klosterpforte, eine Klappe öffnet sich und ein Mönch steckt seinen Kopf raus um nachzusehen, wer zu solch später Stunde noch um Einlass nachfragt oder sonst eine Bitte vortragen möchte. Ein Blick genügt und Mönch Werner, sein Freund öffnet die schwere Pforte und lässt sie beide rein. „Bitte, Werner, führ uns beide zum Abt, ich muß dringend mit ihm reden." „Der heilige Vater ist im Gebetsraum zum Abendgebet, er wird eine geraume Zeit dafür brauchen. Wenn ihr wollt, bring ich euch zwischenzeitlich in die Küche, ihr habt sicherlich einen weiten Weg hinter euch gebracht und Hunger werdet ihr auch haben, vermute ich jedenfalls." „Danke, mein Freund, eine warme Mahlzeit wäre nicht schlecht und solltest du noch irgendeinen kleinen oder auch größeren Krug Wein herumstehen haben, hätte ich nichts dagegen einzuwenden."

Nach dem Essen gehen beide zum Abt, um mit ihm die Aufnahme für Katarina ins Kloster zu besprechen. Die Erlebnisse, die ihm berichtet werden, lassen auch einen Mann der Kirche nicht unberührt.

„Nikolas, du bleibst bis morgen hier im Haus! Du kannst ja bei Werner in seinem Schlafraum übernachten. Du, Katarina, kommst mit mir! Wir werden mit der Äbtissin besprechen, in welcher Weise du am besten erstmal Ruhe finden kannst. Alles weitere wird sich dann schon finden. Hier bist du jedenfalls erstmal vor weiterem Unheil sicher untergebracht.

Nikolas verabschiedet sich von Katarina, nicht ohne ihr fest zu ver
sprechen, sie wieder zu besuchen. Ein kurzer Gruß und einen inni-
gen Dank an den Abt und wenig später ist er in Werners Schlafraum, der schon zwei Becher und einen großen Krug Wein bereit-
gestellt hat, verschwunden. Nach zwei Stunden ist der Rebensaft
dort, wo er hin soll und die derzeitige kriegerische Lage im Land ist
mehr oder weniger tiefsinnig besprochen und abgehandelt. Was
bleibt, sind ziemlich laute Schnarchgeräusche der beiden Mönche.

Nach dem gemeinsamen Gebet und dem anschließenden Frühstück, verabschiedet sich Nikolas von seinem Freund und reitet in
Richtung Wasserburg. „Sei vorsichtig, Nikolas, aus Richtung der
Burg haben wir vor Tagen heftigen und lang anhaltenden Kanonendonner vernommen. Es würde mich sehr wundern, wenn die
Mauern dem widerstehen konnten. Gib also auf dich Acht. Schutz
wirst du vermutlich von den dortigen Mönchen und den Soldaten
nicht bekommen. Wenn überhaupt noch jemand am Leben sein
sollte." „Ich pass schon auf mich auf, Werner, und im Herbst melde
ich mich wieder hier im Kloster. Also, bleib gesund und behüte
dich Gott."

Beide nehmen sich fest in die Arme und Minuten später ist von
seinem Freund Nikolas nichts mehr zu sehen. Er ist zwar zu Pferd,
was für die Fortbewegung Vorteile hat, aber zwei Pferde sind auch
nicht besonders leise. Und wehe es kommt eine Gruppe Reiter
entgegen, dann muß man höllisch aufpassen, dass der eigene Gaul
sich nicht mit Wiehern bemerkbar macht und die Aufmerksamkeit
auf sich lenkt. Was, jedenfalls bei Feinden, nicht gut wäre. Auch bei
eigenen Landsleuten ist eine gewisse Vorsicht geboten. Zwei Pferde
werden immer und von jedem gebraucht. Wenn schon nicht zum
Reiten, für das Mittagessen vieler hungriger Mäuler allemal. Also,
denkt sich Nikolas, Vorsicht ist besser als Schaden nehmen. Möglichst leise und immer nur am oder im Wald, reitet er in Richtung
Wasserburg. Seine Gedanken verweilen noch bei Katarina im Klos-

ter. Was wäre, überlegt er, wenn es Klöster überhaupt nicht gäbe? Sie sind ja schon seit Jahrhunderten die Bildungsstätten für die Mönche und so ganz nebenbei sollen sie ja den einfachen Menschen das Christentum näher bringen. Ohne solchen kirchlichen Einrichtungen stände es wohl nicht besonders gut für die Bevölkerung. Natürlich gibt es viele Frauen, vor allem unter den reichen Familien, die ein gottgefälliges Leben im Kloster führen wollen, natürlich, überlegt Nikolas, die gibt es auch. Sie bringen einen größeren Geldbetrag mit und schon sind sie unter Gottes Obhut. Was ist mit den Frauen, die gegen ihren Willen, so sie überhaupt einen haben dürfen, von den Vätern und Ehemännern einfach ins Kloster abgeschoben werden? Die geringfügige Mitgift zahlen die meisten Ehemänner und Väter oder Großväter aus der linken Hosentasche. Anders im so genannten einfachen Volk. Die Männer, wenn nicht zu alt, krank oder verkrüppelt, werden massenhaft durch blödsinnige, kriegerische Metzeleien dahingerafft, abgeschlachtet oder in ihrer Lebensqualität so massiv eingeschränkt, so dass sie für nichts mehr zu gebrauchen sind und jämmerlich bis zu ihrem Tod leiden müssen. Die gesunden Männer wären es eigentlich, die den ledigen Frauen und den Müttern, Großeltern und den vielen Kindern Schutz bieten könnten. Das Kloster kann diese Aufgabe nicht erfüllen, grübelt Nikolas, das ist auch so nicht gewollt.

Im wirklichen Leben sind die Frauen aus einfachen Familien ohne jeglichen Schutz. Erben dürfen sie sowieso nicht, dafür fehlen die gesetzlichen Grundlagen und Berufe im Handwerk und Handel waren und sind den Männern vorbehalten. Also, von was sollen sie ihr Leben bestreiten? Die tägliche Praxis dafür sieht übel für diese Frauen aus. Entweder sie landen in den Bordells zur Freude der Männer, werden erschlagen und misshandelt, schuften auf den Bauernhöfen als Mägde und in den reicheren Familien als Putz- und Waschfrauen. Das alles natürlich ohne Entlohnung oder für ein sehr geringes Taschengeld.

Dieser Klasse von Frauen ist es verwehrt in Ruhe alt zu werden. In den meisten Fällen haben sie nur eine kurze Lebenserwartung. Gott sei Dank gibt es ja den Herrn im Himmel, mit seiner unendlichen Liebe und seiner nicht enden wollenden Herrlichkeit von einem göttlichen Leben. So die betroffenen Frauen natürlich auch fest daran glauben und so sie, aufgrund ihres christlichen Lebenswandels, das auch erwarten dürfen, dass das, was sie fest glauben auch in Erfüllung geht. Für die weiblichen Liebesdienerinnen in den Bordells, männliche soll es ja auch geben, wird das schon problematischer. Hier dürfte wohl das Fegefeuer eher in Frage kommen.

Das Kloster kann natürlich diese Probleme nicht lösen, das ist absolut unmöglich, überlegt Nikolas! Es wird wohl ein grundsätzliches Umdenken der Menschen notwendig sein, um das Leben auf Erden menschlicher zu gestalten. Um Katarina muß sich Nikolas erstmal nicht sorgen. Hinter den Klostermauern ist sie sicher aufgehoben.

Als er für wenige Minuten den Wald verlässt, sieht er unten im Tal Rauchwolken über der Wasserburg oder was von ihr noch übrig geblieben ist, aufsteigen. Ich hoffe nicht, dass sie fest in der Hand der Franzosen ist. Kurz entschlossen bindet er die beiden Pferde an einen Baum fest und läuft vorsichtig weiter in Richtung Burg.

Vor Nikolas öffnet sich ein Bild der erbarmungslosen Gewalt und des unmenschlichen Leides, das Menschen überhaupt zustoßen kann. Am Straßenrand sind meterhohe Holzkreuze aufgestellt. Je näher er der Wasserburg kommt, umso deutlicher wird das Ausmaß der baulichen Vernichtung und der grauenhaften Metzelei an unschuldigen Menschen. Er erkennt den Abt, die Mönche und die Wachsoldaten der Burg, festgenagelt an den Holzkreuzen. Die hängenden Köpfe und das Fehlen von Schmerzensschreie lassen vermuten, dass alle bereits tot sind oder das Bewusstsein verloren haben. Auf der Straße patrouillieren Soldaten der französischen Armee. Ihre weit sichtbaren weißen Uniformröcke sind nicht zu übersehen.

Das ist schlecht, sogar sehr schlecht! Schimpft Nikolas leise vor sich hin. Damit hat die preußische Armee eine sehr wichtige Verkehrsverbindung, eigentlich die einzige gut befahrbare Straße von Nord nach Süd verloren und zusätzlich einen strategisch wehrhaften Militärstützpunkt eingebüßt. Die Franzosen können dadurch viel leichter und schneller ihre Truppen mit ihrer Bewaffnung und der erforderlichen Verpflegung zu den strategisch wichtigen Orten bringen und so die Soldaten militärisch aufstellen und ausrichten dort, wo sie gebraucht werden. Es wäre vorteilhafter gewesen, die preußisch-sächsische Armeeabteilung Hohenlohe, hätte diesen außerordentlich wichtigen Stützpunkt einnehmen können. Die Wasserburg, mit ihren gewaltigen Schutzmauern, würde möglicherweise noch stehen und die Menschen in ihr wären gesund und am Leben. Nicht auszudenken, welche Schinderei die Streitkräfte der französischen Armee auf sich nehmen müsste, um fernab der Straße durch die wilde Natur marschieren zu müssen.

Nikolas wendet sich von diesen schrecklichen Bildern ab, läuft zurück zu seinen beiden Pferden und reitet über Umwege zum Dorf Liebmein. Die Franzosen in dieser Gegend? Nein! Das geht nicht gut. Er wird mit Karl und Hilde reden müssen. So lange die kriegerischen Auseinandersetzungen so nahe bei Liebmein anhalten ist es ratsam, für eine gewisse Zeit bei Verwandten oder Freunden unterzukommen und das möglichst weit weg von hier.

Nikolas und Hilde

Eine Stunde später ist er auf dem kleinen Grundstück vom Gasthof oder genauer gesagt, was von ihm noch übrig geblieben ist. Kurzes Klopfen am bekannten Lüftungsrohr im Komposthaufen und Minuten später steht er im Keller. Hilde klammert sich an seinen Schultern fest und drückt ihr verweintes Gesicht an seine Brust. Im schwachen Licht der kleinen Öllampe kann er niemand weiter entdecken. Hilde ist allein im Schutzraum. Nikolas hebt ihren Kopf, schaut sie an und fragt nach Karl und den zwei Knechten. Leise, und unter heftigem Schluchzen beginnt sie zu erzählen.

„Die Männer haben sich gemeinsam bemüht, in der Brandruine das noch glimmende Feuer zu löschen und Werkzeuge und andere nutzbare Gegenstände zu retten. Plötzlich stürzte der Dachstuhl der Scheune ein und begrub alle drei unter sich." „Wie konnte das passieren, Hilde?" „Ich weiß es nicht, Nikolas! Vielleicht glaubte Karl, dass trotz des Brandes die Beschädigung des Balkengerüstes nicht so schlimm wäre, um alles einstürzen zu lassen. Den ganzen Vormittag war er unterwegs und kümmerte sich mit den beiden Knechten um die Überlebenden und Verletzten im Dorf. Zusätzlich sorgten sie dafür, dass das gesamte Vieh und die jungen Männer aus den Waldverstecken wieder ins Dorf zurückkehren, um mit dem Aufbau der noch einigermaßen bewohnbaren Häuser zu beginnen. Und jetzt das – schlimm, Nikolas, wirklich schlimm! Ich weiß nicht, Nikolas, wie es weiter gehen soll? Meine Verwandten wohnen alle in Nürnberg. Hier in Liebmein bist du der einzige Mensch, an den ich mich wenden kann und dem ich vertraue und sehr liebe. Karl ist tot. Die beiden Knechte auch. Meine zwei Mägde sind zu ihren Eltern unterwegs. Ich weiß wirklich nicht, was ich tun soll. Allein nach Nürnberg zu meinen Verwandten kann ich nicht gehen." Nikolas nimmt sie in die Arme, drückt ihr einen Kuss auf die Wange und schaut sie an. „Als erstes werden wir die drei Männer begraben. Nimm dir eine Schaufel und versuch neben den Sträuchern eine Grube auszuheben. Sobald ich Karl und die beiden Knechte im Geröll gefunden und befreit habe, können wir sie beerdigen." Hilde nickt nur mit dem Kopf und meint - „Meine Eltern haben mich mit Karl verheiratet, da war ich gerade mal vierzehn Jahre alt. Was sollte ich auch dagegen tun? Es war halt so. In den fünfzehn Jahren, die wir bis jetzt verheiratet waren, hat er immer gut für mich gesorgt. Ich musste zwar hart arbeiten, aber geschlagen hat er mich nie. Und mit eigenen Kindern die Karl wollte, konnte das so, wie wir beide das anstellten, nicht in Erfüllung gehen. Er war für mich wie ein guter Freund, ich konnte mich immer auf ihn verlassen. Auch den Menschen hier im Dorf stand er stets mit Rat und Tat zur Seite. Seit ich dich das erste Mal sah, gehört mein Herz nur dir! Ich kann dir dieses Gefühl nicht beschreiben, das mich in jeder Minute meines Lebens an dich fesselt. Wenn ich dich sehe, ist es mir, als ob mein Herz aus meiner Brust springen will, um mit deinem Herzen vereint zu sein. Musst du gehen, verkrampft sich mein Bauch so schmerzhaft, dass es mir schwer fällt, ruhig zu bleiben und nicht zu schreien. Vielleicht ist es Gottes Wille, dass alles so kommt, wie es jetzt ist." „Ich liebe dich sehr, Hilde. Zwischen uns beiden stand nur der Mönch und der war es, der eure Beziehung ertragen konnte. Ohne diesem Schutz wäre ich sündig geworden oder zu den Soldaten gegangen, um den Tod zu suchen." „Nikolas, du bist immer noch ein Mönch!" „Ich weiß, Hilde! Die Turbulenzen des Krieges werden mir helfen, die Kutte abzulegen und Gott muß ich deswegen nicht aus meiner Brust verbannen. Mein Herz hat für euch beide Platz." „Du bist ein kluger Mensch, Nikolas. Meine Verwandten haben eine Druckerei mit einer Redaktion für ein regionales Tagesblatt. Ich kann lesen, schreiben und rechnen. Beide werden wir bestimmt willkommen sein, um tatkräftig mitzuarbeiten. Mein Onkel war damals schon gegen die Heirat mit Karl. Er hätte mich wohl viel lieber in der Redaktion gesehen und nicht in einem Gasthof in Liebmein." „Dann werden wir unsere gemeinsame Flucht in deine Heimatstadt mal umsichtig vorbereiten. Erstmal bringen wir die Toten ins Grab. Wir müssen uns beeilen, es wird bald dunkel."

Zwei Stunden später sind alle drei Männer in Decken gut eingepackt und beerdigt. Nikolas und Hilde stellen ein kleines Holzkreuz am Kopfende des Grabes auf und ein Johannisbeerstrauch verziert den gesamte Grabhügel. Ein Gebet an den Herren, er möchte doch die drei Männer gut aufnehmen und ihnen Frieden schenken, ist für beide keine Pflichtübung, sondern eine Herzenssache.

Es ist dunkel geworden. Nikolas und Hilde sind bereits im Schutzkeller und suchen nach einen Plan, wie sie aus dem Mönch Nikolas einen Bräutigam machen könnten. Hilde ist ja Witwe und es steht ihr nach dem Gesetz frei wieder zu heiraten. Das wäre kein unüberwindbares Hindernis. Anders für Nikolas, er ist ein Mönch. Für ihn ist das Wort Heirat aufgrund des Zölibats ersatzlos aus seinem Wortschatz entfernt worden.

„Das Auffälligste an einem Mönch sind die Äußerlichkeiten, also die Kleidung und die Schuhe, liebe Hilde. Kleiner Lacher, von wegen Schuhe? Und die eigenwillige Haarfrisur ist auch nicht zu übersehen. Das heißt, die Mitte der Kopfdecke ziert eine Glatze, die man alle drei Tage rasieren muß, damit sie nicht zuwächst. Und um die Glatze herum, ein dichter Haarkranz. Möchte bloß wissen, wer auf diese blödsinnige Idee kam. Oder das Zölibat? Das hat mit Gottes Wille ganz sicher nichts zu tun, sondern entsprang dem Gedankengut einer Ansammlung von alten Männern, die mit ihrem guten Stück nichts mehr anfangen konnten und einer sehr pragmatischen Überlegung." „Wie soll ich das verstehen, lieber Nikolas, pragmatisch?" „Die Männer, die sich das überlegten, waren alles nur nicht dumm, Hilde." „Na, das sehe ich ja an dir, mein Schatz!" „Als die christlich katholische Kirche gegründet wurde, gab es den Begriff Zölibat nicht. Erst mit der wirtschaftlichen Entwicklung der Klöster stellte man fest, dass durch die Gründung und Verwaltung der kirchlichen Pfründe. durch die großen Familien der verheirateten Priester, das Vermögen der kirchlichen Einrichtungen in erhebliche finanzielle Mitleidenschaft gezogen wurde. Der Rest des Vermögens wurde im Todesfall durch die Erbfolge aufgeteilt. Da blieb von einem Kloster, seinen üppigen Ländereine und seinen großen Waldgebieten nicht mehr viel übrig. Auch die Vererbung vom Vater auf den Sohn brachte meist große innerkirchliche Konflikte, weil sie gegen das zentralistische Grundverständnis verstieß. Die an das Erbe gekommenen Söhne waren nicht immer ein Sohn Gottes und unternahmen mit dem ererbten Vermögen was sie für richtig hielten. Der heiligen christlich katholischen Kirche geht es ja um Gott und nicht um das wirtschaftliche Wohlbefinden von einigen Priesterfamilien." „Wenn meine Verwandten in Nürnberg bei einer Feier mal einen über den Durst getrunken hatten, hörte ich zu diesem Thema auch andere Stimmen." „Ach nein! Wenn das nur der liebe Gott nicht hörte. Und was meinten sie so im Alkoholrausch?" „Mein Onkel sagte meistens, die Kirche sieht nur den Ausbau ihrer wirtschaftlichen Macht und Gott, na jedenfalls den sie immer auf der Zunge tragen und nicht im Herzen,, benutzen sie nur, um ihre Gier nach Reichtum zu vertuschen." „Das kann ich leider nicht abstreiten – es stimmt! Aber zurück zum Zölibat, liebe Hilde. Durch diese Verordnung wurden die ungewollten wirtschaftlichen Verwerfungen von Grund auf beseitigt." „Wieso, Nikolas?" „Ein Mönch, der nicht heiratet und keine Familie hat, also Kinder, Frauen waren ja nicht erbberechtigt, kann auch nichts verjubeln und vererben. So einfach ist das."

„Wieder zu uns beiden! Als erstes solltest du meine Kopffrisur verändern. Die Kopfglatze habe ich schon seit vierzehn Tagen nicht mehr rasiert. Wenn du den dichten langen Haarkranz auf die gleiche Länge abschneidest, wie das Mittelteil, ist das Auffälligste an mir schon beseitigt. Normale Schuhe und Kleidung kann ich mir kaufen. Im Gegensatz zu einigen anderen Mönchen, habe ich für mich immer etwas Geld zur Seite gelegt. Auch einen großen Geldbetrag, den mir der Bischof aus Erfurt mitgab, ist noch in meinem Beutel. Wenn wir sparsam damit umgehen, können wir uns ein Haus kaufen und für Essen und Trinken reicht es auch eine Weile." „Das klingt nicht unbedingt wie ein frommer Mönch, eher wie ein geschickter Kaufmann, mein Schatz." „Ich war leider in unserer Familie nicht der Erstgeborene. Meine Eltern besaßen in Erfurt eine Apotheke, die jetzt mein Bruder besitzt. Zu den Soldaten wollte ich nicht, viel lernen war mir wichtiger. Also wurde ich Mönch. Ein Herzenswunsch war es nicht, eher eine Entscheidung der rationalen Vernunft." „Karl und ich haben in den Jahren unserer Ehe auch ein ansehnliches Sümmchen auf die Seite gebracht. Also Geldsorgen, so man uns nicht überfällt und uns alles wegnimmt was wir besitzen, werden wir nicht haben. Dein Kopfputz macht mir mehr Sorgen. Setz dich aufrecht hin und lehn dich mit deinem Rücken an die Wand. Ich bin zwar kein Bader, aber zum Haareschneiden wird es reichen."

Im Schein der kleinen Lampe blitzt eine Schere auf, Hilde schwingt sich auf seine Oberschenkel und macht sich mit Eifer daran, Nikolas eine männliche Frisur zu verpassen. Nach einer ganzen Weile nimmt sie seinen Kopf in die Hand und schaut ihn neugierig an. „Was soll das werden, Nikolas?" „Ich wollte nur mal fühlen, ob du eine Hose anhast." „Ach so, ich dachte schon, dein Teufel wollte auf Wanderschaft gehen, um sich eine Hölle zu suchen." „So ganz ungewöhnlich wäre das nicht für einen Teufel." „Schon möglich, mein lieber Nikolas, schon möglich. Leider habe ich für deinen Teufel keine gute Nachricht." „Ach was! Doch hoffentlich nichts Schlimmes?" „Nein! Bei meiner lieben Hölle ist für die nächsten sechs Tage „Großreinemachen" angesagt und da darf sie niemand dabei stören. Du kannst ja deinem Teufel ausrichten, dass ich zwei sehr zarte und flinke Hände kenne, die sich später seiner annehmen werden." „Du kennst zwei zarte Hände?" „Ja, kenne ich!" „Woher kennst du denn zwei einzelne Hände?" „Nikolas, bitte! Halt deinen Kopf still und gib Ruhe!" Nach einer Stunde legt Hilde die Schere aus der Hand, betrachtet ihr gelungenes Werk, nimmt sich eine Decke und kuschelt sich eng an Nikolas. Ihre zarten Hände machen sich auf die Suche nach seinem Teufel und beschäftigen sich vertraulich, einfühlsam und zu seiner Freude mit ihm. Es dauert nicht lange und von beiden hört man nur noch leise Schlafgeräusche.

Hilde ist zuerst wach. Behutsam löst sie sich von Nikolas und hält ihr Ohr an den Luftschacht. Das muntere Zwitschern der Vögel ist nicht zu überhören, der Morgen ist bereits angebrochen. Schnell fertigt sie eine Kleinigkeit für das Frühstück und weckt Nikolas. Beide wollen sie heute zur Gutsverwaltung im Nachbardorf, um die Grundstücksrechte für den abgebrannten Gasthof neu zu regeln.

Nach einem anstrengenden und wohlüberlegten Ritt, mit Umwegen über Waldgebiete, erreichen sie mittags den Gutshof. Kaum stehen sie vor dem Tor, führt sie ein Diener zum Verwalter. Hilde stellt sich und Nikolas kurz vor und erklärt warum sie hier sind.

„Wie sie sicherlich schon gehört haben, wurde unser Dorf Liebmein fast völlig von französischen Truppeneinheiten zerstört. Von unserem Gasthof sind nur noch verbrannte Balken und die Reste vom Mauerwerk übrig geblieben. Ich ziehe zu meinen Verwandten nach Nürnberg und möchte das Lehen für das Grundstück zurückgeben. Könnten sie mir bitte die vertraglichen Regelungen dazu ausfertigen." „Das ist schade! Wir verlieren sie sehr ungern als Pächter des gut florierenden Gasthofes. Ein wieder aufgebauter Gasthof in einem völlig zerstörten Dorf ohne Menschen, das macht allerdings auch keinen Sinn. Es wird Jahre dauern, bis Liebmein wieder existieren wird wie es einmal war. Der Krieg mit den Franzosen trifft uns alle sehr hart. Wir befürchten, dass – jedenfalls solange die Kämpfe anhalten, auch unser Dorf zerstört werden könnte." „Die Grausamkeit des Krieges wird bestimmt viele Menschen veranlassen wegzugehen, jedenfalls für eine gewisse Zeit." „Das glaube ich auch - nun zu ihrem Vertrag. Der Zins für dieses Jahr ist bereits bezahlt, so dass ich ihnen für die Aufräumarbeiten auf dem Grundstück keine Kosten in Rechnung stellen werde." „Danke! Ich habe meinen Mann und unsere beiden Knechte auf dem Grundstück begraben. Als sie sich bemühten den Brand zu löschen, stürzte das brennende Dachgerüst über ihnen ein und begrub sie unter sich. Jeder Versuch sie lebend zu retten, ist uns misslungen. Wäre es möglich, dass vom zukünftigen Pächter das Grab nicht zerstört wird. Ich bin bereit, dafür auch eine Gebühr zu bezahlen." „Damit wäre ich einverstanden. Für die nächsten zehn Jahre berechne ich ihnen fünfzig Gulden." „Danke!"

Hilde und der Verwalter erledigen noch die finanziellen und vertraglichen Formalitäten und beide vereinbaren, dass sie sich vor Ablauf der zehn Jahre wieder hier meldet wird. „Nochmals vielen Dank für ihre Unterstützung und ich hoffe, sie in zehn Jahren wiederzusehen." „Danke für die angenehme Zusammenarbeit in den zurückliegenden Jahren. Ich freue mich ebenfalls auf ein Wiedersehen mit ihnen."

Hilde und Nikolas verabschieden sich und Minuten später befinden sie sich auf den Weg nach Bayern zu Hildes Onkel.

„Bist du mit den Verhandlungen zufrieden?" „Ja, der Verwalter war sehr hilfsbereit. Eigentlich wollte ja Karl das Grundstück kaufen, aber in dem Punkt war mit dem Verwalter nicht zu verhandeln. Komm, Nikolas, reiten wir los! Ich bleibe eine Pferdelänge hinter dir und versuche mich ein wenig auszuruhen, heute Nacht konnte ich nicht besonders gut geschlafen. Immer wenn meine Hölle ihre regelmäßigen Putz- und Reinemacharbeiten hat, nimmt sie keine Rücksicht auf meinen Rücken. Die Schmerzen sind wirklich unangenehm." „Soll ich mit meinem Pferd lieber neben dir bleiben, du könntest ja vom Pferd fallen?" „Ich werde schon auf mich aufpassen. Reite schon los, Nikolas, ich muß weg aus dieser Gegend und das möglichst schnell!"

Mit leichtem Schritt der Pferde reiten beide, immer die natürlichen Deckungsmöglichkeiten nutzend, auf den Weg in Richtung Süden. So ein Lehen ist gar keine schlechte Sache, überlegt Nikolas, während sein Pferd sich bemüht, immer auf sicherem Boden zu laufen. Für den Anfang können sich die armen Leute ein Stück Land leihen, um darauf ein Herberge zur Übernachtung oder eine Gaststätte oder einen Bauernhof errichten. Die Pacht können sie aus Einnahmen ihrer handwerklichen und kaufmännischen Tätigkeiten bezahlen und der kleine Bauer kann sie mit einem Teil seines Erlöses aus dem Verkauf seiner Feldfrüchte entrichten. Wenn bei der ganzen Werkelei ein schöner Batzen übrig bleiben sollte, kaufen sich einige auch eigenes Land dazu.

Trotz aller Gedanken, die in seinem Kopf umher geistern, achtet er auf den Weg. Die nächsten zwei Monate werden sie von ihren zwei Pferden nur runterkommen, um sie verschnaufen und fressen zu lassen und selbst Ruhe zu suchen. Nachts werden sie versuchen einen Gasthof zu finden, um zu essen und schlafen zu können. Ihr Weg wird sie über die Stadt Coburg nach Bamberg, und von dort direkt nach Nürnberg führen. Französische Armeetruppen kommen vermutlich aus der Richtung Bayerns und sind vermutlich auf dem Weg nach Jena, im Gebiet von Thüringen. Sie haben beide keinen ungefährlichen Weg vor sich, um ohne Schaden zu nehmen nach Nürnberg zu kommen. Sie müssen mehr als vorsichtig sein, um den Franzosen nicht in die Quere zu kommen. Der Satz - „Rücksichtsvolle Behandlung der Zivilbevölkerung" wurde ersatzlos aus dem Wortschatz der Soldaten entfernt, gleich welcher Armee sie auch angehören sollten

.

Die Sonne ist bereits am Horizont verschwunden, als sie sich einer Ortschaft nähern. Hilde sitzt in gebeugter Haltung, halb schlafend auf ihrem Pferd und wird erst durch das ruckartige Halten wach. „Was ist, Nikolas, warum halten wir?" „Keine Sorge – alles in Ordnung! Siehst du vor uns den kleinen Kirchturm?" „Ja, sehe ich."

„Wo eine Kirche ist, kann ein Gasthof nicht weit weg sein. Ich laufe zu Fuß zu diesem Ort und werde mal sehen, ob die Luft frei von bösen Buben ist. Bleib hier bei den Pferden und versteck dich. Ich bin bald zurück." Ein kleiner Schmatz und Nikolas ist fort. Zurück bleibt Hilde, die nicht weiß wohin mit ihrer Angst. Es dauert wirklich nicht lang und Nikolas ist wieder zurück. „Diese Nacht können wir beruhig schlafen und ein Abendessen gibt es auch." „Woher willst du das wissen?" „Ich habe mich bis zur Dorfschenke vorgewagt. Der Wirt meint, dass sie bis heute noch keinen Franzosen gesehen hätten, was sich natürlich schnell ändern kann. Egal, diese Nacht schlafen wir unter einem Dach auf einem Strohsack und warm unter einer gemeinsamen Decke." „Das hast du gut organisiert, mein Schatz! Auf einem warmen Strohpolster und unter einer molligen Zudecke lässt's sich viel besser kuscheln." „Sagtest du nicht, deine Hölle sei wegen Aufräumungsarbeiten für ein paar Tage außer Dienst?" „Das stimmt, Nikolas, das stimmt wirklich! Ich kann auch nichts dagegen tun, aber - ich kenne wie du weißt, zwei beneidenswerte Hände, die mir behilflich sind, einen ungeduldigen Teufel zu besänftigen." „Das stimmt auch wieder, obwohl sich mein Teufel in deiner Hölle wohler fühlt. Du solltest deswegen die vertrauliche Bekanntschaft mit den zarten und flinken Händen nicht beenden." „Keine Sorge, mein Liebster, alles zu seiner Zeit. Jetzt schleichen wir uns erstmal ins Gasthaus, ich habe Hunger. Und ein Krug Wein schadet uns beiden auch nicht."

Kaum angekommen, nimmt ihnen ein Knecht ihre Pferde ab, um sie zu versorgen und der Wirt des Hauses führt sie zum Tisch. Eine leichte Eiersuppe, Brot, Käse und Schweineschmalz sind gerade richtig, um den Magen mal wieder ordentlich abzufüllen und ein Krug Wein sorgt für die nötige Bettschwere. In dem kleinen Schlafraum, gleich neben dem Gastraum, sind sie die einzigen Gäste, so dass sie ungestört noch eine Weile miteinander schmusen können. Nach dem morgendlichen Frühstück verabschieden sie sich, und reiten erstmal in Richtung Süden. Auf die verwunderte Frage, wie er den Weg finden will, wenn sie nicht auf der Straße bleiben, erklärt er ihr kurz wie sie reiten müssen, um in Nürnberg anzukommen. „Schau, Hilde, Nürnberg liegt, von unserem Standort aus betrachtet, leicht südwestlich." „Woher willst du das so genau wissen." „Im Osten geht die Sonne auf, im Süden macht sie ein kleines Nickerchen und im Westen geht sie schlafen. Wenn wir immer in die Richtung reiten wo die Sonne ein kleines Schläfchen macht, können wir Nürnberg nicht verfehlen. So eine große Stadt, das soll sie ja sein, können wir nicht übersehen. Bis es soweit ist, werden allerdings noch einige Wochen vergehen."

Sechs Wochen sind sie bereits unterwegs und haben Gott sei Dank keine gefährlichen Situationen erleben müssen. Es gelingt ihnen, leider nicht jeden Tag, einen Gasthof zu finden, um sich satt zu essen, die Pferde ausreichend mit Futter zu versorgen und ohne Angst zu schlafen.

Wieder ist eine Nacht unter freiem Himmel zu Ende und Hilde hat das Gefühl im eigenen Dreck zu ersticken. Laufend hält sie beim Reiten Ausschau nach einem Bach oder einem kleinen See, um ein Bad zu nehmen. Endlich, gegen Mittag kommen sie an einem größeren Gewässer vorbei. Schnell werden die Pferde getränkt und dann mit einer langen Leine festgebunden, damit sie in Ruhe fressen können. Minuten später ist Hilde splitternackt und nimmt Nikolas in die Arme. „In deinen Augen erkenne ich lustvolle Blicke. Du solltest lieber an Wasser und Seife denken." „Ich weiß nicht, was für meinen Teufel oder für meinen Körper besser wäre? Der Teich mit seinem Wasser, oder du mit deinem nackten Körper. Ganz ehrlich Hilde! In meinem Inneren herrscht darüber ein regelrechter Wettkampf." „Du solltest in solchen Situationen pragmatisch denken, Nikolas." „Ach was!" Bist du da so sicher?" „Absolut! Während ich ein Bad nehme, kannst du aufpassen, dass uns niemand überfällt, oder uns bestiehlt. Stell dir bloß mal vor, wir zwei lassen deinen Teufel das machen was er so vorhat und gleichzeitig schleicht sich ein Halunke an und klaut unsere Pferde mit allem was wir so besitzen." „Ich kann dich beruhigen, allein die Vorstellung, so was könnte eintreffen, hat meinem Teufel die Lust auf eine Vergnügungsreise zur Hölle gründlich vermasselt. Es ist schon verrückt, wie mich dein nackter Körper aus meiner Vorsicht ziehen möchte." „Du musst ihn besser erziehen, Nikolas! Glaube mir, das hilft! Wenn ich fertig bin, kannst du ja ein Bad nehmen und ich pass auf."

Hilde genießt, trotz des kalten Wassers, das ersehnte Bad. Eine halbe Stunde später fühlt sich auch Nikolas, mit sauberer Kleidung aus der Satteltasche, wie neu geboren. Hilde wäscht noch schnell die getragenen Sachen und legt sie zum Trocknen über den Rücken ihres Pferdes, bindet es mit einer kurzen Leine an seinem Sattel fest und streichelt liebevoll die Mähne und den Hals von beiden.

„Kannst du mich zu dir in den Sattel heben?" „Warum? Hat dein Pferd einen kranken Huf?" „Frag nicht so viel, heb mich lieber hoch und nimm deine Füße aus den Steigbügeln, die brauche ich." „Ich weiß zwar nicht für was das gut sein soll, aber wenn du meinst!" „Glaube mir, es ist bestimmt nicht zu deinem Schaden. So, und jetzt zieh mich hoch!" Mit kräftigem Schwung landet Hilde auf den Oberschenkeln von Nikolas, hält sich mit der einen Hand an seinen Schultern fest und sucht mit der anderen Hand den Teufel. „Könnte es sein, dass du keine Hose anhast, mein Schatz?" „Gut möglich! Ich glaube, ich habe sie vergessen." „Ach nein! Da wird jemand in meiner Hose einen Freudentanz aufführen." „Könntest du ihm sagen, er möchte sich dafür meine Hölle aussuchen." „Bist du sicher, dass er den Weg dahin alleine findet?" „Keine Sorge, mein Schatz, ich habe ja eine Hand frei." „Da wird er sich freuen. Soweit ich mich erinnere, bist du ja mit zwei sehr liebevollen Händen befreundet." Das Suchen nimmt eine Weile in Anspruch, vermutlich ist die Türe zur Hölle in dieser Sitzlage nicht so leicht zu finden. Endlich kann sich Hilde etwas näher an Nikolas heranschmiegen und ihrem Gesicht sieht man an, dass der Teufel wohl dort ist, wo er schon sehnsuchtsvoll erwartet wird. Ganz behutsam nimmt sie seinen Kopf in ihre Hand und schaut ihn so liebevoll an, dass er meint, Weihnachten und Ostern fallen auf einen Tag.

„Könntest du bitte langsam und vorsichtig losreiten und darauf achten, dass uns möglichst niemand sieht?" „Kann ich! Wäre eine etwas schnellere Gangart nicht angenehmer für deine Hölle?" „Eigentlich nicht! Reite langsam! So eine wilde Galoppiererei macht meine Hölle nur wuschig und wir haben ja Zeit, Liebster. Später – viel später – vielleicht! Du merkst das schon und ich glaube, das Pferd fühlt so was auch. Du reitest ja eine Stute und wir Frauen halten in solch gefühlvollen Angelegenheiten zusammen." „Na, Gott sei Dank reite ich keinen Wallach, bei dem geht so ein Gerangel auf seinem Rücken spurlos vorüber." „Reite weiter, Nikolas, wie sollen die vielen Schmetterlinge, die zu meiner Höller unterwegs sind, sich glücklich fühlen und sich austoben können, wenn du stehen bleibst!" „Ich reite ja schon!" „So ist es gut, Liebster!"

Die kommenden Tage vergehen und sie nähern sich zielstrebig der Stadt Nürnberg. Schon aus der Ferne können sie die gewaltigen Stadtmauern sehen. Der Anblick beflügelt sie und lässt sie schneller reiten. Endlich, denken beide, sind wir in Sicherheit und müssen uns nicht ständig durch die Wälder schleichen. Dem Herrn sei Dank, überlegt Nikolas, hat sich das Land Bayern nicht gegen Napoleon gestellt, so dass sie hier auf bayerischen Boden nicht mit kriegerischen Auseinandersetzungen rechnen müssen. So unklug war das von den pfiffigen Leuten nicht. Bekamen sie doch für ihre Bündnistreue einige Gebiete zu Bayern dazu. Außerdem erklärte der kleine Zwerg von Napoleon Bayern zum Königreich. Nicht zu vergessen der französische Graf Montgelas. Etwas größer als der zu klein geratene Feldherr und weniger kriegerisch im Umgang mit anderen Ländern. Er war es, der Bayern zu einem modernen Staat aufrüstete. Die Neuordnung der Staatsverwaltung, die Schaffung von Verwaltungskreisen, ein neu geschaffenes Beamtenwesen und die Einführung der Schulpflicht legten den Grundstein für die Entwicklung eines modernen Staates. Mit einem schelmischen Blick wendet sich Nikolas an Hilde.

„Ich denke, wir werden uns in dieser Stadt und in diesem Land wohl fühlen, ich spüre das! Oder es ist Gottes Wille – was meinst du, Hilde?" „Wenn ich an mein Dorf denke, habe ich mit Gottes Willen so meine Probleme! Ich verlass mich lieber auf dein Gespür, Nikolas." „Komm, Hilde, machen wir uns auf den Weg zum Osttor. Am Eingang einer Stadt kann man schon eine Menge erleben, die einen veranlassen könnten, gleich wieder kehrt zu machen. Na – hoffentlich nicht!"

Kurz nach Mittag erreichen sie die Straße in Richtung Stadttor. Eine große Zahl Reiter in Zivil und in Uniform, Fuhrwerke, Tierherden mit ihren Treibern und viele Leute zu Fuß warten schon ungeduldig auf die Abfertigung. Endlich stehen sie vor zwei Wachposten.

„Wo wollen sie hin, was haben sie alles bei sich? Waffen jeglicher Art sind verboten und müssen hier abgegeben werden, verstanden?" „Wir wollen zu meinem Onkel!" Meldet sich Hilde zu Wort. „Aha – Name und Adresse!" „Familie Pichelswalter – sie wohnen am Markt." „Kenne ich – haben eine Druckerei. Wann waren sie das letzte Mal hier in Nürnberg?" „Ungefähr vor fünfzehn Jahren." „Na, dann sehen sie zu, dass sie sich nicht verlaufen. Hier wurde nämlich einiges an Häusern, Straßen und Gassen dazu gebaut. Also, dann reiten sie mal weiter, den Stadtzoll können sie sich sparen, sie sind ja eine Heimkehrerin." „Wären sie so freundlich und könnten uns den kürzesten Weg zu meinem Onkel beschreiben?" „Kein Problem – reiten sie ein Stück am Fluss entlang und an der großen Kathedrale biegen sie rechts ab. Nach ungefähr vierhundert Metern sind sie am Markt. Das Haus und die Druckerei ihres

Onkels ist nicht zu übersehen." Kaum haben sie die große Kirche erreicht, erinnert sich Hilde wieder daran, wie sie am schnellsten zum Markt kommen. „Nikolas - bitte, beobachte die Fenster! Es könnte ja sein, dass der Inhalt von Nachttöpfen ausgeschüttet wird. Allein schon bei der Vorstellung, wir würden was vom Inhalt abbekommen, wird mir hundeelend. Es gibt zwar in Nürnberg eine Anordnung der Stadtverwaltung, jedenfalls in der Zeit als ich noch bei meinen Eltern wohnte, dass jeder der den Inhalt seines Nachtgeschirrs zum Fenster rauskippt, gefälligst vorher einen Warnruf aus dem Fenster schreien muß, damit die Leute auf der Straße flugs ausweichen können. Leider hält sich nicht jeder daran. Meine Tante hat es mal erwischt. Die war so was von sauer, das kann ich dir sagen." „Kann ich mir gut vorstellen. Ich möchte auch nicht in so eine Situation geraten – echt ekelhaft!"

Minuten später steigen sie von ihren Pferden, binden sie an einer Holzstange fest, klopfen kurz an der Tür mit der Aufschrift „Nürnberger Anzeiger und betreten einen großen Büroraum, in dem es auffällig nach Druckerschwärze riecht. Eigentlich schon fast ein Wohlgeruch, wenn man den Gestank der Straße noch in der Nase hat.

Ein älterer, grauhaariger Mann, mit großer Nickelbrille auf der Nase will Hilde ansprechen, bleibt aber mitten im Satz stecken. Nur ein einziges, lautes Wort kommt aus seinem Mund - „Hilde!" Im nächsten Moment liegen sich beide in den Armen. Den Schrei hat Hildes Tante gehört und wenige Augenblicke später sind alle drei innig verknuddelt. „Wo kommst du denn plötzlich her und wen hast du mitgebracht? Karl ist das nicht, den kenne ich." „Das ist eine traurige Geschichte, Tante Dorothea. Sein Name ist Nikolas. Er hat mir das Leben gerettet und mich hier her nach Nürnberg zu euch gebracht." „Heinrich, bitte!" Ruft ihn Dorothea zu. „Sperr die Türe zu, für heute ist geschlossen! Ich braue uns geschwind einen Kaffee und eine Kleinigkeit zu Essen kommt auch dazu. Die beiden haben bestimmt Hunger. Und du, Heinrich, bringst unsere beiden jungen Leute ins Wohnzimmer, wir haben viel zu besprechen."

Hilde erzählt ihrer Tante und ihrem Onkel, was sie in den letzten fünfzehn Jahren erlebte. Als das Thema auf die kriegerischen Ereignisse in Thüringen zu sprechen kommt und was aus ihrem Dorf, vor allem was aus ihrer Familie geworden ist, sind die Tränen nicht mehr aufzuhalten. „Das ist ja furchtbar, mein Kind, dem Herrn sei Dank, dass du hier bist, wir haben hier in Nürnberg keinen Krieg. Wie du sicherlich weißt, hat sich Bayern mit den Franzosen verbündet, so dass wir von den schrecklichen Zuständen, so wie in deinem Dorf, verschont blieben. Was wollt ihr beide jetzt tun, wie sind eure Pläne für die Zukunft? Du bist ja jetzt Witwe und wenn ich sehe, wie dich Nikolas ansieht, vermute ich, dass du das nicht mehr lange sein wirst oder irre mich?" „Nein, Tante Dorothea, wir wollen heiraten und möglichst bald eine Familie gründen. Wie du weißt, kann ich lesen, schreiben und rechnen und verlernt habe ich das bis heute noch nicht. Nikolas war sechs Jahre in einer Klosterschule in Erfurt und beherrscht zusätzlich Latein und die französische Sprache. Könntet ihr uns bei euch in der Redaktion oder in der Druckerei nicht gut gebrauchen? Beide haben wir einiges an Geld gespart, allerdings reicht es nicht für eine eigene Druckerei. Vielleicht können wir uns bei euch beteiligen und das Geschäft erweitern. Was meinst du, Onkel Heinrich?" „Ihr kommt zu uns, als hätte euch der Herr persönlich geschickt. Wie du siehst, sind wir nicht mehr die Jüngsten und unseren Kinderwunsch hat Gott immer und immer wieder überhört. Als dein Vater dich vor fünfzehn Jahren nach Liebmein verheiratete, war ich sehr traurig. Aber genug des Wehklagens – du bist ja da und hast eine große Verstärkung für uns mitgebracht. Jetzt macht mir der Tod keine Sorgen mehr, wer wohl nach unserem Ableben das, was wir aufgebaut haben, fortführen wird. Dorothea, bring eine gute Flasche Wein – oder besser gleich zwei, dieser Tag muß gefeiert werden." Es ist schon spät geworden, als Hilde und Nikolas in einem richtigen Bett – nicht auf einem Strohsack, zur Ruhe kommen. Beide sind überglücklich und freuen sich auf ihre gemeinsame Zukunft. „Du!" Mahnt Hilde ihren Zukünftigen – „Sei nicht so wild, in meinem Bauch ist bereits jemand zu Hause." „Nein!" „Doch, du Wüstling." „Dann werden wir mal schnell heiraten." „Ja, Nikolas, das werden wir! So - und jetzt kannst du deinen Teufel wieder dorthin gleiten lassen, wo er gerade war. Ich spüre, es wird ein Junge." „Ach was! Woher willst du das wissen?" „Ich bin ja seine Mutter und rede ständig mit ihm." „Aha!" „Und so wie er spricht, lassen sich nur Jungs aus!" „Na so was, das fängt ja gut an!"

Eng umschlungen träumen beide von einer Zukunft, die ihnen und ihrem Kind eine grausige Auseinandersetzung mit dem Schreckgespenst des Krieges ersparen möge.

Zweiter Teil

Die Abkehr

Katarina will Nonne werden

Süße Hoffnung, uns von Gott gegeben, Ja, wir fühlen deine
Himmelsmacht; Ach, nach oben hin seufzt alles Leben,
Seufzt das Herz in stiller Mitternacht; Selbst die Brust, durchglüht von
Liebeswonne, Sehnet sich nach einer andern Sonne,
Nach dem Lichte, das in Sternen wacht.

Johann Heinrich Christian Nonne

Nachdem sich Katarina von Nikolas verabschiedet hat und sie sich mit rücksichtsvoller Unterstützung der Äbtissin so einrichten kann, dass sie für die nächsten Monate ein neues Zuhause hat, bleibt sie in ihrem Zimmer mit ihrem Elend und mit dem Gefühl von allem verlassen zu sein erstmal allein. Weinend und ihre seelische Not herausschreiend, wälzt sie sich stundenlang auf dem Bett, bevor sie der Schlaf in eine andere Welt zieht und sie für ein paar Stunden von ihren Qualen erlöst.

Am frühen Morgen wird sie durch leises Klopfen geweckt. Die Äbtissin, begleitet von einer jüngeren Nonne, kommt in ihr Zimmer und beide setzen sich zu ihr ans Bett. Behutsam nimmt sie Katarinas Hände und redet leise auf sie ein.

„Die nächsten Wochen werden deinen Qualen noch keine Besserung, geschweige denn Heilung bringen. Schwester Luise wird sich deiner annehmen und dir helfen, die schwere Zeit zu ertragen. Hier bei uns im Kloster musst du dir um deine Sicherheit keine Sorgen machen. Die Not deiner Seele und der Schmerz deines Herzens brauchen Zeit und dafür bist du hier am richtigen Ort. Wir sind im

Schoß Gottes und sind dort geborgen." „Ich bin so dankbar, dass mich Nikolas hier her brachte. Außer dem Ende, wollte ich nichts mehr sehen. Auch jetzt ist mir nicht, als stände ich vor einem Tor, das ich nur öffnen soll, um wieder leben zu können." „Du solltest dich nicht so sehr von deinen Sorgen quälen lassen, Katarina.. Was du fühlst, ist die Ausweglosigkeit des Lebens, die sich in deinen Gedanken festgesaugt hat und dich nicht mehr loslassen will. Diese Überlegungen drangsalieren dich ständig um dich aus der schützenden Hand Gottes zu reißen, als ob dir das dein Seelenheil retten würde." „Die Zeit vor mir wird im Hause Gottes und eurer Hilfe meinen Lebenswillen wieder den richtigen Weg zeigen." „So ist es richtig, Katarina und Schwester Luise wird dir dabei eine liebevolle Hilfe sein. Sie wird dir heute unsere Einrichtungen zeigen und dich in den Alltag unseres Hauses einführen." „Danke für euren verständnisvollen Beistand, ehrwürdige Mutter."

In den nächsten Stunden lernt Katarina, wie so ein Innenleben im Kloster organisiert ist. Vieles Unbekannte kommt auf sie zu und ihre fragenden Blicke sind nicht zu übersehen.

„Als Mönch oder Nonne dieses Klosters, liebe Katarina, bemühen wir uns jeden Tag, die Bevölkerung in unserer Umgebung für das Christentum zu gewinnen und ihnen dabei behilflich zu sein, den Weg zu Gott zu finden. Jeder muß diesen Weg allein für sich selbst entscheiden. Wir können ihnen nur dabei helfen, sich nicht in den Wirren des täglichen Lebens zu verirren." „Leider, liebe Luise, merken wir im Dorf und in unseren Familien zu wenig davon. Oft sind wir allein mit unseren Sorgen und Nöten und sehen keinen Ausweg aus dem Elend." „Wir wissen um diese Situation in den bäuerlichen Familien, aber wir sind zu wenige, um vor Ort wirkliche Unterstützung zu leisten. Unsere Hoffnung liegt bei unserem Herrn und seiner gütigen Hilfe. Jeden Tag bemühen wir uns, das geistige, kulturelle und wirtschaftliche Leben zu verbessern. Wie du siehst, ist unser Kloster eingerahmt von großflächigen Weinbergen. Vielen schafft das Arbeit und trägt natürlich auch dazu bei, die finanziellen Einnahmen der Familien hier in unserer Gegend zu sichern, Und ein Schluck Wein zum Abendbrot schadet keinen Menschen. Wenn sich Mönche aus unserem Haus auf die Wanderschaft begeben, bemühen sie sich in den Dörfern, die Kinder mit den einfachen Grundregeln des Lesens, Schreibens und Rechnens vertraut zu machen. Natürlich können sie nicht für alle Familien da sein, aber ohne ihren Einsatz wäre es um die bescheidene Bildung der Menschen auf dem Land sehr schlecht bestellt." „Warum, Luise, baut ihr keine Schulen in unseren Dörfern?" „Das Wollen ist nicht das Problem, Katarina. Es fehlen die finanziellen Mittel, also Geld, sowohl für die Gebäude, als auch für Lehrer und Bücher. Von den Familien der Bauern können wir kein Geld verlangen. Bei ihnen reicht es sowieso nicht, um vernünftig leben zu können. Oftmals reicht es nicht mal fürs tägliche Essen. Die Großgrundbesitzer und die Adelsfamilien müssten diese Mittel zur Verfügung stellen. An Kapital fehlt es ihnen ganz sicher nicht. Die Vorstellung, die Landbevölkerung könnte sich bilden, stößt da auf erbitterten Widerstand. Für die Schicht der Reichen gibt es nichts Besseres, als unwissende Bauern, oder noch besser, Leibeigene. Der „feinere Ausdruck für Sklaven. So ist das, Katarina – leider! Unterhalten wir uns lieber über das, was du wissen solltest, um dich in den nächsten Monaten in unser Leben einzuordnen. So ein Kloster wie unseres, sollte möglichst von allen Notwendigkeiten unabhängig sein." „Wie meinst du das, Luise? Ihr braucht doch Kleidung und Essen und viele andere Dinge zum Leben." „Du musst dir das Kloster wie ein Dorf vorstellen, nur kleiner und kompakter. Also alles auf einem kleineren Raum und dicht zusammengedrängt. Wir brauchen Räume zum Schlafen, zur Hygiene, zum Essen, Wirtschaften, zur Vorratshaltung und für unser geistiges Seelenheil. Für die Herstellung unserer Nahrung benötigen wir Gebäude und Werkzeuge. Natürlich auch Tiere, also Hühner, damit wir Eier und Fleisch haben. Natürlich auch Kühe für die Milch und ihre Häute für Schuhe und Kleidung und Schweine für Schinken und Wurst. Außerdem bleibt ja noch eine Menge an Lebensmittelresten übrig. Entweder weil sie verdorben sind und nicht mehr gegessen werden können, die aber von den Borstentieren gut verwertet werden. So schließt sich der Kreis und nichts bleibt ungenutzt. Dafür haben wir zu wenig von allem. Rund um unser Kloster gibt es ja nicht nur Weinberge, sondern auch Ackerland und Wiesen, damit die Tiere genügend zum Fressen haben und wir Korn, Kartoffeln und Gemüse anbauen können." „Müsst ihr das alles allein schaffen?" „Nein, Katarina, das wäre zu viel für uns. Einige Arbeiten, besonders die Feldarbeiten, lassen wir durch Tagelöhner verrichten.

Im Klostergarten experimentieren einige Mönche mit der Züchtung verschiedener Obst- und Gemüsesorten. Außerdem pflanzen wir dort unsere Gewürze an, damit das Essen nicht so eintönig nur nach Salz schmeckt. Unmittelbar an unseren Mauern haben wir kleine Gebäude für die unterschiedlichen Handwerksarten bauen lassen. Die Bauern aus den umliegenden Dörfern können hier Kleidung, Schuhwerk und verschiedene Handwerkszeuge kaufen. Natürlich haben wir für die kranken Menschen auch eine kleine Apotheke und drei Krankenzimmer zur Behandlung von Verletzungen und leicht heilbaren Krankheiten. Geburtenhilfe leisten wir natürlich auch, wenn ein Kind auf die Welt kommen soll, aber den Weg dafür nicht so leicht finden will. Zwei Schwestern aus unserer Abtei sind behilflich, soweit das möglich ist. So versorgen wir uns selber und mit dem was wir verkaufen, gewinnen wir das notwendige Geld, um die Dinge zu erwerben, die wir nicht selber herstellen können.

Natürlich möchten wir nicht nur essen und trinken. Für unsere Seele und für unser Herz tun wir ebenfalls viel, um Gott in uns zu fühlen und nah bei ihm zu sein. Dabei helfen uns Gebete und viele gemeinsame Gespräche, damit jeder seiner Begabung und seinen natürlichen Veranlagungen folgen kann und möchte. Wer des Lesens und Schreibens noch nicht mächtig ist, kann es in unserem

Hause lernen und so er möchte vertiefen. Natürlich hört man in dem einen oder anderem Dorf, wir Nonnen würden unser Keuschheitsgelübde nicht sehr ernst nehmen und hier im Kloster mit unseren benachbarten Mönchen ein lasterhaftes Leben führen. Es mag ja in dem einen oder anderem Kloster in unserem Land Vorkommnisse gegeben haben oder geben, die nicht im Einklang mit unserem Gelübde stehen. Glaube mir, unsere Äbtissin achtet sehr darauf, dass wir uns an moralische Sitten halten. Sie ist nicht für eine strenge Zucht, glaub mir, Katarina, das ist sie wirklich nicht. Sie meint, manchmal auch etwas salopp, das würde unsere Lebensfreude nur unnötig einschränken. Aber - Ordnung muß sein. Und wer meint, sie braucht sich daran nicht zu halten, muß das Kloster verlassen. In dem Punkt ist sie unnachgiebig." „Ich habe gehört, dass man Schwestern und Nonnen halbtot prügelt oder noch grausamere Dinge mit ihnen macht, wenn sie gegen ihr Gelübde verstoßen sollten." „Nein, Katarina, da kannst du unbesorgt sein! Hier bei uns werden keine Nonnen oder Schwestern bei lebendigem Leibe im Klostergewölbe eingemauert, nur weil sie Hand in Hand miteinander durch den Klostergarten spazieren. Wollte man den Gerüchten im Volksmund glauben, soll das ja in Klöstern mit uns Frauen zum Alltag gehören. Für uns hier m Kloster trifft das jedenfalls nicht zu und ich weiß, was ich sage!

So, Katarina, jetzt gehen wir in die Klosterküche – es ist Zeit für das Mittagessen, außerdem habe ich Hunger. Nach dem Essen gehen wir in unseren Gebetsraum und suchen Ruhe und Besinnung. Am späten Nachmittag zeige ich dir die wunderbare, duftende Welt der Blumen und Gewürze, du wirst begeistert sein. Hoffentlich auch vom Abendbrot? Danach lass ich dich mit deinen Gedanken und Gefühlen allein. In deinem Schlafraum wirst du im stillen Gebet die Kraft finden, die wir Menschen brauchen, gleich ob als Nonne oder Bauersfrau, um unseren Lebenswillen zu festigen." „Danke Luise, du hast mir heute mit allem was du sagtest, und mit allem was du mir schon zeigen konntest wieder Kraft gegeben.

Schlaf gut! Die kommenden Tage werden mir bestimmt die Angst vom Leibe halten." „Das glaube ich auch. Gute Nacht, Katarina! Den morgigen Tag werden wir in unserer Krankenstation verbringen."

Nach dem Morgengebet und dem anschließenden Frühstück melden sie sich bei Schwester Bruni im Krankenzimmer. Rasch merken Katarina und Luise, dass sie nicht nur zusehen sollen, sondern beide werden sofort in die Arbeit mit kranken Menschen einbezogen. In dem Raum sind sechsundzwanzig Betten aufgestellt. Es ist eine Frauenstation - Männer und Kinder werden hier nicht behandelt, dafür gibt es andere Räume.

Erstmal müssen die Nachtgeschirre geleert und gereinigt werden. Bei den Frauen, die nicht selbständig auf den Topf gehen können, müssen die Tücher am Unterleib mit den Exkrementen entfernt werden. Anschließend wird der ganze Körper gewaschen und mit Öl eingerieben, damit sich möglichst keine Entzündungen bilden.
Sind alle Frauen gewaschen und in frischen Tüchern gut eingepackt, werden in den Betten die Leinentücher und, wenn notwendig, die Zudecken und Kopfkissen ausgewechselt. Zu zweit ist diese Arbeit zwar nicht leicht, aber in vier Stunden ist alles erledigt. Zwei Schwestern der Station haben zwischenzeitlich das Frühstück ausgeteilt und die Kranken, die nicht selbst essen können, werden gefüttert. Schwester Bruni nimmt sich Luisa und Katarina zur Seite und führt sie ans Bett zu einer älteren Bauersfrau. „Sie wurde von einem Knecht versehentlich beim Mähen mit der Sense getroffen und am Oberschenkel schwer verletzt." Schwester Bruni erklärt beiden den aktuellen Befund. „Die große Fleischwunde der Frau wurde, wie in einigen Familien noch üblich, mit Gänsekot behandelt. Daraus entwickelte sich eine sich ständig fortschreitende Entzündung. Es ist so" - Spricht sie sehr leise weiter, damit die Frau das Gespräch nicht hören kann - „Als ob das Fleisch immer weiter verfaulen würde. Eine andere Erklärung ist bei dieser

Art der Entzündung nicht zu finden. Normalerweise müsste die Frau vor Schmerzen schreien oder wenigsten jammern und wehklagen – tut sie aber nicht! Sie schweigt! Entweder spürt sie wirklich nichts oder der Herr hält alles Übel von ihr ab. Es ist wirklich ein Wunder. Gleichwohl! Wenn sie daran nicht sterben soll, müssen wir das Bein abnehmen." „Abnehmen? Wie muß ich das verstehen, Schwester Bruni?" „Wir werden mit einer dafür vorgesehenen Säge, fünf Zentimeter oberhalb der offenen Wunde, den Knochen durchsägen und mit einem Messer durchtrennen wir alle Muskeln, das Fettgewebe und die Haut. Die Adern, die besonders stark bluten, binden wir ab, damit sie nicht verblutet. Die Haut vom gesunden Teil des Oberschenkels ziehen wir behutsam über die Wunde und vernähen sie so, dass die Wunde gut verheilen kann." „Das kann kein Mensch aushalten. Die Frau wird sich zu tote schreien, Schwester Bruni!" „Ich weiß das, Katarina, es ist ja nicht das erste Mal, dass wir so etwas tun müssen. Nehmen wir das Bein nicht ab, wird sie durch die Körpergifte, die sich in der Wunde bilden, ziemlich sicher in den nächsten vier Wochen sterben. Amputieren wir das Bein, besteht zu mindest die Möglichkeit, dass sie am Leben bleibt. Laufen wird sie allein nicht mehr können, aber zu Hause, bei ihrer Familie kann sie die erhebliche Behinderung besser verschmerzen." „Wie viele Menschen überleben so einen Eingriff?" „Diese Art von Operation kommt Gott sei Dank nicht oft vor. Über die gute Hälfte der Betroffenen sterben innerhalb von zwei Wochen nach der Amputation." „Das ist ja furchtbar, Schwester Bruni! Können wir gegen die Schmerzen während der Operation überhaupt nichts unternehmen?" „Das ist es, Katarina, das ist wirklich ein Übel! Natürlich bemühen wir uns so, dass es für die Frau gerade noch zum Aushalten ist. Vor dem Eingriff muß sie ein Glas starken Alkohol trinken. Wir erreichen damit einen Zustand bei ihr, der den Schmerz für sie etwas erträglicher macht. Sollte es dennoch ganz schlimm kommen, hoffen wir voller Mitgefühl, dass unser Herr ihren Geist für einige Minuten zu sich holt und sie dabei das Bewusstsein verlieren wird. Wenn der Herr unsere Bitte nicht erhört, haben wir für solche Fälle einen stabilen Holzhammer." „Ha? Was machst du mit einem Holzhammer an einer Wunde? Ich denke, du nimmst die Säge?" „Die Säge brauchen wir natürlich auch. Mit dem Hammer bekommt sie einen kurzen, aber kräftigen Schlag auf ihre Stirn. Dadurch verliert sie für ein paar Minuten das Bewusstsein und spürt keine Schmerzen mehr. Bevor sie den Schlag abbekommt, legen wir einen Lappen auf die Stirn, sonst verursacht so ein kräftiger Hieb eine erhebliche Platzwunde, und das muß ja nicht auch noch sein. Für uns hat das den Vorteil, dass wir die Schmerzensschreie nicht mehr hören müssen und der Patient ruhig liegen bleibt und nicht wild um sich schlägt. Anders könnten wir das Bein nicht amputieren, ohne das nicht wenigstens vier kräftige Frauen die Patientin und das verletzte Bein festhalten."

Katarina reißt sich ruckartig ein Handtuch vom Bett und hält es an den Mund, dreht sich zum Ausgang des Krankenzimmers und rennt in den Garten. Luise ahnt schon was in Katarina vor sich geht und lässt sie ein paar Minuten mit sich allein. Später nimmt sie das weinende Bündel von einer Frau in die Arme und versucht sie zu trösten, soweit das überhaupt möglich ist.

„Es ist schlimm für uns alle hier die Grenzen unseres Handelns zu erkennen, obwohl unser Herz und unser Verstand danach schreien zu helfen, um Leid, Not und Schmerzen zu lindern. Glaube mir, Katarina, dass Schlimmste für uns sind nicht die Krankheiten oder lebensgefährliche Verletzungen, sondern die Erkenntnis, dass unser Wissen darüber, wirksam den Betroffenen helfen zu können, so unendlich gering ist." „Du meinst es gut, Luise, ich weiß! Mir ist trotzdem hundeelend."

Erst spät in der Nacht kommt Katarina in ihrem Zimmer zur Ruhe und beschließt – nun endgültig – die Äbtissin zu bitten, im Krankenzimmer arbeiten zu dürfen. Über ihren Wunsch sprachen beide schon mehrmals und bei jedem Gespräch wurde sich Katarina immer sicherer, dass die Arbeit mit kranken Menschen ihre Bestimmung sein wird. Ihre Sehnsucht Nonne zu werden, verbindet sie eng mit ihrer zukünftigen Arbeit.

Luise und Katarina verlieren sich nicht aus den Augen. Beide empfinden eine innige, schwesterliche Zuneigung zueinander und nutzen jede freie Stunde für gemeinsame Gespräche.

„Du weißt, Luise, dass mich mein Wunsch Nonne zu werden, nicht los lässt. Ich kann und möchte mein Leben außerhalb dieser Klostermauern nicht mehr ertragen müssen. Ich bin bereit, mein Herz und meine Seele Gott zu schenken." „Wenn das dein unumstößlicher Wunsch ist, liebe Katarina, was muß ich oder besser, was kann ich tun, um dir hier im Kloster zur grünen Pforte zu helfen, damit du als Nonne aufgenommen werden kannst? Ich weiß aus vielen Gespräch mit dir, dass dein inniger Wusch für dich sehr heilig ist. Das Wichtigste ist, Katarina, dass du es wirklich willst. Das du dein Leben Gott fest anvertrauen möchtest." „Ich kann an nichts anderes mehr denken, Luise" „Gut, alles andere, also das ganze Prozedere dafür, ist in feste Vorschriften eingebettet." „Was meinst du mit - Prozedere?" „Das hört sich alles etwas kompliziert an, ist es aber nicht – glaube mir, ich habe das bereits hinter mir. All das gilt auch für Männer, die in unser Kloster eintreten möchten. Sie müssen sich einer eigenen, strengen Prüfung und Einübung unterziehen, inwieweit sie bereit sind, den angefangenen Weg auch ernsthaft weiter zu gehen. Du selbst kannst jeden Tag an dir ermessen, ob deine Bereitschaft Nonne zu werden, sich in dir festigt und Gestalt annimmt. Durch deine Arbeit in der Krankenstation, durch die vielen Gebete, die aufklärenden Gespräche mit mir und unserer Äbtissin und das gesamte klösterliche Leben, das dich jeden Tag umfängt, spürst du doch selbst, ob deine Sehnsucht, nur noch hier im Kloster zu leben, den Wunsch deines Herzens erfüllt. Die Zeit, die du hier bei uns verbringst, nennen wir das Postulat." „Sag mir das mal so, damit ich das auch verstehe!" „Das bedeutet, dass du in den ersten acht Monaten deines Aufenthaltes hier im Kloster, das gemeinsame Leben mit uns nach bestimmten Grundsätzen verbringst, die nicht erst bewiesen werden müssen, ob sie richtig oder falsch sind, sie sind so! Und danach leben und handeln wir." „So ganz verstanden habe ich das immer noch nicht, aber irgendwie fühle ich, was du damit sagen willst. Vermutlich kann ich über was meckern was mir nicht so passt, aber ändern wird sich trotzdem nichts." „Das hast du gut getroffen. Wir meinen damit das Leben in unserer klösterlichen Gemeinschaft, das du mit uns teilst und an dem du mitwirkst. Daran erkennen wir, ob du bereit und willens bist, so und nicht anders zu leben. Wir ändern unser Leben hier im Kloster nicht, sondern der, der zu uns kommt, sollte und muß sein Leben ändern! So er oder sie es wirklich wollen. Es ist für alle eine Zeit des Prüfens und Suchens. Am Ende steht die Erkenntnis, den richtigen Weg für sich selbst gefunden zu haben. Kommt es nicht zu dieser Einsicht, steht das Tor zum weltlichen Leben wieder offen. Hast du deinen Entschluss gefasst, erfolgt in einem festlichen Zeremoniell die feierliche Einkleidung. Glaube mir, unsere Äbtissin legt darauf besonders großen Wert. Für uns alle ist das ein wunderbarer Tag." „Werde ich dann so angezogen wie du?" „Nein, Katarina, aber die Unterschiede zu meiner Kleidung sind gering. Na, du wirst es ja bald sehen." „Werde ich an diesem Tag mein Gelübde ablegen?" „Nein, Katarina! Die Zeit des Noviziats dauert in unserem Kloster zwei Jahre und mit deiner feierlichen Einkleidung beginnst du diesen Weg. Glaub mir, Nonne zu werden ist schwer, Nonne sein dagegen nicht. Je nach dem, von welchem Standpunkt aus man das alles betrachten und beurteilen will. Der Weg dorthin dauert lang und ist ausgefüllt mit Prüfungen für dich selbst. Bist du wirklich bereit, dein Leben Gott in den Schoß zu legen, nur und ausschließlich einen klösterlichen Lebenswandel zu akzeptieren und Gehorsam nach den Regeln des heiligen Benedikt zu führen – nicht zu vergessen die ehelose Keuschheit, die dann für ein ganzen Leben gelten wird? Glaube mir, deine Lebensentscheidung wird sich in dieser Zeit immer mehr festigen und dich in allen kleinen und großen Abläufen hier im Kloster Gott näher bringen. Ist für dich die Zeit gekommen, einen neuen Weg zu beginnen, wird es ein Schritt sein, der dich direkt zu Gott führen wird. Du wirst dich, mit deinen von Gott gegebenen Gaben und Schwächen weiter entfalten, um seine Gnade zu empfangen. Aber genug damit, liebe Katarina, du musst dir heute und jetzt darüber noch keine Gedanken machen. Sei dir trotz allem dessen bewusst, dass du nicht zwingend musst, was du nicht wirklich willst! So, jetzt aber Schluss damit! Morgen ist ein neuer Tag, und jetzt wird geschlafen. Gute Nacht, du Unruhegeist!" „Was ist ein Unruhegeist, Luise?" „Katarina!" „Entschuldige bitte, sollte nur ein kleiner Scherz sein. Gute Nacht, Luise und danke für alles."

Die Monate vergehen und Katarina hat sich in ihre neue Tätigkeit gut eingewöhnt. Es fällt ihr anfangs nicht leicht, das Leid anderer Menschen zu ertragen und nicht oder nur wenig helfen zu können. Ein Grund mehr für sie, sich mit den verschiedenen Medikamenten und Heilkräutern vertraut zu machen die geeignet sind, wenigstens die Schmerzen zu lindern und hoffentlich einigen der kranken Frauen Aussicht auf Besserung zu bringen. Vieles kann sie in diesen Monaten von ihren Mitschwestern lernen und jeder Tag, an dem sie helfen kann, ist so als ob sie Gottes Nähe fühlen würde.

Aufgrund ihrer schnellen Auffassungsgabe und ihrer hingebungsvollen Arbeit mit den Kranken, wurde ihr bereits eine kleine Abteilung zugeordnet, in der sie allein und eigenverantwortlich mit den Patienten arbeiten darf.

Es ist schon spät am Abend, als es an ihrer Zimmertür klopft. Minuten später sitzt die Äbtissin bei ihr am Tisch. „Katarina, entschuldige bitte, dass ich dich zu so später Stunde stören muß." „Ihr stört mich nicht, ehrwürdige Mutter! Was führt euch zu mir und wie kann ich euch helfen? „Du hörst sicherlich auch seit Tagen die furchtbaren Sendboten des Krieges, der in unserer Nähe sein grausames Werk verübt. Nun - gestern erhielt ich von unserem Hospiz bei Auerstedt die dringende Nachricht, um Hilfe für die medizinische Betreuung von schwerverletzten Soldaten. Du zeigst uns jeden Tag, wie du mit großer Herzensgüte und mit großer Umsicht und Geschick kranke Menschen hier bei uns behandelst und versorgst. Ich möchte dich nur sehr ungern dorthin schicken, aber die Not der verletzten Soldaten, die in unsere Krankenstation bei Auerstedt eingeliefert werden, muß unerträglich sein. So du willst und so du dir diese Aufgabe zutraust, würdest du, gemeinsam mit anderen Schwestern und Brüdern aus unserem Kloster dorthin aufbrechen. Eine Wachabteilung aus unserem Kloster wird euch sicher dorthin bringen.Was meinst du dazu?" „Ich gebe zu, dass ich nicht so gern die sicheren Mauern unseres Hauses verlassen möchte, aber wenn ich anderen Menschen helfen kann, so ist es Gottes Wunsch und ich beuge mich seinem Willen." „Ich lass dich hier nur sehr ungern fortgehen, denn dein Platz im Krankenzimmer ist nicht so leicht zu ersetzen. Du wirst auch nicht allein gehen. Zwei andere Schwestern und vier Brüder werden dich begleiten. In drei Tagen sollt ihr aufbrechen. Hast du noch Fragen dazu oder hast du einen besonderen Wunsch?" „Wie lange werde ich im Hospiz bleiben müssen und darf ich wieder hierher zurück?" „Ich rechne mit ungefähr drei Monaten, Katarina. Wer weiß das schon so genau, wie lange Männer brauchen, um sich gegenseitig töten zu müssen. Manches Mal verstehe ich die Geduld unseres Herrn nicht – wirklich nicht, Katarina. Das behältst du bitte für dich! Nach dieser Zeit, ich rechne, wie schon gesagt mit etwa drei Monaten, dann wirst du in unserem Kloster wieder zu Hause sein." „Dann soll es so sein, ehrwürdige Mutter." „Gute Nacht, Katarina und behüte dich Gott!"

Bevor Katarina der Schlaf in eine ruhigere Welt ziehen kann, muß sie noch an Gottes Wege denken und wohin sie einem manchmal führen können. Ich müsste bei ihm heimlich Mäuschen spielen, denkt sie so halb im Schlummer, dann wüsste ich vielleicht mehr darüber, was mich alles noch so erwartet. „Sei froh, dass du das nicht kannst! Du würdest vielleicht nicht mehr in Ruhe schlafen können." Flüstert ihr eine innere Stimme zu. „Vielleicht? Möglicherweise trifft das was du sagst zu. Es kann ja auch alles ganz anders kommen. Wer kennt schon die Wege unseres Herrn so genau um zu wissen, was alles noch auf einem so zukommen wird."

Seit einem Tag sind sie bereits unterwegs. Dicht gedrängt sitzen drei Schwestern und vier Mönche auf einfachen, rohgezimmerten Holzbänken in einem Planwagen. Die vorgespannten vier Pferde haben es nicht leicht, den schweren Wagen auf einfachen, steinigen Landstraßen zu ziehen. Sie werden ständig so kräftig durchgeschüttelt, dass an Schlaf oder ein kleines Nickerchen nicht zu denken ist. Unabhängig von der beschwerlichen Fahrweise, lauern überall Gefahren von Soldaten überfallen zu werden. Nicht selten müssen sie in dichten Wäldern abseits der Straßen für einige Stunden Schutz suchen. Nachts schlafen sie zusammengerückt im Wagen und zum Essen gibt es nur Brot und etwas Käse. Trinken ist kein Problem, kleine Bäche finden sie immer.

Endlich! Nach einer Woche erreichen sie todmüde und hungrig einen kleinen Ort mit dem Namen Grabenforst und sind eine halbe Stunde später hinter den Mauern vom „Hospiz zum heiligen Benedikt" in Sicherheit.

Nach einem ausgiebigen Abendbrot und einem warmen Bad, gehen alle in ihre Schlafkammern und freuen sich auf eine ruhige Nacht. Nach dem Morgengebet und einem kräftigen Frühstück werden die Neuankömmlinge auf die einzelnen Pflegeabteilungen aufgeteilt. Schon an den lauten Schmerzensschreien ahnt Katarina, was sie erleben wird.

Die erste Besichtigung mit der Oberin bestätigt das, was sie schon vermutet. Ohne das sie bereits über die notwendigen medizininischen Kenntnissen verfügt darüber zu entscheiden, ob der eine oder andere Soldat eine Überlebenschance hat oder nicht ahnt sie, warum diese Männer hier liegen deren Schmerzen man versucht, mit viel Alkohol zu lindern. Täglich müssen die Körperexkremente beseitigt und der Körper gewaschen werden. So die Soldaten oder was von ihnen noch übrig ist, Nahrung zu sich nehmen können, werden sie mit etwas Suppe gefüttert. Jeder der hier pflegt weiß, dass den Schwerstverletzten nicht mehr zu helfen sein wird. Sie werden sich zu tote schreien. Es ist nur eine Frage der Zeit.

Katarina ist so entsetzt, dass sie nur einen Wunsch hat, schnellstens wieder ins Kloster zu fahren. Die kranken Menschen haben dort auch sehr wenig zum Lachen, aber es besteht wenigstens Hoffnung. Warum Herr, lässt du das zu, warum? Du hast doch die Macht dem ein Ende zu setzen. Warum tust du es nicht, bitte - sag warum?

Katarinas Gedanken umkreisen nur noch das Kriegsgeschehen, das scheinbar nicht mehr zu bändigen ist.

Die Bestie Krieg

In der Wirkung des Krieges auf den Volkscharakter erkenne ich eine der heilsamsten Erscheinungen zur Bildung des Menschengeschlechtes. Er ist freilich das furchtbare Extrem, durch das jeder tätige Mensch gegen Gefahr, Arbeit und Mühseligkeit geprüft und gestählt wird.

Friedrich Wilhelm Christian Karl Ferdinand Freiherr von Humboldt

Wir schreiben das Jahr achtzehnhundertsechs. Der sonnige Herbst mit seinem noch milden, warmen Wetter hat sich vom Sommer noch nicht weit entfernt und hält das kleine Land Thüringen noch fest im Griff seiner farbenprächtigen Landschaft.

Schon seit Tagen ist die Luft angefüllt mit einem Angst einflössenden Grollen und Dröhnen und ein entsetzlicher Gestank von Tod und Verwesung sucht sich den Weg zu seinen Opfern. Das Gespenst des Krieges nähert sich langsam und unaufhaltsam einem Platz, den es für seine todbringenden, grausamen Spiele ausgesucht hat.

Tief am dunklen Himmel schwebend, zieht es mit nur geringem Abstand über den Klosterdächern vorüber, als würde es der Fluch Gottes davon abhalten dort kurz anzuhalten, um seine Urgewalt des Bösen mit Feuer und Schwert über dem Kloster zu entladen. Wie ein furchterregendes Gespenst schwebt es mit ruhigen, langsamen Bewegungen am Himmel in Richtung Schlachtfeld und sonnt sich schon in der Vorfreude des grauenhaften Geschehens, am Schmerz der vielen schreienden Soldaten und an den hoffnungslosen Hilferufen der Schwerverletzten und Verstümmelten, die sich in ihrem Blut, wild um sich schlagend wälzen und Gott um Gnade bitten. Ein hoffnungsloses Unterfangen! Auf diesem Ohr ist der Herr taub. Sie werden unter qualvollen Schmerzen sterben und dem Gespenst des Krieges dabei teuflische Freuden bereiten. Dabei wäre es so einfach, dem Beginn eines Krieges keinen Grund zu geben. Es liegt bestimmt nicht in der Natur des Menschen, sich gegenseitig zu bekriegen, warum auch!? Immer suchen sie einen Grund dafür und finden sie einen, gibt es unendlich viele und jeder wird behaupten, dass sein Grund der richtige ist. Gottes Beistand haben sie sowieso dafür, jedenfalls denken sie das! Und findet sich kein Grund, dann sorgt schon die grausige Bestie Krieg dafür, dass es einen geben wird. Einfallsloser Frieden wäre für dieses bluttriefende Ungeheuer das Letzte was es brauchen könnte. Mit viel Sorgfalt und Geduld träufelt sie ihre Waffen in die Köpfe der Menschen. Sie weiß, dass Neid, Hass und Habgier ihre Wirkung bei den Menschen nicht verfehlen und immer wieder Gründe für die sinnlose Abschlachterei gefunden werden. So, und nicht anders, denkt sich das furchteinflößende Gespenst, muß das Leben verlaufen. Die Langeweile kommt dabei ganz sicher nicht auf.

Ruhig und selbstsicher zieht es am Himmel weiter seine Bahn. Nicht weit entfernt vor sich sieht es den Geist der Vernunft auf sich zukommen. Nicht schlecht für mich, denkt das Gespenst, und freut sich schon auf die lebhafte Diskussion, bei der keines von beiden gewinnen wird.

Warum, fragt sich weit ab von dem entsetzlichen Geschehen der Schöpfer, tun sich die Menschen das gegenseitig an. Dafür habe ich mir nicht die Mühe gemacht, sie zu erschaffen – bestimmt nicht! Angewidert wendet er sich kopfschüttelnd ab.

Am fernen Himmel bewegt sich eine andere Gestalt langsam in Richtung der kommenden Kriegsereignisse. Sie nennt sich - „Der Geist der Vernunft". Ihre Gestalt ist wie eine flammende Sonne und ihre lila schillernde Körperfarbe verleiht ihrem glanzvollen Aussehen eine zu tiefst heilige Unantastbarkeit. Besitzt sie doch die unbändige Fähigkeit, durch ihre Beobachtungen und die in den Jahrtausenden gespeicherten Erfahrungen, die richtigen Schlussfolge-rungen zum Wohle für die Menschheit zu ziehen. Moralische Wer-te und der Schutz des Lebens liegen bei ihr in den richtigen Hän-den. Jedem Menschen wurde doch von Gott Vernunft eingehaucht, grübelt der Geist und wie wenige Menschen machen davon wirk-lich Gebrauch – leider!

Natürlich ist es für die Familien schwer, dort wo große Armut und Hunger herrschen, den Frieden zu wahren. Durch Kriege werden diese Zustände allerdings nur noch schlechter. Den Nutzen daraus hat dieses grässliche Ungetüm von einem Gespenst, das sich im Leid der Menschen suhlt. Warum, um Gottes Willen, entscheiden sich dann Menschen überhaupt dafür Krieg zu führen – warum? Vermutlich glauben einige, dass sie mit Gewalt eher ihre Ziele er-reichen und ihren sturen Kopf und ihren Unverstand durchsetzen können. Oder ist der wahre Grund nur das liebe Geld! Bei einem Krieg müssen zwar viele Menschen und Tiere sterben, Gebäude werden zerstört und die Umwelt stark beeinträchtigt, dafür bekom-men wenige Menschen sehr viel Geld in ihre Taschen und können sich am Zugewinn ihrer Macht berauschen. Als Geist der schöpferi-schen Vernunft rufe ich ihnen doch in jeder Minute zu, dass ihr Leben hier auf der Erde nur auf einem kleinen Zeitraum befristet ist und sie nach Ablauf dieser Lebensspanne in einem tiefen Loch verfaulen werden. Was soll also das ganze Geraffe nach Geld und Macht? Und ihr Bewusstsein? Das steht an dem Tag, wo der Körper tief in die Erde verbuddelt wird, vor einer anderen Macht. Natür-lich können die Schuldigen am Krieg ihre Gründe vorbringen und sich bemühen sich zu rechtfertigen natürlich, das können sie. Mehr als ein ablehnendes Kopfschütteln werden sie dafür bestimmt nicht ernten.

Ein kurzer Blick nach vorn genügt für den Geist der Vernunft, um zu sehen, was ihn alles in den nächsten Minuten erwarten wird. „Ein Gott zum Gruß, heilige Vernunft und Beschützerin der Armen!" „Könntest du nicht wenigstens beim Anblick des ganzen Elends und des unsinnigen Kriegsgeschehens unter uns deine dummen Witze lassen?" „Jetzt sag halt nicht gleich Blödian zu mir? Warum willst du mich ständig belehren? So ist die Realität und kein Stück anders!" „Ja, schon! Und warum, weil du den Männern nichts anderes als menschenverachtende, blöde Sprüche für ihr dämliches und dummes Handeln einträdelst." „Na klar, dafür bin ich ja da! Was denkst du denn? Das ist meine Arbeit und meine Bestimmung und mein Betätigungsfeld hab ich heute gleich in der Nähe. Praktisch – oder? Was regst du dich auf, ändere es doch wenn du kannst! Na, ich darf jetzt schon mal lachen!" „Sei nicht so überheblich! Du weißt wie das ist, wenn ich mal richtig loslege und dir mit deiner Abartigkeit keiner mehr zuhört. Mit eingezogenem Schwanz und hängenden Flügeln musst du abziehen. Entschuldige, Schwanz ist natürlich nur ein Witz bei dir – so wie du aussiehst." „Na, na - keine Beleidigung, wenn ich bitten darf. Ich weiß was du meinst. Gott sei Dank – entschuldige bitte, dass ich deinen Herrn mit einbeziehe, kommen solche kleinen Ausrutscher nur selten vor." „Ha, von wegen Ausrutscher! Erinnerst du dich noch an die kritische Situation in Bayern? Wo es möglicherweise um Krieg oder nicht Krieg ging? So lange ist das ja noch nicht her." „Musst du ausgerechnet damit kommen? Du versaust mir den ganzen Tag und die Nacht noch dazu. So ein schöner fetter Braten. Dabei habe ich alles so gut eingefädelt. Ärgerlich – wirklich sehr ärgerlich! Ich muß das leider zugeben. Und bis heute weiß ich nicht, wieso das schief gelaufen ist." „Hast du mich vergessen? Es war eines meiner geistigen Glanzstücke gegen dich und deine üblen Machenschaften!" „Nein, hab ich nicht! Und wie hast du das angestellt? Erzähl mal! Vielleicht kann ich daraus was lernen!" „Also gut, ausnahmsweise! Du kannst es ja sowieso nicht mehr rückgängig drehen. In weißer Voraussicht habe ich damals einen hochstehenden, bayerischen Adligen in Frankreich erziehen lassen. Natürlich auch in militärischer Hinsicht – allerdings äußerst ungern! Um ein bestimmtes Ziel zu erreichen, musste das leider so sein. Immerhin schaffte er es mit seinem Ehrgeiz, die Treppe des Erfolges nach oben zu klettern. Er kraxelte sich bis zum Oberst eines französischen Militärregiments hoch. Als solcher führte er – dank meines Einflusses, das Land Bayern ganz friedlich zu einem Bündnis mit dem kleinen Gernegroß aus Frankreich." „Das hätte ich eher wissen sollen, dann wäre alles ganz anders gelaufen, glaube mir! Kaum lass ich den kleinen französischen Wichtelzwerg mal für kurze Zeit aus meinen geistigen Fängen, schon stellt er nur Blödsinn an und wird zum friedlichen Gartenzwerg - na danke!" „Von wegen? Es wäre möglicherweise alles ganz anders gelaufen. Vielleicht? Du Schreckgespenst – vielleicht? Ist es aber nicht!

Um ganz ehrlich zu sein, so völlig schmerzfrei ging das bedauerlicherweise für die Bayern auch nicht ab. Sie verloren einige fruchtbare Ländereien und einen ziemlich großen Batzen Geld mussten sie dafür auch berappen. So wie ich das beobachte, werden sie das verkraften. Was wichtiger ist und was wirklich zählt ist, dass die Männer auf den Schlachtfeldern der so genannten Ehre nicht hingemacht wurden, sondern stattdessen gesund und lebendig ihrer Arbeit nachgehen und ihre Familien ernähren und beschützen können. Wer sie dabei verwaltet und regiert, ist den einfachen Menschen sowieso egal. Die Hauptsache ist, es geht ihnen so leidlich gut und es herrscht Frieden im Land." „Da irrst du dich aber gewaltig. Wenn dem so wäre, könnte ich ja meine Sachen packen und Leine ziehen, ist es aber nicht. Entschuldige bitte, ich muß deinen Herren nochmal in meinen feurigen Rachen nehmen. Gott sei Dank ist das so!" „Lass bitte den lieben Gott aus deinem Gerede, sonst zieht er dir noch deine komischen Hammelbeine lang!" „Na, na - du bist heute ziemlich ruppig zu mir! Egal - was ich dir eigentlich sagen will! Den Menschen, auch denen unter uns, die gerade so heldenhaft um ihre Ehre kämpfen, geht es auch um Vaterlandsliebe, um Freiheit und nicht nur um die ständige Völlerei. Die macht nur dick, faul und krank." „Ach nein! Das meinst du doch nicht wirklich so?" „Aber ja doch!" „Jetzt darf ich doch mal lachen, von wegen Ehre. Wie sollen Menschen, die weit voneinander entfernt leben und sich nicht sehen geschweige miteinander reden können, sich mit Schimpf und Schande bewerfen und mit Waffengewalt in den Boden stampfen? Übrigens, knüppeldicke satt würde das auch nicht machen. Und Hunger, dessen bin ich sicher, kann bei den Menschen sehr ekelhaft sein. Im Grunde genommen interessiert es doch die Leute in einem Land nicht, was die anderen in fernen Kontinenten so treiben. Wenn du nicht mehr existieren würdest, gäbe es hier auf dem Planeten Erde Frieden. Das ist sicher! Es kann schon möglich sein, ich würde das gar nicht abstreiten wollen, dass auch mal gestritten wird. Allerdings mit Worten und nicht mit den Fäusten. Du bist das Übel allen Leides." „Also – mal langsam mit den wilden Pferden. Ich bin doch nur ein Spiegelbild von dem, was die meisten Menschen so denken, so wollen und auch tun! Kein denkendes körperliches Lebewesen der höheren geistigen Ordnung, die Menschen gehören ja schließlich auch dazu, muß etwas müssen was er letztlich selber nicht will – keiner!" „Nein! Du bist kein Spiegelbild ihres Verhaltens! Du hast hier bei uns auf der Erde, mit deinen krankhaften Spinnereien, die du auf ahnungslose Männer und Frauen versprühst, eigentlich überhaupt nichts zu suchen. Du gehörst nicht hier her! Am besten ist es, du verziehst dich wieder dorthin, wo du herkommst. Vermutlich ist das ein großes finsteres und kaltes Loch, irgendwo in einem dunklen Universum." „Den Gefallen kann ich dir nicht erweisen!" „Ach – und wieso kannst du das nicht?" „Ganz einfach! So lange die Menschen mich rufen und glaube mir, sie tun das ständig, bleibe ich hier. Ob dir das nun passt oder nicht! „Ich weiß, dass das zutrifft, du Missgeburt von einem Gespenst - leider! Aber noch mal zu meinem geistigen Eingreifen in Bayern. Das Land, das sich erfolgreich und klug aus der ganzen Metzelei herausgehalten hat, jedenfalls in dieser Zeit, wurde nicht nur zum Königreich erklärt, sondern baute zum Wohle seiner Menschen ein modernes Staatssystem auf, das allen Menschen einen gewissen Wohlstand brachte. Wohlgemerkt, allen Menschen in Bayern. Das ist der Unterschied von meinem Handeln zu deinem kriegerischen Gemetzel. Bei dir geht es auch einigen wenigen Menschen gut, die fernab vom Kanonendonner hinter dicken Schlossmauern gemütlich bei Kaffee und Kuchen sitzen. Die große Mehrheit der Männer, Frauen und Kinder, und das sind immer die einfachen und armen Bürger eines Landes, müssen schrecklich unter deinen Machenschaften leiden. Bei mir geht es allen so leidlich gut. Natürlich gibt es auch wenige Menschen, denen es besser geht, aber alles vollzieht sich friedlich. Von wegen auf dem Feld der Ehre gefallen. Wenn das alles nicht so ernst wäre, könnte man sich über dich und deine Giftsprüche halbtot lachen." „Ich habe nicht gesagt, dass du dich halbtot lachen sollst. Ich bleibe dabei! Der Mensch lebt nicht vom Brot allein." „So, meinst du? Und was ist mit der Verantwortung für das eigene Handeln, ha – du Möchtegern?" „Ich mach mir vor Angst gleich in die Hose. kleiner Scherz! Jetzt komm bitte nicht mit der berüchtigten Hölle und dem Fegefeuer und solchen unsinnigem Zeug. Wie oft wird im Namen deines Vorgesetzten – entschuldige, deines Herrn im Himmel, abgemetzelt, verbrannt, niedergestochen und vernichtet. Und was macht er dagegen? Wer von uns beiden darf jetzt mal lachen, ha?" „Bevor du anfängst zu lachen, hör mir noch einen Moment zu." „Also gut, du Nervensäge, was Neues erfahre ich sowieso nicht."

„Wie du als geistiges Wesen, zwar ein schreckliches, aber eben ein geistiges weißt, ordnen wir im Universum die verschiedenen Elemente so wie sie reagieren und wie sie mit anderen umgehen, sich mögen oder eben nicht so miteinander zurechtkommen. Die einen tun das sehr heftig, andere eher verhalten und wieder andere eigentlich gar nicht mehr oder nur sehr gering." „Ja, weiß ich! Und was hat das mit uns zu tun?" „So ähnlich verhält sich das auch mit den Seelen der Menschen. Das weißt du natürlich nicht, weil du nur ans Töten denkst. Menschen, die immer nur ans Vernichten und Raffen denken, bauen in ihrer Seele eine ständig wachsende, bösartige Kraft auf." „Ach was, das ist ja was ganz Neues." „Halt dein vorlautes Maul und hör lieber zu! Alle Seelen, die nach dem

Tod den Körper verlassen müssen, zieht es, ob sie wollen oder nicht, in ein dafür bestimmtes Universum, weitab von unserer großen Sternenwelt." „Das ist ja lächerlich! Und was sollen sie dort?" „Du sabbelst wie ein sturer Esel! Denk doch einfach mit. Sobald sie dort ankommen, wird die Energie ihrer Bosheit wieder umgewandelt. Das alles geschieht sehr langsam und ist für die betroffenen Seelenwesen außerordentlich schmerzhaft. Nichts geht in einem Universum, verloren. Und Energie gleich gar nicht. Alles wird wieder geordnet, damit unser universelles Leben nicht aus den Fugen gerät." „Heißt das, ich komme auch dahin?" „Woher soll ich das wissen? Tröste dich, du wirst es erfahren."

Vorsichtig schieben sich bei dem Geist der Vernunft andere Überlegungen in den Vordergrund, die es bis jetzt noch nicht so bedacht hatte. Was ist, denkt es, wenn die Aufgabe dieser bösartigen Bestie von einem Gespenst in einem größeren universellen Zusammenhang zu sehen wäre und darin bestände, hier auf der Erde möglichst viel Böses bei den Menschen zu entfachen und dabei ihre Herzen und ihre Seelen zu vergiften. Wandern dann diese Seelenwesen, nach dem Tod ihres Wirtskörpers, gezwungenermaßen in das Universum der Finsternis? Müssen sie diese teuflische Energie abgeben, die dann dafür sorgt, dass das bösartige Gespenst die Kraft für seine niederträchtigen und gehässigen Untaten erhält? Das Gespenst des Krieges braucht diese Energie zum Leben und für sein sadistisches Handeln. So würde sich der Kreis schließen und es ergäbe einen Sinn. Zwar einen grausamen, aber immerhin könnte es so sein. Wenn ich das zu Ende denke, überlegt es nachdenklich, warum bin ich eigentlich hier? Und woher komme ich? Wer gibt mir die Energie, um zu existieren? Sollte vielleicht – das getrau ich mir nicht zu denken, flüstert es leise – aber anders kann es nicht sein. Ich diene einem Zweck. Das klingt nicht besonders romantisch, es bekäme allerdings einen praktischen Sinn für meine Existenz. Es muß die unbändige Kraft der Liebe sein, die Seelen in ihrem Leben auf der Erde aufbauen und in einem Universum der unendlichen Liebe ihr ewiges zu Hause finden. Damit ich auf der Erde den Menschen helfen kann, die diesen Weg gehen wollen, geben sie mir einen Teil ihrer Energie. So ist das und nicht anders.

Sehr langsam wendet sich das furchterregende Ungetüm von einer Kriegsbestie um und verlässt nachdenklich das Schlachtfeld. Für den Geist der Vernunft ist das schon ein Erfolg. Hoffentlich hält die Wirkung eine Weile an, denkt es sorgenvoll, lange anhalten wird es wohl nicht. Traurig und mit einem kräftigen Schwung Hoffnung verlässt es den Ort des Grauens.

Ein blutiges Zelt

L eichtes Rütteln an ihren Schultern zieht Katarina aus ihrem schrecklichen Traum. Schweißgebadet wie sie ist, muß sie einen Moment innehalten und überlegen wo sie ist. „Welche Geister haben dich in deinen Träumen gejagt, mein liebes Kind?" „Ihr seid es, ehrwürdige Mutter, danke dass ihr hier seid. Es war furchtbar! Ich träumte von einem bösartigen Gespenst, das mit seinen lodernden Flammen den Krieg anfachte und einem guten Geist, der versuchte das zu verhindern." „Leider ist das mit dem Krieg nicht nur ein böser Traum, mein Kind. Vermutlich ist die Realität, die mit großen Schritten auf uns zukommt, noch schlimmer als in deinen Träumen. Ein Feldlazarett bei Auerstedt benötigt dringend medizinisch ausgebildete Schwestern. Ich habe mich bereit erklärt, ihnen zwei aus unserem Haus für einen Monat zu überlassen, so sie damit einverstanden sind. Bist du bereit diesen Schritt zu gehen, Katarina?" „Ich habe noch nie in einem Feldlazarett gearbeitet, ehrwürdige Mutter. Was ist das, ein Lazarett?" „Der Herzog von Braunschweig ist Anführer der preußischen Armee und hat zur Versorgung der verwundeten und verletzten Soldaten in der Nähe von Auerstedt, nur wenige Kilometer von uns entfernt, ein Lazarett aufbauen lassen. Ja, was ist das, ein Lazarett? Es ist wie ein Krankenhaus. Nur dass sich alles in Zelten abspielt." „Ehrlich gesagt, das kann ich mir nur sehr schwer vorstellen. Alles in Zelten? Wie soll das funktionieren? Die Verwundeten brauchen doch etwas zu Essen und zu Trinken. Wäsche muß ausgekocht und gewaschen werden. Klos werden auch gebraucht. Was ist, wenn schwierige Operationen notwendig sind, mit denen man im Krieg ja rechnen muß?" „Es ist gut, Katarina, dass du so denkst. Aber glaub mir, ich kann dir deine Fragen nicht beantworten. Lazarette gibt es zwar schon lange, von innen habe ich auch noch keines gesehen. Wie immer müssen Männer den großen Maxen spielen und sich gegenseitig umbringen. Und wenn dann die große uniformierte Herrlichkeit von einem Soldaten verstümmelt, blutüberströmt schreiend am Boden wälzt, fällt ihnen ein, dass es ja uns Frauen gibt, die dann gut genug sind, diesen Jammerlappen von einem Mann beizustehen. Na, soweit das überhaupt noch möglich ist.

Was denkst du – magst du, oder magst du nicht? Zwingen wird dich in unserem Hause niemand dazu. Und unser Herr hat sowieso etwas gegen diese unsinnige Abschlachterei."

Eine Zeitlang herrscht Stille zwischen beiden Frauen und Katarina überlegt sehr genau, auf was sie sich möglicherweise alles einlassen wird. Schließlich erhebt sie sich langsam und meint – „Ich bin bereit, den Schritt zu gehen, nicht gern, aber ich tue es." „Gut, mein Kind! Dann pack dir Wäsche zum Wechseln ein und nimm dir aus der Küche für drei Tage etwas zum Essen mit. Ich kann mir nicht vorstellen, dass es dort genügend davon gibt. Unten im Hof warten bereits drei Uniformierte zu Pferd, um dich zu begleiten. Kannst du reiten?" „Ich habe damit keine Probleme." „Also, mein liebes Kind, dann behüte dich Gott und komm gesund zurück. Du bist hier bei uns immer und zu jeder Zeit willkommen." „Danke für eure Hilfe, ehrwürdige Mutter, ich freu mich schon auf den Tag, an dem ich wieder hier sein werde."

Eine Stunde später reitet Katarina mit den drei Dragonern in Richtung Feldlazarett. Kurz nach Mittag erreichen sie am Rande eines ausgedehnten Waldgebietes einen großen Zeltplatz. Einer von den drei Soldaten hilft ihr beim Absteigen vom Pferd und führt sie zu einem größeren Zelt, das abseits von allen anderen aufgebaut ist. „Gehen sie schon rein, sie werden erwartet."

Als Katarina keine Anstalten macht zu gehen, nimmt er sie kurzerhand am Arm und zieht sie ins Zelt. Sie braucht ein paar Sekunden, bis sich ihre Augen an das Zwielicht im Zelt gewöhnt haben. Eine ruhige, tiefe männliche Stimme hört sie sagen – „Ach, die Neue! Jünger geht's wohl nicht oder gibt es keine älteren und er-

fahrenen Schwestern mehr? Na, dann stehen sie mal nicht so alleine hier rum und setzen sie sich auf ihre vier Buchstaben."

Im Schein einer brennenden Öllampe sieht Katarina, wie ein groß
gewachsener, schlanker Mann im weißen Arztkittel auf sie zukommt und kurz vor ihr stehen bleibt. Vielleicht so um die vierzig
Jahre und seine blonde Haarmähne hat vermutlich auch schon
längere Zeit keine Bürste oder Kamm mehr gesehen, überlegt sie
kurz, bevor der Mann in weiß seine Hände auf ihre Schultern legt
und sie auf die nächste Bank drückt.

„So, junges Fräulein, nun erzählen sie mal einem neugierigen Medicus wo sie herkommen, was sie bis jetzt so erlebt haben und
woher sie die möglichen Kenntnisse über die Pflege von kranken
und verletzten Menschen mitbringen? Was treibt sie ausgerechnet
in diese Gegend, in der es voraussichtlich schon in wenigen Tagen
ziemlich ungemütlich werden wird – gelinde ausgedrückt." Katarina schaut in ein Gesicht, in dem sie nur noch die anziehenden,
tiefblauen Augen bemerkt, die so fesselnd sind, dass sie keinen
klaren Gedanken mehr fassen kann.

„Hallo, junges Fräulein, haben sie noch keinen Mann im weißen
Kittel gesehen – ich habe sie was gefragt?" „Oh, Entschuldigung!
Einen Mann, der so angezogen ist wie sie, sehe ich bestimmt nicht
jeden Tag und das was sie wissen wollen ist schnell erzählt."

Katarina berichtet kurz und knapp, was sie bis jetzt erleben musste
und warum sie sich entschieden hat, hier zu helfen. Ferdinand, so
ist der Rufname des Medicus – sein voller Name ist allerdings
etwas länger - Freiherr Ferdinand vom Rothenanger, steht auf und
wendet sich dem Zeltausgang zu. Kurz vor dem Verlassen dreht er
sich um und meint - „Ich werde mich mit dir später noch unterhalten. Jetzt muß ich zu einem Schwerverletzten, der dringend
meine Hilfe braucht. Hinten an der Zeltwand sind vier Feldbetten

aufgestellt. Das Bett ganz rechts ist für dich, du kannst dort deine Sachen ablegen. Nutze die Zeit bis zum Abend und mach dich mit allem vertraut, was für die Arbeit hier wichtig ist. Vor Einbruch der Dunkelheit bin ich wieder hier und werde dir deine Aufgaben erklären – also, bis später!

Katarina nimmt sich die Tasche mit ihren Sachen, sucht sich das zugewiesene Bett aus und legt ihre Sachen darauf ab. Der Ritt hier her zum Zeltlazarett war anstrengend und kräfteraubend. Eine kleine Ruhepause, überlegt sie, wird ihr bestimmt gut tun. Anschließend möchte sie einen Bummel durch das Lazarett unternehmen, um das Innenleben so einer unbekannten Krankenstation zu erkunden.

Zwischenzeitlich ist Ferdinand in einem kleinen Zelt eingetroffen. Es gibt hier nur einen Patienten. Er nimmt sich einen Feldstuhl, setzt sich ans Bett und schaut den kranken Mann in Uniform wortlos an. Es ist nicht irgendein Verletzter, wie viele andere die er behandeln muß. Vor ihm liegt Richard, sein Jugendfreund. Seit sie sich das letzte Mal am humanistischen Gymnasium in Berlin sahen, ist viel Zeit vergangen. Er schwärmte schon immer für das Militär und wollte dort unbedingt eine Offizierslaufbahn beginnen, Stabsoffizier werden und viele Siege für das Land Preußen erringen. Auf dem Krankenbett liegt ein Offizier der preußischen Armee schwer verletzt und vom Siegesbewusstsein keine Spur ersichtlich. Sein Freund weiß über seinen Zustand nur die halbe Wahrheit. Die Schusswunde oberhalb der rechten Hüfte ist ein glatter Durchschuss. Ansich nicht sehr gefährlich und muß nicht unbedingt zum Tod führen. In seinem Fall wurden die Leber und auch größere Blutgefäße mit erheblicher Wahrscheinlichkeit verletzt, so dass Ferdinand mit dem Tod seines Freundes rechnen muß, es ihm aber nicht sagen will. In wenigen Stunden, grübelt Ferdinand, wird er das Bewusstsein verlieren und schlafend in den Tod gehen. Ein Trost bei allem Übel, leiden wird er nicht müssen.

Ich werde ihn in ein interessantes Gespräch über die bevorstehenden Kämpfe gegen die französische Armee verwickeln, überlegt Ferdinand, das wird seinem Freund die Gegenwart hoffentlich vergessen lassen.

„Na, du Schwerenöter, wie fühlen wir uns denn?" Bei diesen Worten nimmt Ferdinand den rechten Unterarm seines Freundes und misst kurz die Pulsfrequenz. Die Sorgen die dabei in ihm aufkommen, lässt er nicht in sein Gesicht. „Wie soll's mir gehen? Du bist ja da! Was soll mir da schon passieren? Und den kleinen Kratzer spür ich überhaupt nicht. Du kennst doch noch unseren Spruch aus der Jugendzeit: „Ein Indianer kennt kein Schmerz" – Jetzt lach halt mal!" „Mach ich später! Erklär mir lieber, wie ihr den kleinen Wurzelzwerg von einem französischen Feldherrn mit seinen Mannen eine ordentliche Niederlage verpassen wollt?"

Kaum sind die Worte gesprochen, bekommt Richards Gesicht einen völlig anderen Ausdruck. Ferdinand erkennt sofort, dass er keine bessere Frage an seinen Freund stellen konnte. Richard ist in seinem Element und wird vor lauter Eifer nicht merken, wie er sanft in den Tod hinübergleitet.

„Hast du Kenntnisse darüber, wie das alles strategisch ablaufen wird? Mir kannst du das ja erzählen, ich bin ja dein Freund und kein Vaterlandsverräter – kleiner Scherz! Wenn du verstehst, wie ich das meine." Kein Problem, Ferdinand, also hör zu!

Die Kämpfe, zu denen es hier in Auerstedt vermutlich in den folgenden Tagen kommen wird, werden voraussichtlich vom französischen Marschall Davout geführt. Auf unserer Seite wird sich der erfahrene Herzog von Braunschweig mit der preußischen Hauptarmee den Kämpfen stellen. Napoleon, der kleine Gartenzwerg wie du ihn nennst, wird sich aller Voraussicht nach mit seiner Hauptarmee gegen die preußisch – sächsische Armeeabteilung Hohenlohe bei Jena stellen, um einen Sieg zu erkämpfen. Ich bin natürlich kein Stabsoffizier und mit strategischen Überlegungen und Planungen nicht so vertraut, wenn du mich so fragst. Ich bin sicher, dass wir die Franzmänner in die Pfanne hauen. Entschuldige bitte, Soldatensprache." „Was macht dich so sicher, Soldatensprache mal hin oder her." „Soweit das unsere Spione erfahren konnten, ist die preußische Hauptarmee, unter der Führung vom Herzog Braunschweig dem französischen Korps zahlenmäßig haushoch überlegen." „Das sagt erstmal nicht viel!" „Schon – du vergisst, dass wir deutschen Soldaten sowieso die besseren Kämpfer sind und außerdem haben die Franzosen unser Land überfallen. Mit unbändigem Willen und Todesverachtung werden wir sie davonjagen. Allein schon unser unbeugsamer Wille, spornt unsere Soldaten ungemein an. Glaube mir, es stimmt!" Na, na – Richard – man kann in der Presse auch andere Meinungen dazu lesen. Außerdem, Soldaten allein gewinnen noch keinen Krieg. So viel weiß ich als Arzt auch. Die Preußische Armee – so liest man jedenfalls, hat sich seit den Schlesischen Kriegen in allen Bereichen nicht besonders weiter entwickelt, Richard." „Na, nun mal langsam! Was können wir Soldaten dafür, wenn die deutsche Industrie noch im Mittelalter herumwerkelt, während die Franzosen und die Engländer uns in der Technik und im Material weit voraus sind? Es ist doch ein Unterschied, ob eine Kanonenkugel zwei Kilometer oder nur fünfhundert Meter weit fliegt. Wenn du verstehst wie ich das meine." „Verstehe! Vermutlich kommt es darauf an, wo man gerade steht." „Jetzt lass deine Witze, du musst als Arzt letztlich alles wieder ausbaden wenn die Kugeln weiterfliegen, als man annimmt und die Soldaten getroffen werden, die eigentlich nicht getroffen werden sollten." „Was sagst du mir das, ich bin Mediziner und muß das nicht wissen. Als Truppenoffizier, so wie du, würde ich das schon zwingend wissen wollen. Stell dir vor, ich würde meine Bodentruppen in der Nähe des Gegners, also zum Beispiel der Franzosen, so aufstellen, dass ich davon ausgehen kann, dass die französischen Kanonen mit ihren Mörserangriffen meine Soldaten nicht treffen können, weil der Abstand zu groß ist. Ist er aber nicht! Das würden meine Männer nicht besonders lustig finden." „Für was haben wir denn Spione, Richard, ha?" „Du triffst da einen echt schwachen Punkt unserer militärischen Führung. Wir sind in solchen Dingen einfach zu nachlässig und vertrauen mehr dem Kampfeswillen unserer Soldaten." „Das kann ich gut sehen, wenn sie verwundet bei mir auf den Operationstisch liegen und sich ihre Seele aus dem Leib schreien, nur weil ich ihnen ein kaputtgeschossenes Bein absägen muß. Aber lassen wir mal solche unschönen Sachen. Wieso hält der preußische Generalstab immer noch an der alten und längst überholten Ordnung der Linientaktik fest, Richard? Obwohl man durch die zurückliegenden Feldzüge in Polen und am Rhein sehen konnte, wie unsinnig das ist. Da marschieren tausende von Soldaten schön ausgerichtet nebeneinander in geraden Linien zu je hundert Mann im Gleichschritt auf den Gegner zu. Fehlt bloß noch, dass sie im Stechschritt, so wie bei Militärparaden daher marschiert kommen. Da kann man nur hoffen, dass der Gegner sich beim Anblick so einer Truppe halbtot lacht, damit man selber den Sieg davon tragen kann. Leider sieht die Praxis anders aus. Die Soldaten sind für den Gegner ein ideales Ziel für ihre Kanonen und Gewehre – leider!" „Ich weiß was du meinst, Ferdinand und wenn das zu ändern wäre, bin ich der erste Offizier, der das auch durchboxt. Wir könnten uns viele tote und verwundete Soldaten sparen. Sehr zur Freude ihrer Eltern und Ehefrauen."

„Es wird unter bestimmten adligen Kreisen gemunkelt, mein lieber Richard, dass sich die preußische Armee seit den Schlesischen Kriegen – und das ist bereits eine ganze Weile her, nicht besonders in Taktik und Technik weiter entwickelt hätte. Stimmt das?" „Das trifft zu – nicht generell, aber zum größten Teil ist das wahr." „Jetzt mach mal einen Punkt! Und warum bitte wird das nicht sofort geändert?" „So schnell geht das nicht! Die jüngeren Offiziere, so wie ich, haben gegen die alten Knacker von Generälen noch zu wenig Einfluss. Außerdem ist die preußische Armee ein stehendes Heer alten Typs, in dem die Offiziere nicht nach ihren Leistungen und Fähigkeiten, sondern nach der Zeit ihrer Zugehörigkeit befördert werden.Will damit sagen – etwas flapsig formuliert – zwar lang dabei, aber alt und strohdumm."

„Mein lieber Richard, wenn das die falschen Leute hören, bist du reif für eine sofortige Hinrichtung. Kleiner Scherz zum Nachmittag. Wie geht es in den nächsten Tagen weiter?" „Der Generalstab geht davon aus, das es in den folgenden zwei bis drei Tagen zur Schlacht kommen wird." „Und wie sind unsere Chancen?" „Hab ich dir ja schon gesagt? Wir sind, jedenfalls was die Truppenstärke, die Anzahl der Kavallerie und die zum Einsatz kommenden Kanonen den Franzosen haushoch überlegen. Einmal unterstellt, unsere Spione lügen nicht. Obwohl darin nicht unbedingt ein erhebliches Risiko für die Truppen bestände." „Wo dann, wenn überhaupt?" „Du behältst das aber bitte für dich! Auch ein Arzt lebt nicht unbedingt leidensfrei bis zum hohen Alter." „Kein Problem, ich kann meine Klappe halten, wenn du das meinen solltest!" „Brav! Also, wo liegt gegebenenfalls das Risiko für die scheinbar unvermeidliche Schlacht?

Es hält sich in eingeweihten Kreisen die Meinung, dass unser hoch geschätzter Friedrich Wilhelm der Dritte und der ebenfalls geachtete Herzog von Braunschweig zu unentschlossen und zu vorsichtig wären, wenn es darum gehen soll, entscheidungsrelevante Befehle für die Truppen zu erlassen. Und geht nicht alles nach Plan, schieben sie sich gegenseitig die Verantwortung in die berühmten Stiefel, anstatt die Schuld bei sich selbst zu suchen. Natürlich gibt es zwischen den Generälen: Hohenlohe, Rüchel und Kalckreuth halt das typische Gockelgehabe. Das wird von der übrigen Generalität größtenteils verkraften. Unter Abwägung verschiedener Risiken bin ich trotzdem von unserem Sieg überzeugt. Jetzt sieh zu, dass du mich von diesem Krankenbett loseist! Ich werde in dieser Schlacht gebraucht! Und du brauchst das Bett, denke ich! Ganze ohne Ver wundete wird das alles nicht abgehen. Du wirst in den nächsten Tagen eine große Menge Arbeit bekommen. Tauschen möchte ich mit dir nicht, Ferdinand." „Ich mit dir auch nicht – wirklich nicht, Richard!" „Wieso nicht, als Soldat und noch eher als Offizier, so wie ich, wirst du schnell zum Held und Retter der Nation. Praktisch ein heroischer Kämpfer für Volk und Vaterland." „Kann ich dich mal ganz persönlich was fragen, so von Freund zu Freund." „Klar, schieß los!" „Nehmen wir einmal an, du willst einen bestimmten Hügel im großräumigen Schlachtfeld erobern, weil du annimmst, von dort alles besser beobachten und vielleicht auch geschickter beeinflussen zu können. Oben auf der Bergkuppe hat sich bereits dein Gegner eingeschanzt und verbuddelt. Du gehst davon aus, dass du mit einer großen Anzahl von Soldaten und Geschützen diese, für dich so wichtige Bergkuppe, erobern wirst. Du bist dir bei solchen Überlegungen natürlich bewusst, dass dabei eine erhebliche Anzahl deiner Soldaten ihr Leben verlieren oder ihre Gesundheit erheblichen Schaden nehmen wird. Das planst du ganz nüchtern ein, obwohl du die schrecklichen Folgen deiner Befehle, die andere für dich ausführen sollen, genau kennst und – was noch schlimmer ist, weil du nur irgendetwas ausprobieren willst. Was denkst du dir eigentlich dabei?" „Was soll ich mir dabei denken? Das gehört zum Krieg! Und ich muß meinen Teil dazu beitragen, dass wir ihn möglichst gewinnen – egal was das kostet."

„Ein Schriftsteller in unserem Land, sogar ein sehr bekannter, ich glaube Friedrich Schiller heißt er, soll in seiner Schrift - „Über das Erhabene" - den Satz geschrieben haben - „Kein Mensch muß müssen!" Dabei meinte er bewusst den Menschen und keine Tiere oder den lieben Gott. Wer, lieber Richard, zwingt dich, so etwas zu tun? Hast du dir schon mal die Frage gestellt?" „Da muß ich erstmal drüber nachdenken! Du kannst vielleicht Fragen stellen? Früher, auf der Penne, hast du mich nicht danach gefragt." „Da warst du auch ein braver Schüler und kein wilder Krieger. Heute kam eine junge Schwester zu mir, die mir bei der Arbei helfen soll. Sie erzählte mir kurz ihre Geschichte. Die ganze Familie wurde durch die Schuld von Soldaten grausam ausgelöscht. Vater, Mutter und Geschwister wurden alle auf allerschrecklichste Weise getötet. Sie ist allein und das möglicherweise für den Rest ihres Lebens. Das ist nicht besonders lustig, Richard? Und nach dem „warum" darf man gar nicht erst fragen, wenn man seinen Verstand nicht verlieren möchte.

Es ist schon schlimm, dass Menschen gleich welchem Alters oder Geschlechts durch Krankheiten oder Unfälle das Leben verlieren oder ihre Gesundheit erheblich eingeschränkt wird. Richard, ich bitte dich! Wir müssen uns doch nicht auch noch gegenseitig abschlachten. Was macht denn das für einen Sinn? Nicht auszudenken was passiert, wenn wir eines Tages vor dem ganz alten Mann mit dem grauen langen Bart hoch oben im Himmel stehen und ein paar sehr unangenehme Fragen beantworten müssen. Mit solchen Kraftausdrücken wie: Befehle, Pflichterfüllung und dem so genannten „Müssen", kommen wir vor unserem Schöpfer bestimmt nicht davon." „Ich habe darüber noch nicht nachgedacht, Ferdinand und kann dir darauf so schnell keine Antwort geben." „Laß gut sein, Richard, manchmal quillt mein Herz über und die Gedanken müssen raus aus meinem Kopf!" „Weil du gerade den Kopf erwähnst. Mir wird zunehmend schwindlig und müde werde ich auch. Ich hoffe nicht, das mich deine Gedanken so anstrengen, dass mein Gehirn streiken möchte. Was meinst du, Ferdinand?" „Mach dir darüber keine unnötigen Sorgen, Richard. Du verlierst durch die Schussverletzung Blut und das wird dich müde machen. Manchmal kommt es zu Schwindelanfällen, das geht vorüber!" „Du schwindelst mich nicht an, Ferdinand?" „Nein, Richard! Aber alles weiß ich auch nicht. Ich kann ja nicht in deinen Körper sehen und nachschauen, was darin gerade vorgeht. Mach die Augen zu und versuch zu schlafen, das hilft immer." Ferdinand ist mit seinen Worten noch nicht zu Ende, als Richards Kopf sich leicht zur Seite neigt. Der Abend ist noch nicht angebrochen, als sein Herz aufhört zu schlagen und seine Seele sich vermutlich schon in Richtung einer anderen Welt bewegt. Ferdinand stellt den Totenschein aus und veranlasst alle notwendigen Formalitäten für den Heimtransport zu seiner Familie.

Es ist spät geworden, als er im Gemeinschaftszelt für das medizinische Personal eintrifft. Katarina sitzt am Tisch und isst eine Kleinigkeit. Brot und etwas harten Ziegenkäse, was anderes hat man ihr in der Küche vom Hospiz nicht eingepackt.

„Kannst du mir was abgeben von dem was auf dem Tisch liegt. Mein Magen rebelliert schon seit Stunden." „Kein Problem! Ich habe noch meine Notversorgung vom Hospiz. Was ist mit dem Kranken?" „Wieso hast du dir nichts aus der Zeltküche geholt?" „Habe ich versucht! Dort gab es nur eine stinkende Krautsuppe oder Rübeneintopf, so genau habe ich das nicht unterscheiden können, dazu einen kleinen Kanten hartes Brot. Schon der Gestank, der aus dem großen Topf quoll reichte, um auf den Inhalt zu verzichten. Zurück zu deiner Frage - der Patient ist verstorben. Ein Durchschuss mit vermutlich starken inneren Blutungen, das überlebt man nur selten. Wir bleiben voraussichtlich einige Zeit zusammen und bei der Arbeit ist das „sie" nicht so wichtig. Du kannst mich mit „du" anreden – mein Rufname ist Ferdinand." „Gut, ich versuche es. Meinen Namen kennst du ja." „Eigentlich hatte ich vor, mit dir den täglichen Arbeitsablauf zu besprechen. Entschuldige bitte, ich kann jetzt nicht. Soviel ich von dem Verstorbenen noch erfahren konnte, ist mit den eigentlichen Kämpfen oder medizinisch ausgedrückt, mit der Abschlachterei von lebenden Körpern, erst in zwei bis drei Tagen zu rechnen. Wir haben also genügend Zeit uns darauf vorzubereiten. Derzeit kommen nur wenige Verletzte zu uns, die versehentlich in kleine Plänkeleien verwickelt wurden. Die Arbeit wird sich also in Grenzen halten. Ich leg mich hin und alles andere verschieben wir auf morgen nach dem Frühstück." „Gut, ich mach noch eine kleine Runde und leg mich danach auch hin – gute Nacht!" „Gute Nacht, Katarina und danke für das Abendbrot. Wenn du gehst, pass auf dich auf! Frauen sind hier für bestimmte Leibesübungen der Soldaten gern willkommen und du wirst sicher nicht gefragt, ob dir auch gerade danach ist. Wenn du verstehst was ich damit sagen will." „Verstehe! Dann bleib ich mal lieber hier! Danke für den Rat und gute Nacht, Ferdinand."

Lautschallende Trompetensignale wecken Katarina aus ihrem un ruhigen Schlaf. Ein kurzer Blick zum Bett von Ferdinand, es ist leer! Er ist weg. Noch grübelt sie, wo er wohl so früh sein könnte, als der Zelteingang durch einen menschlichen Schatten verdunkelt wird. „Guten Morgen, Schwester Katarina, gut geschlafen oder zu früh aufgehört?" Als sie die dunkle ruhige Stimme hört, weiß sie sofort wer im Zelt steht. „Ferdinand, was treibt dich so früh auf's Schlachtfeld hinaus, du könntest verletzt werden?" „Von wegen Schlachtfeld, ich war in der Küche." „Ach du lieber Gott, vermutlich gibt es den üblen Eintopf von gestern Abend?" „Nein, gibt es nicht! Der gestern Verstorbene war ein hoher Offizier und als solcher hat er Anspruch auf ein fürstliches Frühstück." „Ich denke er ist tot?" „Das stimmt, ist er auch! Einen Koch muß man ja nicht alles auf seine Nase binden." „Nicht übel, Ferdinand – wirklich nicht übel. Stell den Korb auf den Tisch, ich bereite das Frühstück für uns beide vor." „Gut, dann erledige ich noch ein paar Arbeiten im Operationszelt. In einer halben Stunde bin ich zurück."

Katarina packt den Korb mit dem Essen aus und kommt aus dem Staunen nicht raus. Donnerwetter – knuspriges helles und frisch gebackenes Brot, einen großen, geräucherten Schinken, eine Büchse mit Bienenhonig, Butter, gekochte Eier, eine große Kanne mit richtigem Bohnenkaffee und eine Flasche Rotwein. Dazu zwei Teller, Tassen, Messer und Löffel. Da können wir ja ohne zu fasten eine ganze Woche davon essen. Denkt sie vergnüglich und freut sich schon auf das Frühstück mit Ferdinand. Achtsam stellt sie die Teller und Tassen auf den Tisch, schneidet ein Teil des Brotes in kleine Scheiben und gießt den Kaffee in die Tassen. Allein schon der angenehme und verlockende Duft aus der Kaffeekanne und das Aroma vom Schinken macht es ihr schwer, auf den Medicus zu warten und ruhig sitzen zu bleiben. Endlich stürmt er ins Zelt und setzt sich sofort an den Tisch.

„Riecht lecker! Oder was meinst du, Katarina?" „Sehr lecker! Komm lass uns anfangen, bevor andere hungrige Mäuler kommen und uns alles wegessen." „Danke an den Koch, an das Frühstück könnten wir uns beide gewöhnen. Lass dir's gut schmecken und räum alles auf. Versteck die übrig gebliebenen Essereien gut, sonst essen wir morgen früh dein trocknes Brot mit Ziegenkäse und zum Trinken gibt es anstatt Kaffee nur Wasser. Wenn du fertig bist, komm bitte rüber zum Operationszelt. Alles weitere besprechen wir dort. Also bis nachher!"

Die Schlacht bei Auerstedt wird in den kommenden Tagen und Nächten ein Bild zeichnen, was mit seiner grotesken Abartigkeit, bezüglich der Schlacht gegen den kleinen uniformierten Gartenzwerg – also Napoleon – und seinen französischen Mannen, die sonst friedliche Landschaft anders prägen wird. Die größeren Wildtiere werden erschrocken vor dem Gewehrgeknalle und Kanonengedonnere davon rennen, obwohl sie gar nicht die sind, die getroffen werden sollen.

Als kleine helle Flecken stehen Zelte auf einer Wiese, die für viele Soldaten und auch den einen oder anderen Unteroffizier und Offizier, zum Schlüsselerlebnis ihres weiteren Lebens werden wird.
Die Auswahl dazu wird nicht besonders groß sein, was jeder schnell merken wird. Soweit er das wachen Geistes noch erlebt.

Ziemlich am Rand der kleinen medizinischen Zeltstadt steht das Zelt von Ferdinand – Arzt und Medicus. Bei der Arbeit am Holztisch nennt man ihn kurzerhand Feldscher, obwohl diese Berufsbezeichnung bei seiner umfassenden Ausbildung nicht einmal ansatzweise zutrifft. Die Arbeit eines Feldschers, oft nannte man ihn auch Wundarzt, besteht im Wesentlichen darin, Haare zu schneiden, Aderlässe durchzuführen und offene Wunden zu versorgen. Kranke und kaputte Zähne zu ziehen und Knochenbrüche zu behandeln gehörte natürlich auch dazu. Nicht selten lief ihnen der Ruf eines Kurpfuschers hinterher, weil sie Behandlungen durchführten, zu denen sie eigentlich nicht berechtigt und ausgebildet waren. Ihre Ausbildung ist ausschließlich handwerklich geprägt und bedarf keines Studiums an einer Universität. Die Ausbilder waren Bader und Barbiere, die ihnen am Ende der Lehrzeit ein Zeugnis ausstellen durften. Bestimmte Eingriffe konnten sie nur unter Aufsicht eines Arztes absolvieren. Mangels zur Verfügung stehender Feldscher, wurde Ferdinand, gemeinsam mit anderen Ärzten, zwangsweise für die Behandlung von verwundeten Soldaten von der Universität in Weimar aufs ruhmreiche Schlachtfeld abgestellt. Mit der Behandlung der Kriegsverletzten ist er überfordert. Es widerstrebt seinem ethischen Gefühl mit ansehen zu müssen, wie ein Krieg jungen Männer massenhaft unter die Erde bringt oder zu einen Krüppel verkommen lasst.

Seine letzte Krankenschwester, die fünfte in drei Monaten, hat sich erst vor wenigen Wochen die Pulsader aufgeschnitten, weil sie das sinnlose Blutvergießen nicht länger ertragen konnte. Die Wegnahme von Beinen und Armen hört sich, so man es medizinisch betrachtet, erstmal relativ unkompliziert und einfach an. Die Praxis sieht da völlig anders aus, vor allem für den, den es betrifft – gleich ob Arzt, Krankenschwester oder Soldat. Natürlich ist der, dem man ein Bein oder Arm amputieren muss, deutlich schlechter dran. Solche Eingriffe sind die mit Abstand grausamsten und schrecklichsten in der gesamten Chirurgie. Die Folgen für den verwundeten Helden in seiner prächtigen Uniform auf dem Schlachtfeld bestehen nicht nur in den Gefahren und den qualvollen, unerträglichen Schmerzen während der Operation, die ohne Narkosemittel durchgeführt wird, sondern prägen selbstverständlich auch sein weiteres privates und berufliches Leben im ganz erheblichen Maße. Bei den nicht zu vermeidbaren Schmerzen während des Eingriffs hilft nur eins, die Schnelligkeit des Arztes beim Absägen der verletzten Gliedmaßen. Da schnell zu sein die Gefahr in sich birgt, dass Fehler oder medizinische Schlampereien passieren, hat der arme Teufel von einem schwerverletzten Soldaten die Wahl, entweder sich vor Schmerzen tot zu schreien oder an den Folgen des Eingriff qualvoll zu krepieren. Sollte der so verstümmelte Kämpfer für Volk und Vaterland das überleben, was auch vorkommt kann, steht er mit seinem weiteren Leben allein da. Sollte er keine Familie haben, die sich bemüht eine Linderung seines schweren Schicksals zu schaffen, ist er mehr als bedauernswert.

Nicht selten sieht man diese armen, menschlichen Kreaturen in den Städten im Schlamm der Straßen sitzen in Erwartung, für ihr heldenhaftes Verhalten auf dem Schlachtfeld der Ehre ein paar Almosen zu bekommen.

Für den Arzt geht das auch nicht immer so glimpflich ab. Stirbt der Soldat an den Folgen der Operation, hat das gegebenenfalls ein juristisches Nachspiel, besonders bei höhergestellten Dienstgraden. Überlebt der den Eingriff, verfolgt ihm der Vorwurf, den Held für Volk und Vaterland unnötig und für den Rest seines Lebens verstümmelt zu haben. Im Grunde genommen kann er sich entscheiden für was er will, die Schuld trifft den Arzt und nicht den Offizier, der seine Männer nur für Kanonenfutter benutzt – versteht sich! Ein General, eigentlich sind es ja mehr die Soldaten, der kämpft ja für die Ehre und das Vaterland, auch klar! Was sind da schon die notwendigen Opfer dagegen, halt arme Teufel. Und die Witzfigur von einem Heerführer steht weit ab auf einem Hügel, damit ihn keine Gewehr- oder Kanonenkugel treffen kann und schreit Kommandos in der Gegend herum, die eigentlich nur zu sinnlosem Blutvergießen führen werden. Und schuldig? Von wegen, das sind grundsätzlich immer die anderen. Versteht sich allemal! Pünktlich mittags um zwölf – Zeit für die Gockel in Uniform zum gemeinsamen Essen, während sich die Soldaten und Unteroffiziere, natürlich die tapferen und unbesiegbaren, mit dem Gegner herumschlagen müssen. Sollte man am späten Nachmittag feststellen, dass die heldenhaften Kämpfer immer weniger werden und der Nachschub an neuen Soldaten ausbleibt, dann ist halt die Schlacht verloren - was soll's? Die nächste gibt es ganz bestimmt. Also, Pferde satteln für die, die auf dem Hügel stehen und in Begleitung einer besonders tapferen Einheit verzieht man sich in sichere Gefilde – Ehrensache! Schuld an dem Desaster hat sowieso nicht die Generalität, die haben immer die anderen. Notfalls muss der liebe Herrgott herhalten, der übernimmt sowieso alles – auch klar! Er weiß ja viel, aber vom Krieg versteht er nichts, soll er ja auch nicht. Das ist ein besonderes Hobby der Männer aus der Spezies Mensch.

Katarinas erster Blick fällt, als sie das Zelt betritt, auf Ferdinand, der leicht vornübergebeugt dem auf dem Holztisch liegenden Soldaten eine Kugel aus seiner Brustwunde entfernen möchte. Die hohen Schmerzensschreie des Patienten sind entsetzlich laut und kaum zu ertragen. Eigentlich, so überlegt sie, kenne ich solche Schreie nur von Schweinen, wenn sie von den Bauern zur Schlachtbank geprügelt werden. Die ahnen vermutlich, was mit ihnen geschehen soll und quieken laut in allen Tonlagen. So ähnlich klingt das auch bei dem, der auf dem Tisch liegt.

„Ferdinand, entschuldige bitte, wie hältst du das aus? Hast du keinen Holzhammer?" Ferdinand dreht sich fragend um, in der Hand eine kleine, silbrig glänzende Zange haltend und fragt - „Kannst du mir zeigen, wie ich mit einem Hammer die Kugel aus dem Körper holen soll, du Schlaumeierin?" „Die Gewehrkugel kannst du natürlich mit einem Hammer nicht herausbugsieren, das weiß ich auch. Der Patient würde allerdings, so du den Hammer benutzt, seinen

Mund halten." „Ach was! Ist das sicher? Mir zittern von dem ganzen Geschrei schon die Beine." „Aber ja! – Ganz sicher!" „Du verwechselst einen Operationstisch nicht zufällig mit einer Hinrichtungsstätte im Gefängnis?" „Aber nein! Hast du hier im Zelt einen Holzhammer?" „Ich glaube nicht!" „Warte, bin gleich zurück!"

Minuten später steht Katarina mit strahlendem Gesicht am Zelteingang und hält siegessicher einen kleineren Holzhammer in der Hand. „Was willst du damit machen, Katarina?" „Wenn du mich handeln lässt, herrscht in wenigen Sekunden Ruhe im Zelt. Der Patient liegt still auf dem Tisch und du kannst ohne Einschränkungen die Gewehrkugel herausholen." „Ich kann doch hoffentlich davon ausgehen, dass du ihn nicht erschlagen willst?" „Aber Ferdinand! Du übersiehst einen wichtigen Teil meiner Lebensgeschichte. Meine Ausbildung erhielt ich in einem Kloster und da bestimmt der Herr über Leben und Tod, nicht der Holzhammer hier in meiner Hand. Ich bin nur Gottes Werkzeug und nicht sein Vorgesetzter. Auch wenn manche Sterbliche sich so verhalten mögen, als wären sie es." „Das ist leider wahr! Also gut, dann mach mal los wenn du meinst, dass das funktionieren könnte!"

Katarina nimmt sich ein größeres Tuch, faltet es schnell zu einem dicken Stoffpaket zusammen und legt es auf den Kopf des Patienten so, dass auch die Augen damit verdeckt werden. Es könnte ja sein, dass der den Schlag kommen sieht und mit seinem Kopf wegzuckt. Dann geht der gezielte Hieb sonst wohin, nur nicht dorthin, wo es beabsichtigt ist.

Mit einer Hand hält sie seinen Kopf fest und mit der anderen den Hammer festhaltend, holt sie kurz aus und trifft mit einem wohl dosierten und genau gezieltem Bums den Kopf knapp oberhalb der Stirn. Nach dem „Treffer" geschehen zwei Dinge gleichzeitig. Der weit geöffnete, laut schreiende Mund des Patienten klappt zu und –

Stille, wohltuende Stille. Nicht mal ein leises Schnaufen oder Grunzen und Stöhnen ist zu hören. Bei Ferdinand dagegen neigt sich der Kiefer nach unten, so verdattert ist er von der Wirkung. Schnell überzeugt er sich, dass die Atmung und der Puls noch aktiv sind und mit strahlendem Gesicht beugt er sich über den ruhig liegenden Oberkörper, um die Kugel aus der Schusswunde heraus zu schneiden.

„Hat, um bei deinen Worten zu bleiben, der liebe Gott bei so einem Schlag den einen oder anderen Patienten schon mal von der Erde abberufen?“ Wendet sich Ferdinand fragend an Katarina. „Es kann schon vorkommen, selber habe ich das noch nicht erleben müssen. Und wenn es hätte passieren können, ich wäre darüber sehr unglücklich gewesen.“ „Aha!“ „Einen Hufschmied würde ich für so eine Betäubungsart jedenfalls nicht einsetzen wollen. Die verantwortlichen Schwestern im Kloster meinten zu diesem Thema, dass an den möglichen Tod eines Patienten der Schlag mit dem Holzhammer weniger die Schuld tragen würde. Es läge wohl, so sagen sie jedenfalls, an der Schwere der Verletzung selbst. Es gehe bei dieser Betäubung auch nicht zwingend nur darum, dass der Patient nicht mehr schreit, sondern um seine Bewegungslosigkeit während der Operation, die möglicherweise dadurch viel größere Chancen hat, dass Leben des Kranken oder des Verletzten zu retten.“ „Wir werden heute Abend über den Einsatz deiner, ich nenn es mal „ die Holzhammermethode“, sprechen und wie wir sie in den nächsten Tagen anwenden können. So, du könntest, wenn du willst, die Wunde versorgen und den Patienten in das zuständige Ruhezelt bringen lassen. Ich hau mich erstmal für eine Stunde aufs Ohr. Angeblich bekommen wir in den nächsten Stunden fünf verletzte Kämpfer zur Behandlung. Einer davon soll ein höherer Offizier sein. Diese Sorte von Menschen in Uniform sterben besonders ungern.“ „Gut, Ferdinand, mach ich! Du, sag mal, könntest du noch mal den Koch aufs Kreuz legen und ein gutes Abendbrot für heute erschwindeln?“ „Ich versuch es! Bis später und sieh zu, dass der von dir gehämmerte Patient möglichst wieder aufwacht." „Keine Sorge, Ferdinand! Du kennst sicher das Märchen „Dornröschen" von den Gebrüder Grimm?" „Nein, kenne ich nicht! Was ist damit?" „Na, da wollte eine Prinzessin auch nicht aus ihrem ungewollten Schlaf erwachen. Ein kleiner lieber Kuss und schon war sie wieder da." „Ach nein?" „Doch, war sie! Und gleich putz munter." „Den Kuss würde ich lieber selber haben wollen, ich schlafe zwar nicht, trotzdem ist so eine Zärtlichkeit bei mir besser aufgehoben, als bei dem Patienten. Der wird bestimmt auch so wieder munter. Wenn nicht, nimmst du eine Nadel und piekst kräftig in sein Hinterteil, das wirkt meistens!" „Also Ferdinand?" „Ja, ja – ich weiß, ich mein ja nur! Hin und wieder muss ich ja auch mal an mich denken!" „Über so einen kleinen Kuss können wir ja heute Abend reden, jetzt leg dich erstmal hin und ruh dich aus."

Seit langer Zeit verspürt Katarina wieder so ein eigenartiges Ziehen in ihrem Bauch und auch ihr Busen fühlt sich ungewohnt fest an. In der vergangenen Nacht träumte sie von einem kleinen Baby, das sie in ihren Armen schaukelte. Schaut sie in seine blauen strahlenden Augen, sieht sie ein Brautpaar mit drei kleinen Kindern.

Wieder zurück zu meinen Patienten mit der Schusswunde, grübelt sie, das ist derzeit wichtiger. Das mit dem Kuss rennt mir sicherlich nicht davon. Ich werde ihn schon einholen, wenn die Zeit dafür gekommen ist. Mit geschickten Händen reinigt sie die blutverschmierte Wunde mit starkem Alkohol und legt einen festen Verband an. Langsame Bewegungen und leichtes Stöhnen des Verwundeten auf dem Operationstisch lenken sie von ihren sehnsüchtigen Gedanken ab und zeigen ihr, dass er wieder in der lebendigen Welt angekommen ist. „Wann kommt der Medicus und untersucht mich?" Hört sie seine kaum vernehmbare Stimme. „Der Arzt hat dich schon behandelt und dir eine Gewehrkugel aus der rechten Brust entfernt. Du hast eine Menge Blut verloren und solltest dich in den nächsten Tagen schonen. Am besten wird sein, du bleibst auf der Pritsche liegen, trinkst viel Tee und isst regelmäßig. Du wirst vermutlich in ein Sammellager kommen, und anschließend auf Genesungsurlaub zu deiner Familie geschickt." „Dann ist der Krieg erstmal für mich zu Ende, oder?" „Ich denke, schon! Die jetzigen Metzeleien werden in einer Woche vermutlich vorbei sein. Aber keine Sorge, die nächsten großen und kleinen Schlachten folgen ganz bestimmt nach." „Ehrlich gesagt, so gern stecke ich nicht in so einer Uniform – wirklich nicht. Da marschieren wir auf den so genannten Gegner zu und ballern mit unseren Gewehren los. Auch klar! Dafür gibt es ja die Befehle. Dabei fällt bei denen die erste Reihe tot oder verwundet um. Der Abstand zwischen uns und dem so genannten Feind ist ja gering, da kann man überhaupt nicht daneben schießen, und wegrennen kann auch keiner. Danach schießt der Gegner, jedenfalls die, die nicht umfielen und ziemlich sauer sind, auf die vordere Reihe von uns. Natürlich mit gleicher Wirkung und gleichem Resultat. Was bei den gegenüber kämpfenden Soldaten natürlich auch keine Begeisterung auslöst, und wir ballern daraufhin wieder los. Und dann wieder die anderen und dann wieder wir. So geht das eine Weile hin und her, bis nur noch wenige Soldaten auf beiden Seiten übrig sind. Der kleinere Haufen von den Übriggebliebenen hat dann die Schnauze gestrichen voll und haut ab. Das nennt sich dann geschlossener Rückzug. Also ehrlich, das ist doch was für Leute, die nicht mehr alle Latten am Gartenzaun haben. Ich würde gern auf dem Bauernhof meiner Eltern arbeiten und was Nützliches unternehmen, als hier erschossen zu werden oder andere, die ich überhaupt nicht kenne und die mir auch nichts getan haben, erschießen zu müssen. „Jetzt reg dich nicht so auf, rede nicht so viel und schon dich! Ich kann das auch nicht ändern. Wenn du im Bett liegst, dann immer den Oberkörper hochlegen. Übrigens - lass das keinen Offizier oder Unteroffizier hören, sonst landest du vor einem Kriegsgericht und wirst standrechtlich erschossen. Die Chance, das zu überleben, ist für dich außerordentlich ungünstig - vorsichtig ausgedrückt." „Ja, weiß ich! Das ist doch alles so was von bekackt! Sag ich ja, um

Soldat zu werden, trifft mich mit Sicherheit eine Gewehrkugel, durchbohrt mich irgendein Bajonett, werde ich von einer Kanonenkugel erschlagen oder lande als Krüppel im Straßenabfall. Lehne ich ab in eine Uniform zu klettern, werde ich von meinen eigenen Landsleuten auf Befehl ins Jenseits oder wohin auch immer befördert. Ehrlich gesagt, ich hab die Schnauze gestrichen voll, wenn du verstehst was ich meine. Jetzt lass mich wegbringen und danke für alles.

Katarina organisiert die Umlagerung des Verletzten in ein Schlafzelt für Schwerverwundete, reinigt den Operationstisch und den Fußboden, bringt die verschmutzten Tücher und Lappen in die Wäscherei und legt alle medizinischen Instrumente in einen Behälter mit starkem Alkohol. Anschließend schreibt sie einen Bericht über den operierten Soldaten an die Hauptverwaltung, bezüglich seiner Verletzung und der weiteren notwendigen Behandlung. Vom Ofen nimmt sie sich einen Topf heißes Wasser, gießt es in eine große Schüssel und verschließt das Operationszelt mit der dafür vorgesehenen Leinwand.

Ausgezogen und splitternackt nimmt sie Seife und Lappen und wäscht sich erstmal gründlich ab. Das wohlfühlende warme Wasser und das Gefühl sauber zu sein, locken so manchen Gedanken aus bisher nicht in Anspruch genommenen Gehirnzentren. Was wäre, überlegt sie schon leicht sündig, wenn Ferdinand jetzt hier wäre? Keuschheit mal hin oder her – ihre Jungfräulichkeit wäre jedenfalls in höchster Gefahr. Was weiß sie eigentlich so von ihm? Vielleicht ist er verheiratet und hat eine Familie mit vielen Kindern und nur die Lust und nicht die Liebe wären die Triebfeder für seine Anmache. Will sie das wirklich?

Meine lüsternen Gedanken schwirren herum, wie ein unruhiger Bienenschwarm, denkt sie. Zugegeben, das Kribbeln in ihren Lenden ist nicht lustig, grübelt Katarina und wie sie das anderweitig wegkriegen soll, weiß sie auch nicht so genau, trotz der vorsichtigen Hinweise, die sie von ihrer engen Freundin, Schwester Luise, im Kloster zur grünen Pforte zugesteckt bekam. Doch deswegen gleich husch mit ihm ins Bett? Nein! Ganz so einfach soll er's auch nicht haben." „Und du? Was ist mit deinen Gefühlen?" Flüstert eine leise Stimme in ihr. „Nanu, wer bist du denn?" „Na wer wohl? Ich bin du!" „Und so ganz plötzlich bist du da?" „Ja! Ich weiß, dass du vor einer schwierigen Herzensentscheidung stehst und bei solch komplizierten Gefühlswallungen werde ich dir helfen." „Warum willst du das?" „Als Stimme deines Herzens will ich schon wissen, wer sich da in dein Herz einkuschelt. Letztlich will ich ja mit dem anderen Herzen, das sich an dich ranmacht, liebevoll auskommen. Wenn du verstehst, wie ich das meine!?" „Verstehe! – Also gut, bleiben wir erstmal bei meinen Gefühlen. Was ist, wenn er nur an sich denkt und meine Lust nicht suchen will? Ich weiß nicht, wie man das bei einer Frau anstellen muss, ich bin ja kein Mann. Aber wenn ich meinen Körper an bestimmten Stellen abtaste? Na, so schwer kann das ja nicht sein. Ferdinand müsste ja blind, taub und stumm sein, um das nicht zu merken, nach was mein ganzer Körper innen und außen schreit. Also – mein liebstes „Ich", was ist mit mir?" „Oh – entschuldige bitte! Wenn ich in mich hineinfühle und spüre was sich da alles so seelisch entwickelt, kommst du bestimmt nicht zu kurz!" „Körperlich betrachtet, würde es ja das erste Mal sein, dass mich ein Mann von innen fühlen will. Ich bin zwar kein männlicher Verführer, aber so schwer dürfte mein inneres Gefühlsleben ja nicht zu finden sein oder?" „Also Katarina!" Flüstert die geheimnisvolle innere Stimme wieder. „Weißt du noch, was du vor langer Zeit deiner kleinen Schwester Ruth zu diesem Thema sagtest, als sie von ihrem Freund Peter, dem Stallknecht vom Nachbarhof, immer dort begrapscht wurde, wo sie es gar nicht wollte oder wenigstens nicht gleich am Anfang?" „Nein! Hab ich vergessen!" „So, so – du meintest damals, sie hätte doch zwei kluge Hände, mit denen sie ihn so führen kann, dass er das an gewissen Körperstellen bei ihr macht, was sie gern möchte." „Aha –

und du meinst, das klappt bei Ferdinand?" „Aber sicher! Jedenfalls bei den meisten Männern. Du musst dich nur so geschickt dabei anstellen, dass er denkt, er ist der große Verführer." „Du bist da ganz sicher?!" „Absolut! Das geht nur bei solchen Männern völlig daneben, die sich wie ein wildgewordener Stier benehmen und das ist Ferdinand ganz sicher nicht." „Woher willst du das wissen, ha!?" „Fass nur mal seine Hände an! So viel Zartgefühl in einer Hand kommt nicht oft in dieser Welt vor." „Ach nein! Was du alles so weißt?" „Nicht ach nein! Operationstisch und Verletzte sind nicht alles, was du sehen solltest! Ich habe mich heimlich in sein Herz gekuschelt. Ich sage dir, es fiel mir sehr schwer wieder rauszukrabbeln. Mein Zuhause ist ja in deinem Herzen und nicht in seinem. Obwohl ich nicht traurig wäre, wenn sein Herz zu mir in dein Herz kommen würde." „Sag mal, wenn du schon so viel weißt, wohnt in seinem Herzen bereits jemand?" „Nein, Katarina, dass hätte ich dir schon gesagt. Aber eine gewisse Katarina ist aus seinem Bewusstsein nicht mehr wegzudenken." „Das weißt du? Oder flunkerst du mich an?" „Katarina! Ich bin doch du, hast du das schon vergessen?" „Entschuldige bitte! Und wieso ist er noch nicht mit einer Frau zusammen?" „Er hat einen strengen Vater, der nur die Karriere seines Sohnes im Kopf hat und ständig auf ihm rumdrückt, damit er möglichst schnell berühmt werden könnte. Da bleiben für Liebesabenteuer und kleine Techtelmechtel keine Zeit mehr übrig. Ich glaube, wenn sein Vater nicht so streng wäre, würde er schon längst unter der berühmten Haube sein." „Das glaube ich auch! Hast du schon mal einen Blick in seine blauen Augen gewagt?" „Na, was denkst du denn? Und jetzt frag mich nicht, ob ich ihn liebe. Gott sei Dank bin ich ja du, sonst würde ich ihn dir wegschnappen! Ihr beide seid, wenn ihr zusammen kuschelt, um die Seele und den Körper zu fühlen, praktisch gesehen zwei völlig unerfahrene junge Menschen, die sich ins Herz geschlossen haben. Umso wichtiger ist es, dass du deinen Gefühlen völlig vertraust. Frag dich nicht irgendwelche Sachen, sondern lass dich los! Dann, liebe Katarina, fühlst du dich und ihn mit deinem und seinem Herzen. Und die Gefühle in deinen Lenden und die Schmetterlinge in deinem Bauch kommen auch nicht zu kurz. Vertrau mir, ich weiß das!" „Also gut, meine liebste innere Stimme, ich werde heute Abend mit ihm reden." „Nein, Katarina! - Nicht reden - kuscheln!" „Gut - ich kuschle mit ihm." „Brav! – Na, dann kann ich ja in Ruhe schlafen."

Katarina und der Medicus

Wenn du den Tod als deinen Feind betrachtest, wird es schwer werden zu gehen, wohin der Weg auch führen mag.

Dietmar Dressel

So einfach, wie sich das meine liebe innere Stimme vorstellt, wird das bestimmt nicht werden, wenn man als Jungfrau loslegen soll und der jungfräuliche Mann auch nicht so genau weiß, wie er das anstellen kann. Loslassen und einfach fallen lassen soll ich mich, sagt mein liebevolles „Ich". Was ist, wenn ich daneben falle und er mich nicht auffangen kann, ha? So, jetzt ist aber Schluss mit der Grübelei!

Katarina verschnürt den Eingang des Operationszeltes und geht zum Wohnzelt. Hoffentlich hat Ferdinand ein essbares Abendbrot organisieren können. Leise öffnet sie den Zeltvorhang, damit sie ihn nicht aufweckt, falls er noch schlafen sollte. Ferdinand bleibt auf seinem Feldbett liegen und die leisen Schlafgeräusche lassen ahnen, in welcher Welt er vermutlich gerade ist.

Auf dem Tisch sieht sie eine große Kiste mit Lebensmitteln. Dem Herrn sei Dank, es gibt etwas Gutes zum Essen. Schnell deckt sie den Tisch und sucht sich danach eine bequeme Lage im Sitzen auf ihrem Bett, um ein kleines Nickerchen zu machen.

Plötzlich laute Geräusche vor ihrem Zelt. Zwei Männerstimmen rufen lautstark nach dem Medicus. Katarina öffnet das Zelt von innen und lässt die Männer herein. Es ist ein Sanitätsunteroffizier und ein Offizier der preußischen Leibgarde.

„Schnell, wir brauchen den Medicus. Ein schweres Kanonenfeuer der Franzosen hat das Zelt eines Regimentskommandeurs getroffen, und schlimmen Schaden angerichtet. Sechs Offiziere wurden sofort getötet und zwei weitere sind schwer verletzt worden." Ferdinand muss die letzten Worte gehört haben und ist schon auf den Beinen. Beim Vorbeigehen an den beiden Männern kann er sich nicht verkneifen zu fragen, ob es nicht möglich sei, den Führungsstab nicht außerhalb der Reichweite französischer Kanonen zu positionieren. „Unsere Armeeführung hat mit so einer großen Reichweite der Kanonenkugeln nicht gerechnet." „Versteh ich nicht! Ich bin Arzt und weiß nichts von Kanonen. Allerdings müssten doch die zuständigen Stabsoffiziere so was wissen!" „Sie haben ja recht, mit dem was sie sagen! Normalerweise wissen sie schon, wie sie ein Regiment in den Kampf führen und wo jeder seinen Standort platzieren sollte . Scheinbar verwenden die Franzosen neuerdings Kanonen mit einer deutlich größeren Reichweite." „Ach nein! – Und für was haben wir hochbezahlte Spione?" „Ob sie viel Geld für ihre Tätigkeit erhalten weiß ich nicht, aber das mit den Kanonen müssen sie übersehen haben." „Na, toller Braten und ich soll das jetzt ausbaden, na danke!"

Beim Hinausgehen ruft er ihnen noch schnell zu, man möge einen der verletzen Offiziere zu ihm bringen lassen. Wenige Minuten später liegt einer der Regimentsoffiziere auf dem Operationstisch. Auf den mit silbernen Fäden durchflochtenen Schulterstücken blinken ihm zwei goldene Sterne entgegen. Aha, denkt Ferdinand, ein Oberst. Sterben wird der bestimmt nicht so gern wollen. In so einem Fall wäre das für seine Familie, wirtschaftlich gesehen nicht gut. Für ihn natürlich auch nicht. Je nachdem was von ihm übrig bleiben wird. Entweder ein geistiges und körperliches Frack oder ein Toter. Sollte die Familie nicht über ein ordentliches Vermögen verfügen, würden die Ehefrau und seine Kinder, so er welche hat, in einem Militärwaisenhaus in ärmlichen Verhältnissen leben müssen. Das sieht die Kriegs- und Waisenverordnung in Preußen so vor. Gelingt es mir, überlegt Ferdinand, ihn als Invalide am Leben zu halten, bekommt er aus der Kriegskasse wenigstens einmalig so knapp eintausend Taler und aus die Maus. Da fällt ihm wieder der Satz des deutschen Schriftstellers ein - „Kein Mensch muß müssen". Oder wie es im Volksmund so schön heißt - „Wie man sich bettet, so schläft man halt".

Oberhalb der schönen funkelten Schulterstücke, die ihm jetzt nicht viel nützen werden, überlegt Ferdinand, ragt ein Kopf aus der Uniform. Und beim Anblick der Wunden ahnt er schon, wie das für den Mann ausgehen wird. Ohne einem aktiven Bewusstseins liegt der Verletzte ruhig auf der Holzunterlage und gibt keinen Ton von sich. Puls und Atmung sind sehr schwach und seine Reflexzonen reagieren nur sehr zögerlich.

„Wie und wo kann ich dir helfen, Ferdinand?" Meldet sich Katarina. „Ich brauche heißes Wasser, Alkohol und Alaun, um die Blutungen möglichst einzudämmen." „Kommt sofort!"

Eine Stunde später sind die Kopfverletzungen soweit behandelt, dass Katarina einen fachgerechten Verband anlegen kann und nicht mehr die Gefahr besteht, dass der Verletzte verblutet. Während sie noch den Kopf verbindet, hört sie lauter werdendes Getöse und Stöhnen. Der nächste Verwundete ist bereits im Anmarsch, der ohne ärztliche Hilfe nicht überleben würde. Hoffentlich geht das nicht so weiter, denkt sie. Eigentlich sollte ja der Abend anders verlaufen.

Ferdinand ist bereits vor dem Zelt und hilft den Sanitätern, den verletzten Soldaten hinein zu tragen. Nehmt den Verwundeten vom Tisch und schafft ihn ins Offizierslazarett, ruft er ihnen zu, als sie mit leeren Händen gehen wollen. Und sorgt dafür, dass seine Familie benachrichtigt wird.

„Katarina, fass mal mit an und nimm die Arme, von den Beinen ist ja nicht mehr viel dran!" Hauruck und schon liegt der Rest von ei-

nem gewesenen Mann auf dem Tisch. „Wo hast du deinen Holzhammer? Ohne dem wird es für ihn schwer werden, das Abnehmen
seiner Beinreste zu ertragen." „Moment, kommt gleich!" „Gut! Be-
fördere den Schreihals mal für eine Weile in eine andere Welt, aber
so, dass er nicht für immer dort bleiben muss."

Es dauert keine zwei Minuten und der Patient liegt ruhig und still
auf dem Brett. „So, Katarina, jetzt zur Amputation. Das linke Bein
muß ich oberhalb der Wade abnehmen. Das rechte Bein oberhalb
vom Knie. Sobald ich damit fertig bin, musst du die großen Blutgefäße sofort abbinden, sonst verblutet er. Die Schnurschlingen an
den Oberschenkeln kannst du danach abnehmen. Immerhin haben
die Sanitäter umsichtig gehandelt und die beiden Beine an den
richtigen Stellen abgebunden, sonst wär er schon längst tot." „Kein
Problem für mich! Hast du die Werkzeuge griffbereit?" „Soweit
schon! Bring doch bitte aus dem Topf mit dem Alkohol die zwei
kleinen Messer und die Zange. Möglicherweise ist das Knie beschädigt und ich muß das korrigieren. Die Amputation der beiden
Beine wird etwas länger dauern, als das üblicherweise der Fall ist.
Denke daran, sollte er aufwachen bevor ich fertig bin, muß er noch
mal mit deinem Hammer Bekanntschaft ertragen." „Ich pass schon
auf, Ferdinand."

Eine halbe Stunde später ist die Operation beendet, die beiden
Beinstümpfe verbunden und der Patient bereits abtransportiert.
Zusammen schaffen sie schnell Ordnung im Zelt. Sollte der nächste
Verwundete kommen, wird es keine Verzögerung geben.

In der kommenden Stunde bleibt es, entgegen aller Erwartungen
ruhig. Und so beschließen Ferdinand und Katarina sich erstmal zu
waschen und saubere Sachen anzuziehen. Im Zelt befindet sich ein
größerer Holzbottich, der zwar für einen anderen Zweck dient, sich
aber zum Waschen ganz gut eignet. Katarina gießt heißes Wasser in
den Holzbehälter und vermischt es mit kaltem Wasser so, dass es

angenehm warm bleibt. „Du kannst ja schon mal anfangen dich zu schrubben, andere Sachen bring ich dir gleich. Prima! Du findest alles in der braunen Tasche unter meinem Bett." „Bin gleich zurück!"

Als Katarina ins Operationszelt kommt, steht Ferdinand immer noch angezogen da. „Was ist, denkst du ich habe noch keinen nackten Mann gesehen?" „Du vielleicht schon, es müssen mich ja nicht gleich alle so sehen." „Ach so, verstehe! Also gut, ich verzwieble mich. Du kannst ja hinter mir den Zeltvorhang zuknöpfen."

Während sich Ferdinand gründlich abschrubbt, packt Katarina mit sichtlicher Freude die Verpflegungskiste aus, schneidet Brot in kleine Scheiben, legt Käse und Schinken auf die Teller und entkorkt die Weinflasche. Wenn schon, dann schon richtig - denkt sie.

„Du kannst dich waschen, wenn du willst!" Hört sie seine leise Stimme hinter sich. Vor lauter Eifer hat sie sein Kommen gar nicht bemerkt. Katarina packt sich ein paar saubere Sachen ein und läuft aus den Zelt. „Iss nicht alles auf und lass was übrig." Meint sie noch schmunzelnd, bevor sie geht. Im Blickfeld die leckeren Sachen auf dem Tisch und den Duft von Schinken und Käse in der Nase, wartet Ferdinand mit wachsender Ungeduld auf Katarina. Typisch Frauen, denkt er, wenn seine Mutter im Bad war, konnten die Familienangehörigen Stunden warten, bevor Madam Mutter endlich fertig war. Was unternehmen Frauen nur so lang im Bad? Noch bei diesen Überlegungen, kommt Katarina ins Zelt, schließt den Zeltvorhang und schwingt sich so, als ob sie das jeden Tag bei ihm machen würde, geschickt über seine Beine. „Nennst du das Abendbrot essen?" „Gewissermaßen ja! Es kommt darauf an, welches Organ du an und in mir fragst." „Aha, wenn ich so in deine Augen sehe, ist es mit Sicherheit nicht der Magen." „Nein, ist er nicht! Ich liebe dich Ferdinand! Mein Herz und meine Seele gehören nur dir. Der Herr kennt meine Gedanken und hat mich davor bewahrt, anders zu leben." „Nach Keuschheit und Gelübde muß ich dich nicht fragen?" „Nein, lieber Ferdinand, musst du nicht!" „Habe sehr gehofft, dass du das sagst." „Keusch bin ich hoffentlich nicht mehr lange und ein Gelübde habe ich noch nicht abgelegt. Wenn ich in deine Augen sehe kann ich nur sagen, Gott sei Dank nicht."

Wild und ungestüm, aber voller Zärtlichkeit, nimmt sie seinen Kopf in eine Hand und die andere übernimmt zielstrebig die Handlungen, die unbedingt sein müssen, um Herz, Seele und Körper zu dem zu verhelfen, nach dem sich beide so inbrünstig sehnen. Ferdinand macht in so einer Situation das einzig Richtige und lässt alles mit sich geschehen. Nur auf sein bestes Stück muß er achten, damit alles so geschehen kann, wie es geschehen sollte.

Es dauert seine Zeit, bis die Sehnsüchte von beiden gestillt sind. Noch schwer atmend, hält sich Katarina an seinem Hals fest und hört nicht auf sein Gesicht zu küssen. „Ich liebe dich, Ferdinand! Ich gehöre in diese Welt und möchte bei dir sein, für immer!"

Noch lange liegen sie sich so in den Armen, ehe sich ihr Körper und ihre Herzen wieder etwas beruhigen können. „Ich werde mich von diesem grausamen Dienst suspendieren lassen und in Weimar eine Arztpraxis einrichten, dich heiraten, wenn du mich magst und Kinder wollen wir doch auch, oder? Was meinst du?" Katarina ist so glücklich, dass sie nur in seinen Haaren wühlen und ihre Tränen an seinem Hals trocknen kann.

Dunkles, unheimliches Grollen ist plötzlich zu hören. Ein Gewitter ist das nicht, denkt Ferdinand, springt auf und hilft Katarina auf die Beine. „Schnell Katarina, wir müssen in den Schutzgraben, der hier in der Nähe angelegt wurde. Man weiß ja nie, wie weit die französischen Kanonenkugeln fliegen können."

Eng umschlungen verbringen sie die nächsten zwei Stunden in einem metertiefem Erdloch. Die Luft ist ausgefüllt mit einem lauten, schrecklichen Getöse und mehrere heftige Einschläge treffen den Sanitätsplatz. Gott sei Dank ist der Spuk bald vorbei! Beide verschwinden kurz darauf in ihrem Zelt und Ferdinand schiebt für die Nachtruhe erstmal zwei Feldbetten eng aneinander, so dass sie nicht getrennt voneinander schlafen müssen.

„Was hältst du davon, wenn wir uns ers5tmal um unseren Magen kümmern?" „Eine gute Idee." Anstrengend wie der Tag und vor allem der Abend war, bleibt von dem was Ferdinand so umsichtig organisierte, nur noch so viel übrig, dass sie zum Frühstück auch noch satt werden können. Beide kuscheln sich eng umschlungen auf die Feldbetten und wandern mit ihren Gedanken an die Zukunft in eine andere Welt.

Kaffeeduft kitzelt Katarina aus ihren sinnlichen Träumen. Einen Duft, den sie schon lange nicht mehr in ihrer Nase hatte. Am Tisch steht Ferdinand und bereitet das Frühstück für sie beide vor. „Na, du Langschläferin, was halten wir denn von einer Tasse heißen Kaffee?" „Könnte ich das köstliche Getränk auf deinen sinnlichen Beinen genießen?" „Wenn es nur beim Kaffee bleibt, ja!" „Ich hätte dabei noch eine Hand frei, wenn du verstehst, was ich damit andeuten möchte." „Seit gestern Abend kenne ich ein paar besonders gute Fähigkeiten dieser Hand, aber im Operationszelt liegt bereits ein verletzter Soldat, nicht schlimm die Verletzung, so dass wir genügend Zeit haben zu zweit in Ruhe zu frühstücken. Zu mehr wird es nicht reichen. Da deine Hände nicht so schnell aufhören können, fürchte ich, wird das was du vorhast zeitlich zu knapp. Was hältst du von einem kleinen Ausritt heute Abend?" „Woher nimmst du dafür die Pferde, mein Liebster?" „Ich dachte dabei mehr an meine Oberschenkel!" „Aha, also los du wilder Reiter, erst der Kaffee, dann die Arbeit und danach kümmern wir uns beide um die schönen Dinge des Lebens. Aufgeschoben ist nicht aufgehoben. Sagte jedenfalls meine Mutter, wenn was nicht gleich so lief, wie es laufen sollte."

Der Soldat im Zelt hatte Glück. Sein linkes Bein ist nur gebrochen und muß deswegen nicht gleich abgesägt werden. Auch die Prellungen am Brustkorb und an den Oberarmen wird er in den nächsten sechs Wochen schon nicht mehr spüren. Eine Stunde später ist er bereits im Schlafzelt und kann sich vom Kriegsgeschehen erstmal ausruhen.

„Katarina, ich möchte kurz ins Offizierslazarett und nachsehen, wie es dem Offizier mit der erheblichen Kopfverletzung geht. Würde mich wundern, wenn er noch am Leben ist. In die Küche will ich auch noch, wir brauchen ja was zu Essen." „Gut, Ferdinand, bleib bitte nicht so lang! Allein fühle ich mich hier nicht so besonders sicher aufgehoben."

Ferdinand nimmt sie in die Armee, küsst sie liebevoll und macht sich auf den Weg. Katarina nutzt die freie Zeit, um im Zelt gründlich Ordnung zu schaffen. Behutsam setzt sie einen Topf Wasser auf den kleinen Holzofen und reinigt zwischenzeitlich die Instrumente.

Plötzlich ist wieder so ein beängstigendes, ständig lauter werdendes Rumoren in der Luft. Ein Gewitter klingt anders, denkt Katarina und überlegt krampfhaft was sie tun soll. Ein lauter, krachender Einschlag ist das einzige Geräusch, was sie noch mit wachem Geist wahrnehmen kann, danach herrscht Stille. Dunkelheit umhüllt ihren Geist. Es dauert nicht lange und sie verspürt einen schweren Druck auf ihrem Körper. Mühsam versucht sie die Augen zu öffnen - es ist finster! Ich bin verschüttet, denkt sie und versucht mit Händen und Beinen sich von dem Sand und Geröll zu befreien. Endlich kann sie sich hochrappeln und einen Blick auf ihre Umgebung werfen. Nicht weit vom Operationszelt, jedenfalls dort wo es einmal stand, hat eine Kanonenkugel einen tiefen Krater in den Boden gesprengt. Auch vom Wohnzelt ist nicht mehr viel übrig. Die Betten, Tische und Bänke sind vom Dreck teilweise verdeckt. Vorsichtig tastet sie ihren ganzen Körper ab, kann aber ernsthafte Verletzungen nicht feststellen, obwohl ihr alles sehr schmerzt.

Plötzlich durchzuckt sie ein Gedanke – Ferdinand! Wo ist er, was ist mit ihm? Soweit ihre Beine das zulassen, macht sie sich auf den Weg und eilt von Einschlagstelle zu Einschlagstelle und fragt jeden, der ihr über den Weg läuft, ob er den Arzt gesehen hat. Bei so einer Verwüstung wird es mit Sicherheit Tote und Verletzte geben. Also, überlegt Katarina, wird man ihn bestimmt brauchen. Ein vorbei eilender Sanitäter, den sie fragt, weist mit der Hand in die Richtung Küchenzelt, das scheinbar nur wenig abbekommen hat.

Minuten später kniet sie neben Ferdinand. Wenn sie das richtig in seinem Gesicht deutet, lächelt er. Vermutlich freut er sich sie gesund zu sehen. „Sag mal, Ferdinand, was machst du denn für Sachen? Wie geht es dir? Bist du verletzt und wie kann ich dir helfen? Ferdinand dreht den Oberkörper zur Seite und zeigt mit seiner Hand auf den Rücken. „Ich muß mich da verletzt haben, es schmerzt – nicht sehr, aber unangenehm ist es trotzdem. Katarina schiebt das Hemd hoch und sieht eine größere Fleischwunde. „Na, harmlos ist das nicht, Liebster, aber in drei Wochen ist sie bei meiner Pflege wieder verheilt. Bleib bitte so liegen, Ferdinand, ich bin gleich zurück!"

Bevor sie losrennt ruft sie einen Soldaten noch zu, er möchte doch auf den Arzt aufpassen, damit nicht noch Schlimmeres mit ihm passiert. Minuten später ist Katarina wieder bei Ferdinand, reinigt die Wunde, stillt mit etwas Alaun die Blutung und legt einen schützenden Verband an. „Wie fühlst du dich, Liebster? Hast du Schmerzen?" „Nein, keine Sorge, es ist zum Aushalten und sollte es schlimmer werden, hast du ja deinen Holzhammer." „Ferdinand, bitte, so lustig ist das nicht." „Es geht mir den Umständen entsprechend gut. Was mich stört ist, dass ich meine Beine nicht mehr fühle. Es ist so, als ob sie nicht mehr da wären wo sie hingehören. Erklären kann ich mir das nicht und in der Fachliteratur habe ich über so einen Fall noch nichts lesen können. Besser wird sein, du lässt mich erstmal zum Zelt bringen, dort fühle ich mich sicherer." „Mach ich sofort!"

Eine Stunde später, Soldaten haben bereits ein neues Zelt aufgestellt und alles eingeräumt, was so herumgeschleudert wurde, liegt Ferdinand, warm eingepackt bäuchlings auf einem Feldbett. „Katarina, versuch doch bitte, trotz des großen Durcheinanders, einen Unteroffizier oder besser einen Offizier zu finden und bring ihn her. Ich muß dringend mit ihm reden. In meinem Zustand kann ich mich nicht um Verletzte kümmern, was vermutlich noch keiner von den Herrn Offizieren im Stabszelt bemerkte. Und lass zwei Soldaten zu meiner Bewachung hier, wer weiß was sonst noch alles passiert. Die Ballerei mit den Kanonen kann ja jeden Augenblick wieder losgehen, so kann ich vielleicht in Sicherheit gebracht werden."

Katarina beordert schnell zwei Soldaten zu Ferdinand ans Zelt und fordert sie auf, den Arzt zu beschützen und notfalls in Sicherheit zu bringen. Danach nimmt sie ihren ganzen Mut zusammen und sucht das Zelt des Regimentsstabes. Reingelassen wird sie nicht, aber nach einer Weile befragt sie ein höherer Offizier außerhalb des Zeltes um was es sich handeln würde. Er hört ihr kurz zu, nickt und fordert sie auf zu warten. Nach einer geschlagenen Stunde kommt er raus, drückt ihr eine Papierrolle in die Hand und meint - „Der Arzt ist bis auf weiteres aus gesundheitlichen Gründen vom Dienst suspendiert! Sorge dafür, dass er zu seiner Familie nach Weimar kommt." Wieder ein kurzes Nicken und schon verschwindet er im Stabszelt. Katarina wartet nicht länger und überlegt in einem fort, wie sie Ferdinand ohne militärische Eskorte nach Weimar bringen soll. Minuten später kniet sie mit nachdenklichem Gesicht vor seinem Bett und schaut ihn lange an. Ich glaube, mein liebster Ferdinand, wir beide müssen den Weg nach Hause zu deinen Eltern allein bewältigen. „Was hat man dir gesagt?" „Du bist mit sofortiger Wirkung vom Dienst befreit, das soll auch hier in der Schriftrolle stehen und du kannst, so du willst, nach Hause zu deiner Familie." „Das ist eine hundsmiserable Sauerei! Entschuldige bitte, Katarina. Die ganze Zeit rette ich ihren Soldaten, Unteroffizieren und Offizieren das Leben und brauche ich selbst Hilfe, drückt man mir ein Stück Papier in die Hand – na danke! Also gut, du musst mit viel List und Tücke ein Pferdefuhrwerk organisieren. Ich kann weder reiten noch laufen. Das möglichst mit drei bis vier Soldaten als Begleitung. Traust du dir das zu?" „So lang es um dich geht, habe ich damit keine Probleme. Ich bin in einer Stunde zurück. Vorher stelle ich noch zwei Soldaten vor unser Zelt."

Es dauert geschlagene drei Stunden, bis Ferdinand so was wie Pferdegeräusche vor dem Zelt hört. Kurze Zeit später steht Katarina mit strahlendem Gesicht am Zelteingang. Die erste größere Hürde auf dem Weg nach Hause ist genommen, denkt er beruhigt.

„Wird es nicht besser sein, wir verbringen die Nacht hier am Truppenstandort? Ich denke, das ist sicherer für uns. Was meinst du, Ferdinand?" „Lieber nicht, Katarina! Der Regimentsstab ist ganz sicher für die Kanonen der Franzosen ein lohnendes Ziel. Besser wird sein, wir fahren schnellstens von hier weg. Übrigens, Pferdekutsche - was ist mit der Eskorte?" „Hast du im Moment erhebliche Schmerzen?" „Warum fragst du?" „Wenn nicht, darfst du über das Wort Eskorte mal kurz aber kräftig lachen!" „Also nichts mit einer kleinen Schutztruppe?" „Nein - nichts!" „Gut, dann müssen wir uns halt selber helfen, was solls. Na, dann mal los!" Nach einer Stunde sind die wichtigsten Sachen mit Hilfe der beiden Soldaten aufgeladen, Ferdinand ist sicher und warm auf dem Wagen eingepackt und ohne sich weiter aufzuhalten fahren sie in Richtung Weimar davon. Eine weitere Hürde, vermutlich die schwierigste und bedrohlichste von allen, grübelt Ferdinand, ist genommen.

Katarina hat sich auf eines der beiden Pferde gesetzt, und lenkt das Gespann auf einer kleinen schmalen Straße in Richtung Eisfelden. Eine kleine Dorfgemeinde abseits vom großen Kampfgetöse. Am Gasthof macht sie kurz halt, kauft ein paar Lebensmittel und füllt vier große Flaschen mit Tee ab. Sorgsam reinigt sie Ferdinands Wunde am Rücken, verwendet dabei ausschließlich Kräuter, die den Heilungsprozess fördern und legt einen frischen Verband an. „Was soll ich machen, Ferdinand, wollen wir hier übernachten, oder willst du weiter? Ich habe mit dem Wirt gesprochen und er meint, dass das kein Problem wäre und Geld für die Bezahlung haben wir auch. Ich denke, für deine Verletzung wäre es besser, wenn du dich richtig ausruhen könntest. Die Schaukelei auf dem Wagen ist auch nicht so gesund für dich." „Also gut, bleiben wir hier."

Minuten später tragen zwei Knechte Ferdinand in den Schlafraum und eine halbe Stunde später können sie am Bett in Ruhe essen. Nach dem Abendbrot bringen die beiden Knechte Ferdinand zum Klo, damit er notfalls nachts nicht auf den Nachttopf geholt werden muß.

„Wie soll es jetzt weiter gehen, Ferdinand? Was werden deine Eltern sagen? Du kommst ja aus einer adligen Familie, ich nicht. Was werden sie zu unserem Verhältnis für eine Meinung haben?" „Mach dir darüber keine unnötigen Sorgen. Ich habe mir genau überlegt was ich tun werde. Ich liebe dich, Katarina und bleibe mit dir zusammen, so lange es der Herr oben im Himmel für richtig hält und nicht was meine Eltern vielleicht gern so hätten. Von der Universität bekomme ich ein jährliches Gehalt für meine Tätigkeit oder wenn ich aus gesundheitlichen Gründen nicht mehr arbeiten kann, eine Pension. Nicht besonders üppig, aber wir könnten ganz gut davon leben, ohne das ich meine Eltern anbetteln müsste. Darüber brauchen wir beide uns keine Sorgen machen. Wichtig ist jetzt nur, dass wir ohne Schaden nach Weimar kommen und ich so schnell als möglich gesund werde. Alles andere nehmen wir beide in unsere gemeinsamen Hände."

Vorsichtig schmiegt sich Katarina an ihn und weint still in sich hinein. Sie weiß noch nicht so recht wie es werden wird, aber das Schlimmste, so hofft sie wenigstens, haben sie beide geschafft. Am hellen Tageslicht erkennt Katarina, dass der Morgen bereits seinen Lauf nimmt. Wieder bittet sie die beiden Knechte, Ferdinand beim Klogang behilflich zu sein. Gewaschen und die Wunde gut versorgt, sitzen beide, dank der Unterstützung der beiden Männer, am Frühstückstisch und lassen sich Kaffee, Käse- und Schinkenbrote ordentlich schmecken. Bevor sie abreisen, befragen sie den Wirt nach dem möglichst ungefährlichsten Weg in Richtung Weimar. Der auch nicht zwingend der längste sein sollte. Alles was sie in der momentanen Situation nicht haben ist Zeit. Die Verletzung von Ferdinand muß heilen und dazu brauchen sie viel Ruhe und entsprechende räumliche Bedingungen. Ein Pferdefuhrwerk ist dafür sicherlich nicht so geeignet.

Es ist schon spät am Abend und noch immer ist keine Ortschaft in Sichtweite. „Wir müssen im Freien übernachten, Ferdinand, das Weiterfahren in der Dunkelheit ist zu gefährlich." „Was sein muß, muß sein – sicher ist sicher! Fahr das Gespann ein paar Meter in den Wald und bring die Pferde vom Wagen ein Stück weg. Du hast sicherlich Futter vom Wirt bekommen. Streu es auf den Boden und binde sie mit einer langen Leine an einem Baum fest, sonst geben sie keine Ruhe und Wiehern ständig herum."

Katarina ist nach einer guten Stunde mit der Arbeit fertig und kümmert sich danach umsichtig um seine Wunde. Nach dem kargen Abendbrot bemühen sich beide darum, dass Ferdinand ein dringendes Bedürfnis, den Umständen angepasst, verrichten kann. Anschließend bettet sie ihn auf dem Wagen warm in Decken und Stroh ein. Es ist bereits Herbst und die Nächte können schon empfindlich kalt werden. Katarina überprüft alles nochmals, schaut nach den Pferden, nimmt sich zwei Decken und legt sich nahe an Ferdinands Körper damit sie sich gegenseitig wärmen können. Es ist ruhig hier im Wald, denkt sie noch, bevor sie der Schlaf in eine andere Welt holt.

Zwei lange Tage bemühen sie sich mit ihrem Pferdegespann möglichst unauffällig und ohne unnötige Aufmerksamkeit zu wecken, die Stadtmauern von Weimar zu erreichen. Endlich, seufzt Katarina, ist die Stadt in greifbare Nähe gerückt. Viel kann hoffentlich nicht mehr schief gehen. Sechs Stunden später, kurz vor Einbruch der Dunkelheit, stehen sie am westlichen Stadttor von Weimar. Ferdinand unterhält sich kurz mit einem der vier Wachposten und schon können sie in Begleitung eines Soldaten weiterfahren. Eine halbe Stunde später hält das Gespann vor einem eisernen Tor mit aufwendiger Verzierung.

„So," meint der Soldat - „Den Rest finden sie ja alleine! Neugierig nähert sich von innen ein Diener und fragt Katarina, was sie hier zu suchen hat? „Ich möchte zur Familie des Freiherrn vom Rothenanger."„ Ach nein! Da könnte ja jeder kommen." „Schon möglich! Auf dem Wagen liegt der Freiherr Ferdinand vom Rothenanger, ich glaube nicht, dass der Herr vor verschlossener Türe stehen bleiben möchte, oder?" „Wenn auf deinem Wagen der Freiherr Ferdinand vom Rothenanger sitzen oder liegen sollte, dann bin ich der Kaiser von China oder Persien – du kannst dir das aussuchen." Der Diener ist mit seinem Satz noch nicht zu Ende, hört man auch schon die ungeduldige Stimme von Ferdinand. „Friedrich, wenn du nicht sofort das Tor öffnest, bekommst du von mir ein paar kräftige hinter die Ohren! So, und jetzt beweg deinen Hintern, aber etwas flott wenn ich bitten darf!" Kaum vernimmt der Diener die Stimme Ferdinands, öffnet er so schnell er kann das Tor und Katarina kann ungehindert bis zur Eingangstüre vom Schloss fahren. Nur mit viel Mühe kann sie das Fuhrwerk anhalten und fragt anschließend die umstehenden Dienerinnen, ob sie ihr helfen können. Ferdinand erhebt sich, soweit das seine Verletzung zulässt und gibt die nötigen Anweisungen an das Per-sonal, damit er dorthin getragen wird, wo er hin will.

Minuten später liegt er in seinem Bett, umringt von seiner Mutter, seinem Vater und dem Hauspersonal. Ferdinand erzählt seinen Eltern ausführlich das Kriegsgeschehen in der Nähe von Auerstedt und die Vorkommnisse im Lazarett. Aus seinem jetzigen gesundheitlichen Zustand macht er kein Geheimnis und weist mit Nachdruck darauf hin, dass er ohne den mutigen und fachkundigen Einsatz von Katarina nicht mehr am Leben wäre. Sie hat stets uneigennützig gehandelt und mich unter großen Gefahren hier her gebracht.

„Was soll jetzt aus dir werden, Ferdinand? Wie stellst du dir deine Zukunft vor?" Fragt seine Mutter und schaut ihn dabei sorgenvoll an. „Solange meine Gesundheit nicht vollständig hergestellt ist, bleibe ich wirtschaftlich in der medizinischen Fakultät der Universität eingebunden. Sobald ich wieder gesund bin, werde ich mir eine eigene Arztpraxis hier in Weimar einrichten, Vorlesungen an der Universität halten und Katarina heiraten." Sein Vater und seine Mutter nicken nur kurz und denken insgeheim – kommt Zeit kommt Rat. Katarina erklären sie, dass sie einverstanden damit wären,, wenn sie vorerst seine Pflege übernimmt.

Die nächsten Wochen vergehen ohne besondere Ereignisse und Ferdinands Rückenverletzung verheilt sichtlich gut. Was nicht besser werden will, ist die Gefühlslosigkeit seiner Beine. Ferdinand beschließt einen Kollegen aus der Universität zu Rate zu ziehen. Gemeinsam mit Katarina besprechen sie die unbekannte Behinderung und versuchen eine mögliche Erklärung dafür zu finden. Was übrig bleibt ist Ratlosigkeit. Als der Kollege fort ist meint sie – „Ich werde jeden Tag früh und abends deine Beine kräftig bewegen, damit deine Muskeln arbeiten. Vielleicht braucht alles nur seine Zeit, bis du deine Beine wieder fühlen wirst." „Ich bin so froh, dass du bei mir bist, Katarina, ohne dich hätte das Leben keinen Sinn mehr für mich." „Was wir beide brauchen, Ferdinand, ist Geduld, auch wenn es uns schwer fallen sollte."

Ab und zu kommt seine Mutter ans Bett und versucht ihn ein wenig zu trösten. Bei so einer Gelegenheit besprechen sie gemeinsam die Mobilität von Ferdinand deutlich zu verbessern. Bei einem Schreiner lassen sie einen kleinen Wagen mit bequemer Sitzfläche und vier Rädern fertigen. Die beiden vorderen Räder sind seitlich lenkbar, so dass Katarina mit Ferdinand kleine Ausflüge in die Stadt unternehmen kann. Mit zunehmender Fertigkeit bei der Nutzung des kleinen Fahrzeugs, folgen Theaterbesuche, Vorlesungen an der medizinischen Fakultät, Besuche beim Schneider und Friseur und natürlich abwechslungsreiche Gespräche mit Ferdinands Freunden und Fachkollegen in den örtlichen Kaffees.

Langsam kann sich Katarina an das völlig andere Leben in einer Stadt gewöhnen. Bei der Vorstellung, sein Gesundheitszustand würde sich nicht mehr bessern, ertappt sie sich immer häufiger dabei, auch dieses Leben mit ihm zu teilen. Es ist nicht nur diese völlig neue Umgebung oder diese Lebensart die sie gemeinsam führen. Nein! Es ist die unerschütterliche Liebe zu ihm, die sie fest an sein Herz gefesselt hat.

Der November streitet sich mit dem Herbst und mit dem Winter herum. Keiner von beiden will so richtig die Oberhand gewinnen. Es ist nasskalt, der Himmel grau und meist wolkenverhangen. Einfach scheußlich! Ferdinands Eltern sind schon auf dem Weg nach Italien, des warmen Wetters wegen. Vor Ende April kommen sie nicht wieder nach Weimar. Auch wenn der Weg beschwerlich ist und viel Zeit in Anspruch nimmt. Dafür ist das sonnige Wetter viel zu himmlisch, meint jedenfalls seine Mutter. Sein Vater sagte bei einer lustigen Männerrunde - „Die Frauen wären in Italien völlig anders."

Es ist ein Tag, an dem der Herbst den Sieg davon trägt. Ferdinand und Katarina halten an einer Litfaßsäule und studieren die Veranstaltungspläne. „Sag mal, Ferdinand, ist das der Schiller hier auf dem Plakat, von dem du mir mal im Zelt erzähltest?" „Lass mal sehen! Ja das ist er – ein kluger Kopf und ein sehr bekannter Schriftsteller. Er ist öfters hier bei uns in Weimar. Ich glaube, er ist mit unserem Herrn Goethe befreundet. Das ist auch so ein geistreicher Kopf. Soweit ich mich erinnere, ist Schiller im vergangenem Jahr an den Folgen einer heimtückischen Krankheit gestorben." „Und was macht er dann hier auf dem Plakat, wenn er nicht mehr lebt?" „Hier steht, dass ein Professor aus der örtlichen Universität einen Vortrag zu seinem Werk – „Die Räuber" - hält und nicht Schiller selbst, meine Liebste." „Ach so! Was meinst du, sollten wir uns das mal anhören?" „Wann soll das sein?" „Morgen Nachmittag in der Aula der Universität, steht jedenfalls hier." „Das trifft sich gut! Ich muß vormittags eine Vorlesung halten, ananschließend gehen wir einen Happen essen und danach hören wir den Räubern zu – prima, so machen wir das."

Die Wochen vergehen und ehe sich beide versehen steht das Weihnachtsfest vor der Tür. Die Dienerschaft hat alles festlich geschmückt und aus der Küche riecht es nach allen Genüssen dieser Welt. Nach dem Gottesdienst nehmen Ferdinand und Katarina im großen Esszimmer Platz und lassen sich von einem Sechsgängemenü so richtig verwöhnen. Nach dem Essen ziehen sich beide in die Bibliothek zurück, um in stiller Freude gemeinsam den Abend zu genießen. Auch die Dienerschaft kann sich zurückziehen und entspannt den festlichen Tag feiern. Schelmisch lächelnd holt Ferdinand aus einer Schublade ein kleines Paket heraus und überreicht es Katarina. „Was ist das?" „Mach es bitte auf!" „So – also gut!"

Es fällt Katarina schwer, den Blick von dem loszureißen, was ihr seit Sekunden entgegen funkelt. Der Anblick einer wunderschönen goldenen Halskette, besetzt mit Rubinen und Saphiren lässt ihre Worte verstummen.. Dazu ein passender goldener Ring mit einem großen Rubin, eingerahmt mit kleinen Diamanten, liegen in einer Edelholzschale auf ihren Beinen.

„Du bist verrückt, Ferdinand! Wie kannst du so viel Geld ausgeben? Dafür bekommst du bestimmt eine Arztpraxis mit allem was dazu gehört!" Als sie das leise zu ihm flüstert, kullern ihr die Freudentränen aus den Augen und wollen nicht aufhören. „Außer bei deiner Mutter, habe ich so was in meinem ganzen Leben noch nicht zu Gesicht bekommen." Etwas zögerlich greift Katarina unter den Stuhl und hält ihm auch ein Paket hin. „Mach auf! Aber wehe du lachst mich aus!" „Warum sollte ich dich auslachen?" „Jetzt mach schon auf!" Ferdinand greift in das geöffnete Paket und zieht ein scheinbar großes Bündel Wolle heraus. Mit geschickten Griffen ordnet Katarina das Riesenknäuel und hält Ferdinand einen dickgestrickten Rollkragenpullover in dunkelblauer weicher Wolle an die Brust. Ferdinand strahlt über das ganze Gesicht und meint - „Endlich bekomme ich mal was geschenkt, das ich gut gebrauchen kann. Bei dem kalten Wetter wird mir der Pullover sehr nützlich sein. Danke, liebe Katarina, ich freue mich wirklich darüber!" Zwei Dinge unternimmt er gleichzeitig! Mit einer Hand holt er sanft Katarinas Kopf in seine Nähe und gibt ihr einen langen Kuss und mit der anderen Hand holt er eine Flasche Wein vom Fußboden und stellt sie auf den Tisch. „Was hältst du davon, wenn ich dir eine besinnliche Weihnachtsgeschichte erzähle und wir beide den köstliichen Inhalt aus der Flasche genießen?" „Die Geschichte werde ich bestimmt gut vertragen, bei dem Wein? Na, ich weiß nicht. Vielleicht bekomme ich einen Schwips. Wer weiß, was ich dann alles anstelle?" „Mach dir darüber mal keine Sorgen, ich bin ja bei dir!" „Eben - deswegen!"

Stunden später liegen beide eng umschlungen im Bett. Am Gesicht Ferdinands kann Katarina leicht erkennen, was in ihm vorgeht. Sicherlich würden sie beide in dieser Situation wild die Liebe genießen. „Ferdinand, sei nicht so ungeduldig! Wir beide sind zusammen und haben Zeit für das, was dir ganz sicher im Kopf herumgeistert." „Jetzt! Wäre auch nicht so schlecht! Mein bestes Stück will aber nicht so, wie ich es gern hätte."

Mit einem leicht verschleierten, sinnlichen Blick, wie die lüsterne Sünde in Persona, schaut sie versonnen in seine Augen und meint mit leiser, dunkler Stimme - „Weißt du eigentlich, wie sanft und zart deine Hände sind?" „Ist das wahr?" „Ich weiß, was ich sage! Lass sie auf Wanderschaft gehen! So viele Wanderwege werden sie hier im Bett nicht finden du Wandergeselle. Lass sie einfach losgehen, sie wissen schon wo sie hin wollen und wo sie gern willkommen sind." „Bist du da so sicher?" „Ganz sicher, mein Liebster."

In dieser Nacht werden beide um eine angenehme Erfahrung reicher, die sie in den kommenden Wochen nutzen, um die Nächte im gemeinsamen Bett zu genießen. Die Wochen vergehen und der Winter wird immer eisiger. Gut das sie genügend Holz im Haus haben und die Dienerschaft für angenehme Wärme in den Zimmern sorgt. Vor allem der kleine Salon und das Schlafzimmer von Katarina und Ferdinand sind immer mollig warm. Ausflüge in die Stadt oder in den Stadtpark müssen sie lassen. Der Schnee türmt sich meterhoch auf den Straßen und den Gehwegen. Ein Fortkommen ist zu Fuß sehr beschwerlich. Mit den kleinen Wagen, zusammen mit Ferdinand, würden sie ständig im Schnee stecken bleiben.

Die Gefahr, dass sich Ferdinand bei diesem Wetter erkälten könnte, dürfen beide nicht unterschätzen. So bleiben sie lieber im Haus und verbringen die Zeit mit Lesen und mit Unterricht in der praktischen Medizin. Für Katarina sind das die schönsten Stunden am Tag. Ihr Wissensdurst wächst ständig und ihm sieht man an, dass er große Freude daran hat, diesen Hunger nach Wissen mit Informationen und Sachwissen zu füttern.

Der Februar hat sich auch zum Sklaven vom Januar gemacht und produziert für die Menschen nur Schnee und Kälte. Alle Erwartungen richten sich auf den März. Eigentlich sollte dieser Monat den Kampf gegen den Winter gewinnen und dem Frühling die Tore öffnen.

An so einem Tag, an dem man denken könnte der Frühling schafft es, wagen sich die beiden Verliebten wieder aus dem Haus. Die Luft ist zwar noch recht frisch, aber die Sonne lässt schon spüren, was sie alles leisten kann. Spät am Nachmittag sind sie wieder in der warmen Stube und Ferdinand zieht es ins Bett. Sein Kopf ist heiß und das Atmen fällt ihm ungewohnt schwer. Schnell macht Katarina einen Tee, der wenigstens etwas Abhilfe schaffen soll. Eine Wärmflasche kommt ins Bett und Ferdinand muß ordentlich schwitzen. „Wie geht es dir Ferdinand?" „Hast du mir einen Zaubertrank gegeben? Es geht mir wieder gut. Was hältst du von einem kleinen Gang an die frische Frühlingsluft?" „Nicht so schnell, Ferdinand, mit Erkältungen soll man nicht so leichtfertig umgehen. Besser ist, du bleibst noch ein paar Tage in der warmen Stube, wie das so schön im Volksmund heißt." „Gut, ich beuge mich der gestrengen Schwester."

Es vergehen die Tage und Ferdinand scheint über den Berg zu sein. Nur der trockene Husten will nicht weichen. Katarina versucht es mit verschiedenen Pflanzensäften, doch außer kleinen Erleichterungen bringt es nicht viel. Ein Diener muß zur medizinischen Fakultät, um einen Kollegen von Ferdinand zu bitten, doch in den nächsten Tagen nach ihm zu sehen. Kurz vor dem Termin sitzen sie beide im kleinen Salon und unterhalten sich über Erkältungskrankheiten und was man am besten dagegen unternehmen kann, damit sie die Gesundheit nicht unnötig belasten.

„Eigentlich fühle ich mich, bis auf den Husten, ganz gut. Ich denke, wenn das winterliche Wetter vorbei ist, wird sich auch der Husten verziehen." „Hast du so was schon mal durchgemacht?" „In meiner Kindheit kam das manchmal vor. Damals war die Heizung in unserem Haus miserabel schlecht. Meine Eltern haben sich ja über die Winterzeit immer in das sonnige Italien verzogen, während ich gemeinsam mit den Hauslehrern und unter Aufsicht einer strengen Gouvernante hier büffeln musste. Jetzt machen wir zwei uns keine unnötigen Sorgen und warten mal ab, was mein Freund Siegfried dazu meint."

Für die Untersuchung nimmt sich sein Kollege und Studienfreund viel Zeit. Stunden später besprechen sie gemeinsam bei einer Tasse Kaffee, zu welchem möglichen Ergebnis er gekommen ist.

„Ferdinand, du warst doch mal längere Zeit zum Praktikum in der Stadt Schneeberg im Erzgebirge?" „Ja, warum fragst du mich das, und was soll das mit meinem Husten zu tun haben?" „Hattest du in der nachfolgenden Zeit mal ernsthafte Beschwerden in der Brust?" „Nein, Siegfried, daran würde ich mich erinnern. Von den üblichen Erkältungskrankheiten in den Wintermonaten einmal abgesehen, ging es meiner Lunge eigentlich immer gut." „Katarina, kannst du uns bitte eine Kanne Salbeitee aus der Küche holen?" „Kein Problem, bin gleich zurück!"

Kaum ist sie aus dem Zimmer verschwunden, verändern sich die Gesichtszüge von Siegfried. „Wenn ich mich nicht sehr irre und die Untersuchungen lassen eigentlich keine Zweifel aufkommen, zeigt deine Lunge auffällig starke Anzeichen einer Krankheit, wie sie hier bei uns in Weimar nur sehr selten auftritt, im sächsischem Erzgebirge allerdings sehr häufig vorkommt. Sie nennt sich - „Schneeberger Lungenkrankheit" und muß etwas mit der Luft, die man in dieser Gegend einatmet, zu tun haben. Die Krankheit hält sich dort schon seit Jahrhunderten. Die Menschen, die davon betroffen sind, haben ein beängstigend kurzes Leben. Bis heute wissen wir so gut wie nichts über diese Krankheit." „Was macht dich so sicher, dass ich genau daran erkrankt sein könnte?" „Dein rechter Lungenflügel zeigt kaum Aktivitäten. Ein wichtiges Indiz dafür, dass die Lunge bereits in diesem Bereich zerstört wird oder schon ist. Eigentlich müsstest du in diesem Bereich Schmerzen verspüren." „Wenn ich ehrlich sein soll – die habe ich! Was kannst du mir raten? Ich frage dich das als mein Freund und nicht den Arzt in dir." „Ich kann dir nicht sagen, wie schnell die Krankheit bei dir fortschreiten wird. Sobald deine Schmerzen deutlich stärker werden, nimmst du bei Bedarf eine Opiumtinktur. Ich lass dir eine Flasche mit dem Mittel herbringen. Wie und in welcher Dosis du den Saft einnehmen musst, weißt du selber. Kannst du dir allein nicht mehr helfen, muß das Katarina übernehmen. Du solltest ihr die Wahrheit über die Krankheit sagen, aber sag ihr nicht alles. Man braucht sie ja nur anzusehen um zu wissen, wie sehr sie dich mag. Es schmerzt mich sehr dir das sagen zu müssen, aber du bist mein Freund und anlügen mag ich dich nicht."

Weiter kommt er nicht, Katarina steht mit der Kanne Tee im Zimmer. „Warum schaut ihr so ernst? Gibt es etwas, was ich auch wissen sollte?" „Nein, Katarina, mach dir keine unnötigen Sorgen! Ferdinand braucht viel Ruhe und Wärme. Spaziergänge nur, wenn das Wetter wirklich auch den Namen „Frühlingstag" verdient. So, ich muß gehen! Ihr könnt mich jederzeit holen, wenn es erforderlich sein sollte." „Danke, Siegfried, für dein Kommen und deine Hilfe. Wieder vergehen Tage und Wochen und Ferdinands Gesundheitszustand will sich nicht bessern. Im Gegenteil, nur der Opiumsaft hält ihn davon ab, laut vor Schmerzen zu schreien und Katarina soll das ja möglichst nicht merken, wie es wirklich um ihn steht. Das Opium lindert zwar die Schmerzen, hinterlässt allerdings auch eine unerwünschte Nebenwirkung. Die Müdigkeit zieht ihn ständig in den Schlaf, so dass er für eine längere Zeit selten wach bleiben kann. Kaum ist er in der Lage mit ihr ein längeres Gespräch zu führen oder einfach nur ein Buch zu lesen. Sein Verstand sagt ihm, dass er, bevor es nicht mehr geht, mit Katarina über ein paar wichtige Dinge reden muß.

Ein milder Spätfrühlingsabend schickt die letzten Sonnenstrahlen durch das geöffnete Fenster und Ferdinand, davor sitzend, genießt diese Zeit, um den Sonnenuntergang zu beobachten. Leise betritt Katarina das Zimmer, nimmt sich einen Stuhl und setzt sich neben ihm. „Na, du Sonnenanbeter, wie geht es dir bei so einem traumhaften Anblick?" „In solchen Minuten kann ich nur an glückliche Dinge denken und dabei geht es mir gut. Hast du noch zwei Gläser mit diesem köstlichen Rotwein zur Hand?" „Warte einen Moment, stehen gleich auf dem Tisch. Was willst du denn mit mir feiern?" „Ich möchte morgen mit dem Bischof unserer Kirche sprechen, damit er alles für unsere Hochzeit vorbereiten kann." „Ferdinand, warum so schnell mit einmal? Jetzt lass dich erstmal gesund werden und warte bis deine Eltern aus Italien zurückkommen. Sie wären bestimmt nicht begeistert darüber, wenn unsere Hochzeit ohne sie gefeiert wird. Wir könnten doch auch später heiraten, oder? Stell dir vor, du im dunklen Frack, weißes Hemd mit dunkelblauer Fliege und - natürlich mit Zylinder auf dem Kopf. Ich in einem weiten, hochgeschlossenem weißen Brautkleid mit langer Schleppe und auf meiner lockigen aufgesteckten Haarpracht ein blumenbestückter Brautkranz. Das alles an einem sonnigen, warmen Junitag. Glaub mir, das wäre für uns alle viel angenehmer." „Nein, Katarina, meine innere Stimme hat mir heute Nacht zugeflüstert, dass mit meinem Lotterleben Schluss sein soll und wir zwei heiraten sollten." „Ja, ja die innere Stimme! Die hat mir auch schon mal so manches „Hilfreiche" zugeflüstert. Zugegeben - es hat mir damals sehr geholfen." „Na bitte – wir heiraten und nicht später, sondern sofort." „Also gut! Wenn du das so willst – ich sage ja! „Dort auf dem kleinen Tisch liegen in der braunen Ledermappe alle meine Urkunden und daneben in dem Beutel ist Geld, damit du alles vorbereiten kannst. So - hast du an die zwei Gläser gedacht?" „Moment, habe ich gleich!" „Prost, liebe Katarina, auf eine glückliche und kinderreiche Ehe mit dir." „Prost, mein lieber Ferdinand, das wünsche ich mir auch mit dir."

Lange sprechen sie noch miteinander und planen alle Details für die Hochzeit. Welcher Schneider ist der Richtige. Wo bekommen sie die passenden Ringe angefertigt und welche Gaststätte wählen sie aus oder sollte die Hochzeit im Schloss gefeiert werden?

Längst haben sie das Fenster geschlossen und sitzen am warmen Ofen im kleinen Salon. „Entschuldige Liebste, mir fallen die Augen zu! Bring mich bitte ins Bett, morgen nach dem Frühstück ist auch noch Zeit für alles was wir noch besprechen sollten."

Katarina nimmt sich noch ein Glas Rotwein mit, damit die wilden Gedanken im Kopf auch endlich schlafen gehen und selber kann sie auch eine große Mütze voll davon gebrauchen. Der Tag war anstrengend und morgen ist ja auch noch Gelegenheit, weiter darüber zu diskutieren.

Frühstück ist fertig, ruft es aus dem Esszimmer. Katarinas Überlegungen bewegen sich nur noch emsig um ein passendes Schneideratelier und wie ihr Hochzeitskleid aussehen soll. In ihrem ganzen Leben wurde sie nicht gefragt, was sie gern anziehen möchte. Immer bestimmten andere Menschen – entweder ihre Eltern oder die Schwestern vom Kloster, was sie tragen soll. Jetzt, das erste Mal überhaupt, darf sie selber entscheiden was ihr gefällt. Beinahe hätte sie, bei den ganzen freudigen Gedanken die sie beschäftigen, das gemeinsame Frühstück versemmelt. Schnell läuft sie hoch ins gemeinsame Schlafzimmer, um den Langschläfer zu wecken. Das Essen hat einer aus der Dienerschaft bestimmt schon im Esszimmer hergerichtet. Etwas lauter als sonst öffnet sie die Schlafzimmertür, kniet sich aufs Bett und will ihn sanft munter rütteln.

Irgendetwas scheint ihr der eigene Verstand zuflüstern zu wollen, nur will es im Denkzentrum nicht ankommen. Es ist nicht so wie sonst, wenn sie Ferdinand aus den Schlaf holt, um mit ihn zu frühstücken. Lautstark ruft sie nach einer Hausangestellten, sie möchte sofort den Arzt kommen lassen. Wieder am Bett, versucht sie erneut ihren Liebsten behutsam zu wecken. „Ferdinand aufstehen, du Langschläfer, mein Magen knurrt. Ich habe Hunger!" Flüstert sie leise in sein Ohr. Ferdinand bewegt leicht den Kopf, mehr aber auch nicht. Behutsam fährt sie mit ihrer Hand durch seine Haare und legt die andere Hand auf seine Stirn. Fieber hat er nicht, denkt sie beruhigt. Langsam, sehr langsam, öffnen sich ein wenig seine Augenlider und sie kann in seine Augen sehen. Seine Lippen bewegen sich mühsam um zu sprechen. So richtig will es ihm nicht gelingen. Katarina kommt näher mit ihrem Ohr an seinen Mund. Langsam, sehr langsam formen die Lippen Worte, die sie nicht verstehen kann. Seine rechte Hand tastet nach ihrem Arm und wieder bewegen sich die Lippen. Diesmal etwas deutlicher.

„Ich muß ...... gehen, Katarina! Ich werde in eine andere Welt geholt!" Langsam und zäh nehmen die Worte ihren Weg an ihr Ohr und lassen sich nicht mehr zurückhalten. Ferdinand ist still geworden. Seine Augen sind geschlossen und sein Atem ist nicht mehr spürbar.

Katarina sieht auf Ferdinand so, als hätte sie der Tod mitten in der Bewegung erfasst und hält sie unbarmherzig fest. Minuten starrt sie so auf ihren Liebsten. Ihre Augen verlieren jede Wahrnehmung. Plötzlich bäumt sich ihr Oberkörper mit grenzenlosem Entsetzen auf und ein aufschreiender, entmenschlichter Schrei sucht sich einen Weg zu ihm – der sie nicht verlassen soll.

Neeeeeeein .... !!!! Nein !!!! Nein – bitte!!! Was machst du mit uns beiden? Warum tust du das? Herr - warum lässt du das zu??? Warum nimmst du ihn fort und bringst ihn in eine fremde Welt und lässt mich hier in dieser Welt allein? Nimm mich mit!!! Bitte, nimm mich mit!!!! Lass mich hier nicht allein in dieser Welt. Ich bitte dich, Herr, ich bitte dich innig mit der ganzen Kraft meiner Liebe, nimm ihn mir nicht weg! Was soll er allein in den unendlichen Weiten des Universums und ich hier auf der Erde einsam und allein mit unserer Liebe? Wir gehören doch zusammen, für immer! Weinend und völlig verkrampft umarmt sie Ferdinand, als ob sie ihn damit in ihrer Welt festhalten könnte.

Stunden später findet sie Siegfried ohnmächtig neben Ferdinand liegen. Nach wenigen Untersuchungen kann er bei ihm nur noch den Tod feststellen. Katarina wird er aus der Ohnmacht befreien, mehr nicht. Wie geistesabwesend kann sie nur noch die Dinge um sich herum wahrnehmen. Ihr ganzes Denken und Fühlen ist nur noch bei Ferdinand. Das Wort „Weiterleben" findet sich in ihrem Gedächtnis nicht mehr und sie sucht auch nicht danach.

Fünf Tage sind vergangen und Ferdinand wurde bereits beerdigt. Katarina sitzt am Fenster und starrt in die untergehende Sonne. Geistesabwesend nimmt sie sich eine Wolldecke und verlässt das gemeinsame Zuhause. Am Friedhof, nahe Ferdinands Grab, das mit vielen Kränzen und Blumen bedeckt ist, legt sie ihre Decke aus und hüllt sich auf dem Grabboden liegend, fest in sie ein. Ich muß ihn suchen, denkt sie fortwährend und umarmt in Gedanken fest seinen Körper.

Katarina wird munter und merkt, dass sie im Bett liegt. Bin ich bei unserem Herrn im Himmel? Aber dazu passen die beiden, in schwarz gekleideten Frauen vom Hauspersonal nicht. Am Bett steht ein Mann und soweit sie sich erinnert, ist das Siegfried, der Arzt und Freund vom Ferdinand. „Warum lasst ihr mich nicht gehen? Schreit sie in ihrer Verzweiflung. „Ich muß Ferdinand suchen!" „Um Ferdinand zu erreichen, brauchst du viel Kraft. Trink das, es wird dir helfen ihn zu finden."

Minuten später ist Katarina in einer anderen Welt. Aber sie wird bald zurückkommen, überlegt Siegfried und grübelt, wie er Katarina in ihrer Verzweiflung und in ihrer Sehnsucht nach dem Tod helfen kann wieder neuen Mut zu fassen. Leise, aber mit geistigem Druck versucht Katarinas innere Stimme sich Gehör zu verschaffen.

„Katarina – hörst du mich? So fest kann doch kein Mensch schlafen oder du hast was getrunken, was du eigentlich lieber lassen solltest. Es verdunkelt den Geist und du machst es mir schwer, wach zu bleiben. Komm, lass uns beide miteinander reden." Keine geistige Regung! Entweder sie will nicht oder sie kann nicht. „Ich könnte dir vielleicht sagen, auf welchem Weg sich Ferdinand gerade bewegt!" „Sag mir bitte sofort, wo und wie ich ihm nachgehen kann!" Kaum ist der Name Ferdinand gefallen, ist Katarina geistig hellwach und sofort bereit, mit ihrer inneren Stimme zu reden. „Kannst du dich noch an den Satz von dem Schriftstelle Schiller erinnern?" „Ja, das kann ich! Ich weiß, dass ich nicht muß, aber ich will! Und warum will ich, weil ich nicht mehr anders kann! Verstehst du mich nicht?" „Doch! Natürlich versteh ich dich! Wer anders als ich sollte das bei dir können, Katarina! Du kannst nicht einfach so gehen und den Herrn im Himmel überlisten. Das hat er nicht so gern – überhaupt nicht hat er das! Wenn du verstehst, wie ich das meine." „Ich weiß, du kennst meine Gedanken und du fühlst den Schmerz meines Herzens und meiner Seele. Warum muß ich das alles ertragen?" „Ich kann dir das schlimme Leiden, das dich auch nicht mehr loslassen wird, nicht nehmen. Du wirst lernen müssen, mit ihm zu leben. Deine Zukunft ist nicht der vorzeitige Tod, Katarina! Jeder Mann, jede Frau und jedes Kind hat auf dieser Welt eine Aufgabe zu erfüllen. Sie dienen dem großen Ganzen und erfüllen mit ihrem Denken und Handeln einen Zweck. Für sich selbst jedoch erwartet der Mensch, dass sein Leben für ihn einen Sinn erfüllt und damit meint er die Erfüllung seiner Sehnsüchte und Wünsche. Die Art und Weise wie sich der Mensch das alles einrichtet will, bestimmt sein Denken und Handeln. Darin und nur darin, Katarina, liegt der Zweck seines Hierseins." „Wo bleibt dann die Freude am irdischen Leben? Du neunmal kluger Geist!" „Viele Menschen suchen die irdischen Freuden, weil für sie eine höhere Macht und ein ewiges Leben in ihrem Verstand, und schon gar nicht in ihrem Herzen einen Platz finden mag. Was ja letztlich bedeuten würde, dass sie für ihr Handeln auch die Verantwortung tragen müssten. Solche Menschen gehen fest überzeugt davon aus dass, sobald sie tief in der Erde verbuddelt sind, für sie alles zu Ende sein wird und deshalb handeln sie so. Ihr Lebensmotto heißt – „Hauptsache ich und nach mir die Sintflut". So ist das, Katarina." „Ich ahne schon, dass du mir gleich sagen wirst, dass das nicht so ist!?" „Ja, so einfach ist es wirklich nicht! Was ja sonst bedeuten würde, dass wir in der unendlichen Größe des Universums allein wären – was wir nicht sind! Entweder der Mensch lebt so, dass sich das Gute in ihm entwickeln kann und er am Ende seines körperlichen Lebens in die göttliche Welt der Liebe eingeht oder er verfällt der Gier, dem Neid und dem Hass dann wird er am Ende seines irdischen Daseins gewaltsam in die dunkle Welt des Vergehens gezogen. Mir schauert richtig bei solchen Gedanken." „Die Welt, Katarina, ist nicht so einfach wie sich das viele so wünschen. Oben im Himmel sitzt der Liebe Gott, umringt von vielen Engeln, und unten ist die Hölle mit dem bösen Teufel. So ist es bestimmt nicht." „Wie sieht meine Zukunft hier auf der Erde aus, wenn du schon so viel weißt?" „Das kann ich dir auch nicht so genau sagen. Sie hat viele Gesichter. Die Zeit wird zeigen, welches Gesicht auf dich auf merksam wird und sich dir zuwendet. Du bist doch ein Mensch, Katarina, dem Geduld nicht fremd ist. Und achtsame Demut vor der Schöpfung muß man bei dir nicht suchen. Wer anders als ich sollte das so genau wissen. Hör in dich hinein, spüre ständig dein Herz und deine Seele, dann fühlst und hörst du mich. So – jetzt wach auf und geh deinen Weg! Und wenn er mal wieder recht steinig werden sollte, dann ruf mich leise. Ich komme zu dir, auch wenn es mal etwas länger dauern sollte bis du mich fühlen wirst. Meine Wege die ich gehe, sind manchmal sehr weit von dir entfernt." Die letzten Worte ihrer inneren Stimme werden immer leiser und verstummen gänzlich, als ob sie davon schweben würde.

Ihr erster Blick fällt wieder auf Siegfried, dem Arzt. Als der merkt, dass sie wach ist, nimmt er sich den rechten Arm und sucht ihren Puls. „Wie fühlst du dich?" „Ich habe Hunger und aufs Klo muß ich auch!" Sein sorgenvolles Gesicht verändert sich schlagartig und macht einem kleinen hoffnungsvollen Lächeln Platz. „Nach dem notwendigem Gang zum Klo würde ich mich gern gründlich waschen und danach mit dir frühstücken. Magst du oder hast du keinen Hunger? Ach ja, einige Fragen hätte ich auch noch!"

Siegfried klatscht in die Hände und Minuten später wird sie von zwei weiblichen Hausangestellten leicht gestützt dorthin gebracht, um das zu tun, was Männer nicht unbedingt sehen müssen Siegfried muß sich ziemlich lange gedulden, bis Katarina gewaschen und mit sauberen Sachen angezogen, neben ihm sitzt. Eine Stunde später sitzt sie satt und sichtlich entspannt auf ihrem Stuhl und schaut Siegfried fragend in die Augen.

„Was bedrückt dich, Katarina und wie kann ich dir helfen." „Ich habe im Kloster, und vor allem bei Ferdinand sehr viel über Krankheiten gelernt und wie man Menschen helfen kann, die schlimm darunter leiden müssen. In meinen stillen Gedanken habe ich Ferdinand fest versprochen, bis zu unserem Wiedersehen in einer anderen Welt, hier auf der Erde den Menschen zu helfen. Am liebsten würde ich wie ein Baderchirurg von Dorf zu Dorf ziehen und kranken und pflegebedürftigen Männern, Frauen und Kindern mit Rat und Tat zur Seite stehen." „Willst du das wirklich, liebe Katarina oder suchst du nur einen Weg, um unsere Erde zu verlassen und Ferdinand zu suchen?" „Nein, Siegfried! Ich will helfen, du musst mir das glauben. Ferdinand hat mir versprochen, dass ich ihn bestimmt finden werde und er wartet auf mich bis ich komme, wenn die Zeit dafür da ist. Kannst du mir dabei helfen!" „Lass mich darüber nachdenken. Mal sehen, was ich für dich erreichen kann. Wir sehen uns morgen zum Mittagessen." „Danke, Siegfried."

Eine Fahrt mit der Kutsche

Wenn nur der Kutscher klar sieht, dann wird auch mit blinden Pferden das Ziel erreicht.

Johann Nepomuk Nestroy

Katarina sitzt bereits im Esszimmer am Tisch, als Siegfried mit freudestrahlendem Gesicht bei ihr Platz nimmt. „So einen erfahrenen guten Koch, wie hier bei dir im Schloss könnten wir an der Universität auch gebrauchen." „Wieso, ich denke das Essen bei euch ist ganz gut?" „Na ja, ganz gut? Sagen wir lieber, es geht so leidlich! Jetzt zu dir und deinem Weg, den du gern gehen möchtest. Die Gräfin Witzlach zum Holdenmarkt fährt mit ihrer jungen Enkeltochter in drei Tagen zu einer befreundeten Familie nach Hoheneck in Sachsen. Sie wären bereit, dich mitzunehmen. Vielleicht kannst du in der Grafschaft eine kleine Praxis eröffnen? Fragen kostet ja nichts. Die Familie des Grafen Hohenstein zu Hoheneck wäre angeblich, jedenfalls was die Krankenpflege betreffen würde, sehr offen und bereit, alle Bemühungen in dieser Richtung zu unterstützen. Meinte jedenfalls die Frau Gräfin von Witzlach. Was hältst du davon?" „Das ist keine schlechte Idee, Siegfried. Ich nehme deinen Vorschlag an!" „Sehr gut, Katarina! Die Abfahrt ist in drei Tagen. Keine Sorge, du wirst abgeholt. Also, liebe Katarina, pack deine Sachen zusammen und finde deinen Weg. Komm heil in Hoheneck an und bleibe gesund. Mein Verstand sagt mir, dass das kein Abschied für immer sein wird. Wir sehen uns wieder! Ich weiß nicht wann und unter welchen Umständen, aber - wir werden uns wiedersehen!"

Katarina nimmt Siegfried in die Arme und bedankt sich für seine liebevolle Hilfe und Unterstützung. „Vielleicht sehen wir uns wirklich wieder – so Gott will oder die Zukunft mich und dich mit einem besonders freundlichen Gesicht zulächeln wird. Wer weiß schon, was geschehen soll und was nicht?!"

Lange Zeit sitzt sie noch am Tisch, und ist mit ihren Gedanken bei ihrem Ferdinand und den nächsten Schritten, die sie ohne ihn gehen wird – jedenfalls für eine gewisse Zeit.

Aus Ferdinands Ärztetaschen sucht sie sich die zwei größten aus, damit sie möglichst viel von den medizinischen Instrumenten, Arzneien, Schmerzmittel, Verbandsmaterial und Lehrbüchern mitnehmen kann. Für ihre persönlichen Sachen, die deutlich an Umfang zugenommen haben, braucht sie schon zwei große Reisetaschen aus seinem Bestand. Das Geld und den wertvollen Schmuck packt sie in einen besonderen Beutel und verstaut ihn am Körper. Man weiß ja nie? Auch das Gefährt einer Gräfin ist nicht vor Räubern und herumlungernden Soldaten geschützt.

Endlich, schon glaubt Katarina die Zeit sei stehengeblieben, wird sie abgeholt. Ohne großem Prozedere werden die Begrüßungs- und Vorstellungsrituale abgewickelt, alle ihre Taschen auf dem Dach der Kutsche verstaut und kurze Zeit später traben die vier Pferde mit der Kutsche los. Es ist das erste Mal, dass sie in so einem prachtvollen Gefährt unterwegs ist. Der Unterschied zu dem was sie bisher gewohnt war, ist doch beträchtlich. Nicht nur, dass sie bei jedem Wetter im Trocknen sitzen wird und vermutlich auch nicht frieren muß – nein! Allein die Ausstattung, die Polsterung und die weiche Federung kommen Katarina vor, als sei sie in einer anderen Welt. Man muß nicht fragen, welche Herrschaften in der Kutsche sitzen. Allein die Raumgröße des Wagens, die verwendeten Materialien bei der Fertigung der Kutsche und die vier schwarzen Hengste, die das fürstliche Gefährt ziehen, drücken das äußerlich aus, was wohl so sein soll. Selbstverständlich wird die prächtige Kutsche mit seinen fürstlichen Insassen und der Krankenschwester Katarina von einer bewaffneten sechsköpfigen Begleitmannschaft eskortiert. Zwei Kutscher bemühen sich umsichtig mit den Pferden, das Fahrzeug auch dorthin zu lenken, wohin es soll. Als sie auf der Sitzbank Platz nimmt, versinkt sie förmlich in den weichen Polstern. Ihr gegenüber in Fahrtrichtung sitzt eine ziemlich betagte, leicht aufgetakelte und üppig geschminkte Dame. Vermutlich die Frau Gräfin von Witzlach, mit einer übergroßen rotfarbenen Perücke. Neben ihr sitzt ihre Enkeltochter Magdalena von Witzlach. Jedenfalls meinte Siegfried bei ihrem letzten Gespräch, dass sie bei der Fahrt nach Hoheneck wohl dabei sein würde, überlegt Katarina kurz. Wäre dieses junge Ding nicht angezogen wie ein bunter Papagei, würde sie in einer Menschenansammlung wohl kaum Beachtung finden. Ihr Gesicht ist eher einfältig, mit einem leichten Hang zur dümmlichen Hochnäsigkeit. Ihre großen Augen schauen wie die bei einem neugeborenen Kalb aus, das seine Mutter sucht. Na, laut darf ich das wohl nicht sagen, denkt sich Katarina, wenn ich nicht im hohen Bogen aus dem Wagen fliegen will. Ihre etwas leicht skurrilen Überlegungen werden durch eine misstönige, schrille Stimme unterbrochen.

„Soweit ich von meiner Oma informiert wurde, hast du meinen zukünftigen Verlobten während seiner Krankheit gepflegt. Wieso eigentlich musste Ferdinand sterben? Seine leichte Erkältung soll doch nicht so schlimm gewesen sein!? Auch ohne dass ich groß drüber nachdenken muß weiß ich, dass er in seiner Jugendzeit öfters mit Husten und Schnupfen so seinen Ärger hatte." „Ich bin kein Arzt, und kann ihnen diese Frage nicht beantworten, dass hätten sie ihren Verlobten fragen müssen, als er noch am Leben war." „Ich habe dich zusammen mit meinem Freund Ferdinand im Theater gesehen. Kann es sein, dass seine Entscheidung dich als Krankenschwester zu nehmen, falsch war, weil du dafür überhaupt nicht geeignet bist?"

Katarina verschlägt es bei dieser Beschuldigung förmlich die Sprache und sie braucht eine Weile, bis sie die passenden Worte finden kann. Sie will ja weiter in der Kutsche sitzen bleiben, ansonsten würde sie anders mit dem jungen Ding umgehen. „Es tut mir leid, dass ihre innige Liebe zu ihrem Auserwählten so tragisch enden musste. Meine Tätigkeit hatte darauf keinen Einfluss. Sie können ja mit seinem Freund Siegfried darüber reden. Er ist Mediziner an der Universität in Weimar. Er wird ihnen das besser erklären können." Auf Katarinas leise gesprochener Erklärung nicht eingehend, plappert sie einfach munter weiter. „Das er ausgerechnet mich auserwählte, die Herzensdame an seiner Seite zu werden, war für mich ein besonders schönes Erlebnis. Du musst wissen, er war mit seiner großgewachsenen und schlanken Figur, den fülligen blonden Haaren und seinen unwiderstehlichen blauen Augen der Schwarm aller heiratsfähigen Damen von Weimar. Ach was sag ich von Weimar? Natürlich von ganz Deutschland! Was hätte ich darum gegeben, einmal in seinen Armen zu liegen um mal so richtig verführt zu werden. Wenn du verstehst wie ich das meine." „Na, na!" Meldet sich ihre Oma leicht vorwurfsvoll. „Was soll denn die Krankenschwester von dir denken?" „Denken?! Dass ich nicht lache!" Kichert die Enkeltochter arrogant. „Die hat zu arbeiten und ihren vorlauten Mund zu halten." „Und was ist, wenn wir krank werden und wirklich dringend ihre Hilfe brauchen? Solche ausgebildeten Arbeitskräfte sind für uns in gewissen Situationen lebenswichtig." „Ach was! Ich mach mir darüber keine Gedanken. Entweder sie spuren so wie wir das wollen oder sie landen auf dem Scheiterhaufen und marschieren durchs Feuer, das reinigt dann ihre verdorbene Seele."

Nach dieser überheblichen Zurechtweisung herrscht erstmal tiefes Schweigen in der Kutsche. Keiner weiß so richtig, wie man das Gespräch wieder in Gang bringen könnte.

Plötzlich hören die drei weiblichen Insassen lautes Stimmengewirr und Kampfgetümmel. Schüsse fallen und so schnell wie es begann herrscht wieder Ruhe. Die Wagentüre wird aufgerissen und ein Unteroffizier in preußischer Uniform steckt seinen Kopf ins Wageninnere. In seiner rechten Hand schwingt er ein blutiges Schwert und schaut dabei kurz auf die drei Frauen. „Aha, die Damen sind auf einer gemeinsamen Spazierfahrt, und wir Soldaten sollen unseren Kopf gegen die Franzmänner hinhalten, damit sie nicht behelligt werden. Umsonst gibt's das heute nicht mehr! Das kostet eine Kleinigkeit, Madam. Also - erstmal den Schmuck her und zwar alles, wenn ich höflich bitten darf. Mit zornig aufgesetzter Mine richtet sich die Gräfin auf und schreit - „Was erlauben sie sich, sie ungehobelter Klotz von einem Soldaten? Ich werde eine entsprechende Meldung an ihren Vorgesetzten weiterleiten lassen damit sie lernen, wie sie sich einer Dame aus dem deutschen Adel gegenüber zu benehmen haben." „Nicht Soldat, Madam, sondern Unteroffizier, wenn ich bitten darf! Und ungehobelter Klotz sagten sie? Solche Ausdrücke mag ich ganz und gar nicht. Sie sollten das brav sein lassen! Ich bin leicht verletzbar und kann dann richtig unanständig werden. Also – Schmuck her, aber flott!" Bei diesen Worten hebt er sein Schwert und verabreicht der alten Damen mit der flachen Seite seines Schwertes einen kräftigen Hieb auf ihre schöne rothaarige Perücke. „Sie können noch mehr davon haben, wenn nötig! So, und jetzt Bewegung, wir haben keine Zeit für eine besinnliche Plauderei!"

Nach dem Schlag sind Oma und Enkeltochter völlig verängstigt, suchen Hals, Ohren und Arme nach Schmuck ab und werfen alles in den bereitgehaltenen Hut. „Sollten wir noch was finden, gibt's Ärger meine Damen. So, und jetzt das Geld – alles und sofort!" Ein prall gefüllter Geldbeutel landet ebenfalls im Hut. Sichtlich zufrieden mit der Beute, wirft der Unteroffizier einen Blick auf Katarina. Angezogen in einer hochgeschlossenen, dunkelfarbenen Kleidung einer Krankenschwester - ihre Haare sind gut verpackt unter einer schwarzen Haube, macht sie nicht den Eindruck reich zu sein. Auch ihr Aussehen ähnelt mehr der einer trockenen Zwiebel, als dem eines saftigen Apfels. Mit der flachen Seite seiner Hiebwaffe klopft er leicht auf ihre Beine und meint eher wohlwollend! „Na, auch mal ein tolles Erlebnis für eine kleine Gouvernante?" Mit leiser und zurückhaltender Stimme meint sie - „Meine Gedanken sind bei unserem Herrn im Himmel." „Hätte ich mir eigentlich denken können! Na, da lassen sie sich mal von uns nicht ablenken und grüßen sie mir den alten Grauhaarigen da oben." Bei diesen Worten dreht er sich um und wendet sich mit dem vollen Hut in der Hand seinen zwei Gefährten zu. Ein großes Gejohle entsteht, als sie einen Blick hinein werfen. Einer meint jubelnd – „Das hat sich gelohnt! Das reicht für einige Zeit, um die nächsten Jahre sorgenfrei zu leben. Und was ist mit unseren jetzigen Bedürfnissen, ha? Hat einer von euch mal daran gedacht? Bei mir hat sich jedenfalls eine Menge angesammelt, dass dringend raus will und raus muß!" „Schau halt im Wagen nach, ob du was für eine Entladung findest?" Meint der Unteroffizier lässig und zählt erstmal das Geld aus dem Beutel. Der Soldat lässt sich das nicht zweimal sagen und steckt seinen Kopf in das Wageninnere. Sein Blick fällt als erstes auf Katarina, um danach schnell weiterzuwandern. Verharrt kurz bei der rothaarigen Oma und bleibt an der blonden Enkeltochter hängen. „Was haben wir denn da für einen farbenprächtigen, jungen Schmetterling?" „Lassen sie das Kind in Ruhe und nehmen sie die Krankenschwester, die reicht für das was sie brauchen!"

Ein kräftiger Schlag mit der Faust und die Oma ist erstmal in einer anderen Welt. „So, und jetzt zu uns beiden." „Nehmen sie ihre dreckigen Hände von meinen Kleidern, sonst hängen sie am Galgen! Mein Vater ist Mitglied im preußischen Militärrat." „So, so - im preußischen Militärrat. Na, da wollen wir doch mal sehen, was dieser stramme Soldat für eine flotte Tochter gezeugt hat. Bei diesen Worten nimmt er sein Schwert, trennt mit der Klinge den oberen Kleiderverschluss am Hals auf und zieht mit einem kurzen kräftigen Ruck seiner Hand das Oberteil mitsamt der Unterwäsche bis zur Hüfte runter. Vermutlich selbst überrascht von dem Anblick eines üppigen Busens, den er so nicht vermutet hatte, bekommt sein Gesicht einen völlig anderen Ausdruck. In seinen Augen und in den Gesichtszügen sieht man nur noch die blanke Gier. Ohne Rücksicht zerrt er sie aus der Kutsche, wirft sie auf den

Bauch und schiebt ihr Kleid und ihre Unterkleider soweit nach oben, dass ihr nacktes Hinterteil zu sehen ist. Mit kurzen Griffen bringt er ihren Körper gewaltsam so in die Stellung, damit er das machen kann, nach dem es ihm mit hechelnder Zunge treibt. Kurze Zeit später hört man nur noch sein enthusiastisches Stöhnen und ihre lauten Schmerzensschreie. Die angstvollen Hilferufe von ihr sprechen eine schlimme Sprache für das, was sie erleben muß. Es bleibt ja nicht bei dem einen Mann, die andern wollen ja auch ran. Und beim „Wollen" bleibt es nicht. Eine Stunde später hört man nur noch lautes Gelächter der Männer und Minuten später ist der ganze Spuk verschwunden.

Vorsichtig wagt sich Katarina aus dem Wagen und will nachsehen, was der Überfall noch alles angerichtet hat. Von der Leibwache ist weit und breit keine Spur. Feige wie sie vermutlich sind, haben sie rechtzeitig die Flucht ergriffen. Die zwei Kutscher liegen enthauptet zwischen den Vorderrädern und die beiden Diener liegen mit Schuss- und Stichverletzungen neben dem Wagen am Boden. Katarina fühlt nach ihrem Puls und kann nur noch den Tod feststellen. Die Oma, zwischenzeitlich aus ihrer Ohnmacht erwacht, kniet bei ihrem Enkelkind, bedeckt erstmal ihren nackten Körper und kommt aus dem Jammern nicht heraus.

„Was sollen wir jetzt unternehmen?" Mit dieser Frage wendet sie sich an Katarina und in ihrem Gesicht sieht man nur Angst und Verzweiflung. „Wir müssen schnellsten in eine Ortschaft! Hier sind wir nicht mehr sicher und riskieren unser Leben." Beide tragen erstmal die Enkeltochter in den Wagen und legen sie rücksichtsvoll auf eine Sitzbank. „Steigen sie bitte ein und kümmern sie sich um die Verletzte, um die anderen Dinge sorge ich mich. Behutsam zieht sie die enthaupteten Körper der Kutsche weg, beruhigt die Pferde und legt die beiden toten Diener neben die Kutscher. Die Köpfe von ihnen findet sie nach einigem Suchen in der Wiese und legt sie zu den leblosen Körpern dazu. Anschließend wirft sie noch einen Blick in das Wageninnere. Die Gräfin hält ihre Enkeltochter in den Armen und bewegt wie geistesabwesend ihren Kopf von einer Seite auf die andere. Katarina weiß, dass sie hier nicht helfen kann, schließt die Wagentüre, klettert auf den Kutscherbock und bemüht sich, unerfahren wie sie ist, die prächtige Kutsche in das nächstgelegene Dorf zu bringen. Ein kurzer Schnalzer mit der Peitsche und die Pferde setzen sich in gewohnter Weise in Trab. Es geht doch, denkt sie beruhigt – besser als gedacht.

Keine dreihundert bis vierhundert Meter vor ihr, kommt auf der Straße ein berittener Trupp herangaloppiert und soweit sie das erkennen kann, in Uniform. Hoffentlich, denkt sie sorgenvoll, keine Franzosen, das wäre das Übelste was passieren kann. Dann schon lieber preußische Soldaten und so Gott will, dieses Mal in friedlicher Absicht. Die kleine Truppe nähert sich schnell der Kutsche und ein Offizier fordert sie auf, die Pferde anzuhalten und stehenzubleiben. „Wir sind auf der Suche nach marodierenden Soldaten? Ist dir vielleicht was Ungewöhnliches aufgefallen?" „Ja ! Unsere Kutscher und zwei Diener wurden von so einer Soldatenbande getötet und die Enkeltochter der Gräfin Witzlach zum Holdenmarkt wurde von den Soldaten vergewaltigt. Der ganze Schmuck und ihre Geldbörse wurde den beiden Frauen abgenommen. Unsere sechsköpfige Schutztruppe hat das Weite gesucht und uns allein gelassen." „Können sie die Soldaten beschreiben?" „Nicht alle, aber zwei schon!"

Katarina schildert ausführlich das, was sie in Erinnerung hat und fragt, ob er ihnen in ihrer schutzlosen Situation helfen könnte? „Du fährst in die nächste Ortschaft und nimmst Quartier im dortigem Gasthof. Zwei von meinen Soldaten werden die Kutsche zu eurem Schutz begleiten. Sobald wir die Schuldigen gefasst haben, melde ich mich bei der Gräfin. Solange bleiben sie unter der Obhut des Gastwirtes - verstanden? Sie sind dort sicherer aufgehoben, als auf der freien Straße. „Ich richte das der Frau Gräfin aus."

Im Gasthof angekommen, unterrichten sie den Wirt über das was sie in den letzten Stunden erleben mussten. „Bitte sorgen sie für die Frau Gräfin und ihre Enkeltochter und so möglich, geben sie bitte eine Nachricht an ihre Familie in Weimar, die sich um alles weitere kümmern wird. Unterwegs trafen wir einen Trupp preußischer Soldaten. Der verantwortliche Offizier sicherte uns zu, dass er, sobald die Übeltäter in Uniform bestraft wurden, hier her zurückkommt und behilflich sein wird, die beiden Frauen nach Hause zu transportieren." „Kein Problem! Kann ich sonst noch etwas für die beiden Damen tun?" „Ein warmes Bad für die Enkeltochter der Frau Gräfin wäre nützlich! Sie wurde übel zugerichtet." „Wird sofort vorbereitet! Was wirst du machen?" „Ich möchte nach Hoheneck in Sachsen. Können sie mir sagen, auf welchen Straßen ich möglichst unbeschadet hinkomme?" „Komm mit in die Gaststube, ich habe eine Landkarte und kann dir behilflich sein, dorthin zu finden. Inwieweit es ungefährlich für dich sein wird, kann ich dir nicht versprechen." „Haben sie noch was Warmes zu essen übrig?" „Ja, habe ich! Schweinebraten, Kartoffeln und Sauerkraut sind noch übrig, muß nur aufgewärmt werden." „Danke, nehme ich! Und eine Tasse Kaffee dazu wäre nicht so übel, wenn möglich mit viel Zucker." „Hast du Geld für die Bezahlung oder geht das auf Rechnung der Frau Gräfin?" „Ich habe selber Geld!" „Das Essen ist in fünf Minuten fertig!" „Vergessen sie den Kaffee nicht und setzten sie sich bitte zu mir, ich habe noch ein paar Fragen."

Katarina ist mit dem Essen fertig und gemeinsam mit dem Wirt bespricht sie, was in den nächsten Tagen zu tun ist, damit sie mit dem zugefügten Leid einigermaßen fertig werden können. Na, wenigstens körperlich! „Können sie mir ein Packpferd und ein Reitpferd verkaufen, die möglichst die weite Strecke bis nach Hoheneck durchhalten werden, und ein paar passende Männersachen für meine Größe könnte ich auch gebrauchen, Schuhe oder Stiefel so möglich, nehme ich gern dazu." „Willst du als Mann verkleidet weiter reiten?" „Ich werde mich als Bader ausgeben. Als Frau allein auf einem Pferd die weite Strecke reiten? Ich glaube nicht, dass ich gesund ankommen würde, wenn überhaupt?" „Das stimmt auch wieder, und die Idee mit dem Bader ist gar nicht so übel. Du bist ja eine Krankenschwester und könntest, wenn du gebraucht werden solltest auch helfen. Die zwei Pferde sind kein Problem. Bei den Klamotten zum Anziehen, musst du mit meinem jüngsten Sohn sprechen, ob dir seine Sachen passen ist nicht so sicher und billig wird das alles für dich auch nicht!" „Wieviel wird das alles zusammen kosten, sie Geizhals?" „Na, na – für eine Krankenschwester hast du einen saftigen Ton drauf." „Sind sie mal monatelang unter kranken Soldaten, mehr brauche ich ihnen wohl nicht zu sagen." „Aha – verstehe! Keine Sorge, dein Hemd zieh ich dir nicht aus." „Also gut, wieviel, sie Prachtexemplar von einem Mann?" „Das klingt schon viel netter. Weil du ein Bader werden möchtest, der anderen Menschen helfen wird, einigen wir uns auf fünfundvierzig Gulden - gemacht?" „Gemacht - hier ist das Geld!" Langsam und sorgsam zählt Katarina das Geld auf den Tisch und bedankt sich beim Wirt für seine Unterstützung.

„Du hast eine ziemlich prall gefüllte Geldbörse. Jeden solltest du sie nicht so offen zeigen!" „Das stimmt! Du bist ja auch nicht „Jeder"!" „Danke für dein Lob! Willst du heute schon losreiten? Ich habe die zwei Pferde, die du haben willst nicht im Stall und muß erst zu meinem Schwager gleich hier in der Nähe." „Nein, ich reite morgen früh los. Ich möchte noch eine Nacht bei der Gräfin verbringen. Falls gesundheitliche Probleme auftreten, ist es besser ich bin in ihrer Nähe. Die Enkeltochter ist auch noch nicht in einem Zustand, wo man sie schon allein lassen sollte. Morgen kommt hoffentlich Hilfe aus Weimar, um die beiden abzuholen."

Katarina bedankt sich nochmals beim Wirt und macht sich auf den Weg in ihre Kammer. Sie hat eine weite Reise vor sich und möchte wenigstens ausgeschlafen losreiten. Nach dem Frühstück verabschiedet sie sich von der Frau Gräfin und ihrer Enkeltochter, und wünscht ihnen, trotz der ungewohnten Situation, eine gute Heimreise.

Die Reisetaschen sind gut auf dem kleineren Pferd verstaut und mit dem größeren Wallach, denkt Katarina, wird sie keine Probleme haben. Eigentlich, so überlegt sie, kann nach so einem furchtbaren Erlebnis nichts Schlimmeres mehr passieren. Sollte sie verdächtigen Begegnungen nicht ausweichen können, nimmt sie sich vor, sich als Baderchirurg auszugeben, die braucht man öfters. Und tot nützen sie keinem was. Nicht immer kann sie die Straßen benutzen und oft bleibt nur der Weg durch die Wälder. Auch tagelange Aufenthalte in Gasthöfen, wegen kleinen Scharmützeln von regulären französischen und preußischen Truppen, verzögern die Reise erheblich. Endlich, nach knapp zwei Monaten sieht sie das Schloss Hoheneck so, wie es ihr im letzten Gasthof beschrieben und erklärt wurde.

Lynhart und Katarina

Wir blicken so gern in die Zukunft, weil wir das Ungefähre, was sich in ihr hin und her bewegt, durch stille Wünsche so gern zu unseren Gunsten heranleiten möchten.

Johann Wolfgang von Goethe

Langsam und sichtlich müde von der Reise, nimmt sie sich für die letzten Kilometer Zeit und überdenkt in Ruhe, was sie möglicherweise im Gespräch mit dem Schlossherrn für sich und ihre Zukunft erreichen kann.

Ein Wachsoldat vor dem Tor hält ihr Pferd am Zügel fest und fragt was sie hier will. „Ich möchte bitte den Herrn Grafen von Hohenstein zu Hoheneck sprechen, es ist dringend. Wenn er nicht anwesend sein sollte, rede ich auch mit seiner Frau." „Um was geht es?" „Die Gräfin Witzlach zum Holdenmarkt und ihre Enkeltochter Magdalena waren auf dem Weg zu einem mehrwöchigen Besuch hier in der Grafschaft." „Und was hat das mit dir zu tun?" „Ihre Kutsche wurde unterwegs von marodierenden preußischen Soldaten überfallen. Sie selber wurden ausgeraubt und übel zugerichtet. Ich bin Krankenschwester und war in ihrer Begleitung. Die beiden Verletzten sind bereits auf dem Weg nach Weimar zu ihrer Familie." „Also gut, kommen sie rein! Ich werde sie beim Herrn Grafen anmelden. Waschen sie sich am Brunnen, so wie sie aussehen und riechen kann ich sie nicht vorlassen." „Haben sie Seife und Handtuch dafür?" „Findest du alles am Wasserbecken neben der Pumpe."

Noch emsig bemüht ihre Haare wieder so leidlich in die passende Form zu bringen wie sie Frauen tragen, kommt ein flotter Mittvierziger mit zwei Kindern auf sie zu. „Wegen mir musst du dich nicht herrichten, als ob du auf eine Hochzeit willst, ich bin verheiratet."

„Ich möchte nicht unter die Haube, sondern zum Herrn Grafen."
„Dann lauf noch drei Meter und schon stehst du vor ihm."
„Ach du heiliger Strohsack!" Schon will sie in die vorgeschriebene Verbeugung fallen, hält er sie auch schon fest und fragt sie um was es gehen würde. „Wenn sie erlauben, Hoheit, müsste ich dazu etwas weiter ausholen." „Na, dann mach das mal, aber fass dich bitte kurz!"

Das Gesicht des Grafen ist ernst und nachdenklich geworden, als er hörte, was diese junge Frau erleben musste. Auch das schlimme Schicksal der Gräfin Witzlach und ihrer Enkelin scheint ihn sehr zu bedrücken.

„Also gut, Katarina, so heißt du ja. Was dein Vorhaben betrifft eine kleine Praxis einzurichten, kann ich dir im Moment nicht helfen. Lass mich darüber nachdenken, mir wird bestimmt was einfallen. Vorerst kannst du einige Männer und Frauen aus meinem Personal und deren Kinder behandeln. Eigentlich übernimmt das immer ein von mir sehr geschätzter Baderchirurg. Leider ist er in dem neu gegründeten Krankenhaus in der Nähe von Plauen sehr beschäftigt und hat für längere Reisen wohl nur wenig Zeit. Mein Verwalter wird dir die Räumlichkeiten für die Behandlung meiner Leute zeigen. Eine geeignete Schlafmöglichkeit für dich findest du dort ebenfalls. Essen und Trinken gibt es in der Küche. Die Behandlung ist für die Kranken von meinem Schloss und vom landwirtschaftlichen Gut kostenlos. Die Bezahlung für deine Dienste erhältst du von mir." „Ich danke ihnen sehr für ihr Entgegenkommen und ihre Hilfsbereitschaft."

Sie verabschieden sich voneinander und Katarina lässt sich anschließend vom Verwalter den Behandlungsraum zeigen. Ihre zwei Pferde bringt ein Diener in den Stall und die Taschen in das Krankenzimmer. Die Tage vergehen für Katarina wie im Flug. Fast alle Männer lassen sich, als sich herumspricht dass eine hübsche Krankenschwester in Vertretung von Mertlin, dem Baderchirurg, die Behandlung übernommen hat, die Haare schneiden. Zum Zähneziehen kommen nur drei Frauen und ein älterer Mann. Alle anderen kleinen Wehwehchen sind schnell behandelt. Besondere Aufmerksamkeit widmet Katarina den kleinen Kindern.

Wieder einmal ist sie dabei, einem größeren Jungen mit aller Behutsamkeit einen Milchzahn am oberen Kiefer zu ziehen, als ein junger Bursche hereinstürmt und schreit - „Schwester, Schwester, du musst sofort kommen, mach schnell! Unser Verwalter ist vom Mistwagen überfahren worden. Dabei hat das Hinterrad sein Bein völlig zerquetscht. Seine Schreie kann man kaum ertragen. Wenn du nicht schnell kommst, wird er verbluten."

Katarina wischt dem Jungen schnell das Blut von den Lippen und flüstert ihm zu, er möchte doch morgen Vormittag noch mal herkommen. Anschließend nimmt sie sich ihre Arzttasche und eilt dem großen Kerl hinterher, der vor Aufregung keine Ruhe geben will. „He, Langer, wenn du meine Taschen tragen könntest, kommen wir schneller voran." Die Tasche wechselt den Träger und etwas zügiger geht es weiter. Das laute Gebrüll kommt aus der Nähe der Stallgebäude. Wild um sich schlagend liegt der Mann auf dem Rücken und windet sich in seinen Schmerzen. Mit keuchender Lunge kommt der Herr Graf angerannt, bückt sich zu seinem Verwalter und schüttelt nur mit dem Kopf. Mit einem Seitenblick zu Katarina fragt er sie - „kannst du ihm helfen?" „Wenn wir alle hier so stehen bleiben, eher nicht!"

Schon nimmt sie sich zwei kräftige Männer aus der herumstehenden Gruppe und schreit laut - „haltet die Beine fest – sofort! Mit sicheren Griffen bindet sie das verletzte Bein knapp unterhalb vom Knie ab. Die Blutung, die fontänenartig aus der schwerverletzten Wade schießt, hört sofort auf. „Hebt den Mann auf und tragt ihn ins Krankenzimmer, aber vorsichtig!" Sich an den Grafen wendend, meint sie - „Ich brauche sofort eine kleine Säge, zwei – besser drei Flaschen starken Alkohol, einen Eimer heißes Wasser und frischgewaschene, ausgekochte Leinentücher – und bitte schnell!" Der Graf ist schon auf dem Weg. Beim Wegrennen dreht er sich um und ruft ihr zu - „Ich kümmere mich selber darum!"

Kaum liegt der Schwerverletzte auf dem Tisch, kommt die nächste Anordnung von Katarina. „Ihr bindet das gesunde Bein und die Arme links und rechts an den Bettkanten fest, aber nicht zu strafff!" Unter das verletzte Bein baut Katarina mit einer Decke ein dickes Polster. Auf die Stirn legt sie ein Stoffpolster so, dass auch die Augen verdeckt sind. Zwischenzeitlich ist auch der Herr Graf mit drei Frauen eingetroffen. „Haben sie alles dabei?" „Es fehlt nichts!" „Gut, außer einen kräftigen Mann brauche ich hier niemand! Sie können natürlich hier bleiben. Sollte ihnen bei dem was ich tue übel werden, kann ich ihnen nicht helfen." „Weiß ich!"

Katarina schüttet zwei Flaschen Alkohol in das heiße Wasser, wischt die Säge mit einem Lappen ab und legt sie in den Eimer.
Das Gestöhne des Verwalters ist immer noch entsetzlich laut und alle im Raum können seine Schmerzen fühlen. Kurz entschlossen holt sich Katarina aus ihrer Tasche zwei passende Messer und einen Holzhammer. Eine Flasche mit Alaun und Opiumsaft, Nadel und Faden und Verbandsmaterial kommen auch noch dazu. Alles zusammen legt sie ordentlich auf einen kleinen Beistelltisch und schnauft erstmal kräftig durch. Mit einem leicht abwesenden Blick nimmt sie sich den Holzhammer und stellt sich an das Kopfende des Bettes.

„Es wird meinem Verwalter nichts nützen, wenn du ihn erschlägst, auch wenn er dann keine Schmerzen mehr haben wird." „Ich bitte sie, Herr Graf, sehe ich aus wie ein Scharfrichter?" „Viel fehlt da nicht!" „Na danke!" Katarina konzentriert sich kurz und durch einen gezielten Schlag auf den Kopf des Mannes oberhalb seiner Stirn, herrscht im Raum Ruhe. Bewegungslos und still liegt der Verwalter auf dem Bett. Schnell eine Kontrolle über seinen Pulsschlag und seine Atmung – er schläft. Und wenn er aufwacht, ist alles vorbei. Die Schmerzen nicht ganz, überlegt Katarina, aber dann zum Aushalten.

Sie nimmt sich die Säge aus dem Eimer, schaut kurz zum Grafen und eine Minute später ist der Unterschenkel oberhalb der Wade ab. Die großen blutführenden Adern bindet sie mit einem Bindfaden ab, nimmt sich die Flasche Alaun, tränkt damit ausreichend ein Leinentuch und legt einen festen Verband an. Anschließend mischt sie in einem Glas Opiumsaft mit Alkohol und wartet darauf, dass der Mann, der eben einen Teil seines Beines einbüßen musste, so Gott will, wieder aufwachen wird. Der Herr Graf hat sich wacker gehalten, obwohl seine Gesichtsfarbe deutlich gelitten hat.

„Es ist das erste Mal, dass ich das sehe. Selbst Mertlin, unser Baderchirurg, hat so eine Amputation noch nicht hier bei uns durchgeführt – wenn überhaupt. Und das von einer Frau. Ich werde ein paar Tage brauchen, bis ich das verarbeitet habe. Wo hast du das gelernt? Woher hast du diese Kenntnisse?" „Ich war eine Zeit mit einem Medicus zusammen und habe sehen können, wie das fachgerecht praktiziert werden sollte. Die „Holzhammermethode", also eine Möglichkeit, wie man den Patienten bei der Amputation ruhig stellen kann, lernte ich im Kloster zur grünen Pforte." „Auf so einen Gedanken muß man erstmal kommen." „Die meisten Verletzten sterben daran, dass sie während der notwendigen Amputation vor unerträglichen Schmerzen wild um sich schlagen und dadurch das Bein nicht fachgerecht abgenommen werden kann. Auf den heldenhaften Schlachtfeldern der Ehre, wenn sie erlauben darf ich mal lachen, sterben neun von zehn Soldaten durch das Absägen ihrer Beine und Arme nur, weil die Verletzten nicht ruhig liegen bleiben, und die Feldscher dadurch nicht fachgerecht vorgehen können. Außerdem denken sie vermutlich, was wollen die Herren Generäle mit

Soldaten ohne Beine und Arme, Entschuldigung, ich habe zu diesem Thema eine ziemlich krasse Meinung und zeitgemäß ist sie vermutlich auch nicht."

Leichtes Stöhnen lenkt sie ab – der Patient ist wieder bei vollem Bewusstsein. Mitfühlend nimmt sie das Tuch von seinen Kopf und legt ihre Han auf seine Stirn. „Wie geht es ihnen?" „Die Schmerzen sind so gut wie weg, was ich von meinem Bein nicht hoffe?" „Es tut mir aufrichtig leid, das Bein konnte ich nicht retten. Mit einer kleinen Unterschenkelprothese können sie leichte Verwaltungsarbeiten ohne körperliche Schwierigkeiten bewältigen. Glauben sie mir, es gibt schlimmere Verletzungen und ich weiß was ich sage! Ich gebe ihnen jetzt etwas zum Trinken, das ihnen die Schmerzen lindern wird und sie in Ruhe schlafen können. Keine Sorge, ich sehe ständig nach ihnen!"

Kaum ist der Verwalter eingeschlafen, löst sie die Schnur am verletzten Bein, die den Blutfluss die ganze Zeit unterbunden hat und Katarina hofft sehr, dass möglichst keine Komplikationen dadurch entstehen, die sie nicht bewältigen kann. Ein Blick auf den dicken Verband beruhigt sie, die Blutung scheint zum Stillstand zu kommen. „Könnten sie bitte eine Frau zur Beobachtung hier in das Zimmer abstellen, Hoheit? Ich würde gern in einem Baderaum verschwinden und anschließend etwas essen! Wenn sie erlauben?" „Bleib bitte hier, eine Magd wird dich abholen!" „Danke!"

Eine viertel Stunde später betreten zwei junge Frauen den Behandlungsraum. Eine von ihnen fragt Katarina, auf was sie während ihrer Abwesenheit achten sollte und was sie unternehmen muß, wenn der Verletzte dringend ihre Hilfe braucht. Katarina weist sie kurz ein und bittet sie, den Verletzten zu waschen und neue Tücher als Unterlage zu verwenden. Wenn du damit nicht allein fertig werden solltest, hol dir noch eine Frau zur Unterstützung. Sollte dringende Hilfe notwendig sein, wird die Dienerschaft im Schloss wissen, wo ich mich aufhalte. Aus einer ihrer Reisetaschen sucht sie sich saubere Kleidung und geht mit der anderen Magd in Richtung Badehaus. „Kann ich dir beim Waschen helfen, oder kommst du allein zurecht?" „Danke! Ich rufe, wenn ich dich brauchen sollte!"

Schnell ist ein großer Holzbottich mit warmem Wasser gefüllt und daneben auf einem Stuhl liegen Schwamm Seife und Handtücher. Wird der Mann ihre erste Operation überleben, denkt Katarina und seift dabei erstmal ihren Körper ein. Eigentlich, so überlegt sie, habe ich ja alles so gemacht, wie Ferdinand in so einer Situation auch gehandelt hätte. Ich werde ja sehen, wie es ausgehen wird.

Liebevoll und sehnsüchtig wandern ihre Gedanken zu ihm. Unter Tränen flüstert sie immer wieder die gleichen Worte - „wann, liebster Ferdinand, sehen wir uns wieder? Ich sehne mich so nach dir!"

Eine gute Stunde später führt sie eine Magd in den kleinen Salon, in dem bereits der Herr Graf mit einer Frau, vermutlich die Frau Gräfin, am Tisch sitzt. „Was hältst du von einer guten Tasse Kaffee und dazu leckeren Streuselkuchen aus unserer eigenen Bäckerei?" „Wenn ich darf, sage ich nicht nein!" „Du darfst! Komm und lang kräftig zu! Als Mann ist es für mich eine besonders große Freude, mit zwei außergewöhnlich begabten Frauen am Tisch zu sitzen und gemeinsam Kaffee zu trinken. Was meinst du, wird unser Verwalter die Amputation eines seiner Beine überstehen und - zwar etwas behindert, wieder richtig am täglichem Leben teilnehmen können? Er hat eine Frau und fünf Kinder. Es wäre für die Familie furchtbar, wenn er sterben müsste. Sie alle hängen sehr an ihm. Meine Frau und ich mögen ihn ebenfalls." „Wenn er sonst keine krankhaften Beschwerden hat, gibt es aus meiner Sicht keinen Grund, warum er das nicht sollte. In den nächsten Tagen, jedenfalls solange bis sich die Wunde noch nicht vollständig geschlossen hat, muß streng darauf geachtet werden, dass der Verband mindestens zwei Mal am Tag gewechselt wird. Es sollte alles vermieden werden, damit sich an dieser Stelle eine Entzündung bilden kann. Viel Bewegung mit Gehstützen – bitte nicht zu anstrengend, hilft ebenfalls den Heilungsprozess zu fördern. Zum Essen sollte ihm seine Frau viel frisches Gemüse zubereiten. Auf Fleisch und Wurst muß er nicht verzichten, aber bitte sehr wenig davon. Alkohol sollte er die nächste Zeit vollständig meiden." „Die Worte habe ich schon mal vor Jahren gehört. Es gab eine Zeit, in der es mir sehr schlecht erging. Trotz der mahnenden Worte meiner lieben Frau habe ich genau das nicht gemacht, was du eben erwähntest. Jedenfalls was das ungesunde Essen und den Alkohol betraf. Ich wurde immer dicker, müde und schließlich krank." „Und was geschah dann?" „Ich bin gestorben!" „Nein! – Sie sitzen doch vor mir." „Dank der strengen Worte eines Baders wurde ich wieder neu geboren. Wenn du willst, kannst du ihn treffen." „Ach was!? Das klingt ja fast wie ein Wunder!" „War es auch! Schau mich an! Mir geht es seit dieser Zeit wirklich sehr gut. Meine Frau ist darüber bestimmt nicht traurig." „Weißt du, liebe Katarina," flüstert die Frau Gräfin, „es gibt so bestimmte Ereignisse in einer Ehe, die leiden sehr, wenn ein Mann zu viel isst und sich mehr mit dem Wein verbindet, als mit seiner Frau. Wenn du verstehst, was ich damit sagen möchte." Und bei diesen Worten nimmt sie ihren Mann in die Arme und küsst ihn. „Ich ahne was sie meinen, Frau Gräfin!" „Zu dir, Katarina! Ich habe mir Gedanken über dich gemacht. In der Nähe von Plauen, in einem kleinen Dorf, Chrieschwitz nennt sich der Ort, haben drei Männer und eine Frau in einem alten Rittergut ein Krankenhaus gegründet und eingerichtet. Einen von diesen Männern hatte ich in unseren Gesprächen bereits erwähnt. Er ist ein Baderchirurg! Zwar schon älter, aber noch sehr rüstig und immer voller Ideen. Mit ihm zusammen sind ein jüngerer Mönch, ich glaube er heißt Lynhart, eine Gutsherrin und ihr Verwalter. Alle vier haben sich zur Lebensaufgabe gestellt, ein Krankenhaus zu führen, das der dortigen Landbevölkerung eine echte Hilfe für Kranke und Bedürftige sein soll. Ich kann mir gut vorstellen, dass du, bei den Fähigkeiten über die du verfügst und über die medizinischen Kenntnisse die du bereits hast, in diesem Haus gern willkommen sein wirst. Was hältst du davon?" „Danke, ich nehme ihren Vorschlag gerne an. Es ist mehr als ich erhoffen konnte. Sollte ich in diesem Krankenhaus aufgenommen werden, wird es die Erfüllung meines Lebens auf unserer Erde sein. Ihren Hausverwalter würde ich noch ungefähr drei Wochen pflegen und unter Beobachtung halten. Danach reite ich nach Chrieschwitz zu diesem Krankenhaus." „Damit wären wir einverstanden, Katarina! Ich habe dir ein Begleitschreiben vorbereitet, damit Mertlin nachlesen kann, was für eine fähige Frau zu ihnen kommt. Du wirst dich ganz sicher in dieser Gemeinschaft wohlfühlen. Reichen drei Wochen aus um zu sehen, dass keine ernsthaften Komplikationen bei meinem Verwalter auftreten werden?" Ich denke schon! Wenn nicht, bleib ich noch ein paar Tage länger, so sie damit einverstanden sind." „Bin ich! Meine Entscheidung lege ich in deine Hände!" „Danke für den guten Kaffee und für den leckeren Kuchen. Ich entschuldige mich für meinen Aufbruch, ich möchte nach dem Verletzten sehen." Schon will sie im Knie versinken, als er sie wieder, wie schon beim ersten Mal, festhält. „Das kannst du bei uns im Schloss weglassen. Danke für alles, was du hier geleistet hast. Wir sehen uns morgen!"

Neunzehn Tage sind bereits vergangen und der Beinstumpf ist, dank der intensiven Pflege von Katarina schon sehr gut verheilt. Der Frau des Verwalters gibt sie noch ein paar Ratschläge, wie sie die Behandlung fortsetzen sollte und verspricht ihr, dass sie im Herbst wieder herkommen wird. Der Herr Graf muß die letzten Worte gehört haben und meint - „Das hoffe ich von dir, Katarina! Mertlin ist nicht mehr der Jüngste und für ihn sind so lange Reisen, bis hierher nach Hoheneck, ziemlich anstrengend. Er wird bestimmt nicht traurig darüber sein, wenn du ihm diese Arbeit abnehmen könntest. Seit er sich unsterblich in seine Freundin Sieglinde verliebt hat - zwischenzeitlich haben sie geheiratet und drei Kinder in die unruhige Welt gesetzt - ist er nur noch im Krankenhaus und bei seiner Familie. Jetzt ruh dich aus, morgen bringen dich meine Männer sicher nach Chrieschwitz." „In Weimar erzählte man mir, dass hier im Süden von Deutschland keine kriegerischen Kämpfe mehr wären?" „Das stimmt nur teilweise, Katarina. Richtige Schlachten haben wir nicht mehr, Gott sei Dank, aber kleine Gruppen von Soldaten und Räuberbanden treiben nach wie vor ihr Unwesen hier in Sachsen und im Vogtland. Besser du reitest unter dem Schutz von meinen bewaffneten Männern – sicher ist sicher!" „Danke für ihre Fürsorge, Hoheit. Ich werde noch einen Blick auf den Verwalter werfen und mit seiner Frau ein paar Rezepte für die weitere Behandlung besprechen. Danach verkrümle ich mich in mein Bett. Ich habe morgen eine lange Reise vor mir. „Einverstanden!"

Am nächsten Tag packt sie ihre Sachen zusammen, lässt alles auf ihre zwei Pferde verfrachten, die sie sich von einem Stallknecht holen lässt und verabschiedet sich vom Hauspersonal und von den Mägden und Knechten aus dem Gutshof. Gut versorgt mit allem was sie auf der Reise braucht, verspricht sie dem Herrn Grafen und seiner Frau, der Gräfin Truthilde zu Hohenstein, dass sie ganz bestimmt Anfang Oktober für zwei Wochen zum Schloss nach Hoheneck kommen wird.

Der Graf und auch die Gräfin nehmen sie liebevoll in die Arme und wünschen ihr eine gute Reise. „Vergiss uns nicht und besuch uns im Herbst!" Ruft ihr die Gräfin Truthilde noch nach. „Ganz bestimmt nicht! Ich komme wie versprochen und freue mich darauf!"

Gut beschützt von zehn schwerbewaffneten Reitern aus der Wachmannschaft des Grafen erreicht sie nach sechs Tagen das Rittergut zu Chrieschwitz, in der Nähe der kleinen Stadt Plauen. Zwei Männer aus der Mannschaft nehmen ihre Sachen von den Pferden und schaffen erstmal alles in die große Eingangshalle im Schloss. Der Hauptmann der Schutztruppe verabschiedet sich und wünscht ihr alles Gute. „Wir sehen uns ja im Oktober wieder. Wenn wir sie abholen sollen, schreiben sie uns eine Nachricht. Wir kommen bestimmt." „Danke, ich melde mich wenn es soweit ist."

Katarina winkt ihnen noch lange nach und wendet sich dann dem Hause zu. Eine ältere Frau, in der Kleidung einer Krankenschwester, kommt auf Katarina zu und fragt zu wem sie möchte und ob sie ihr helfen kann. „Bring mich bitte zu Mertlin, dem Baderchirurg, oder sollte er nicht da sein, zur Baronin Christina zu Kneisel." „Wen darf ich melden?" „Mein Name ist Katarina, ich bin Krankenschwester."

Fünf Minuten später sitzt sie in einem kleinen Büro und wartet auf die Dinge die da kommen sollen. Ein paar Minuten muß sie sich gedulden, bis Mertlin mit seiner großen, kräftigen Figur und seiner grauen Kopfmähne in der Türe steht. „So, du bist also eine Krankenschwester? Dann erzähl doch mal einem alten Mann, wie du da hineingeraten bist."

Es dauert eine Stunde, bis sie ihre Lebensgeschichte geschildert hat. Als sie damit fertig ist, drückt sie ihm das Begleitschreiben des Grafen Hugo von Hohenstein zu Hoheneck in die Hand. Mertlin nimmt sich bedächtig das Schreiben und liest es in Ruhe durch. Sein Gesicht bekommt einen völlig anderen Ausdruck, als bei der Begrüßung. Anerkennung und Achtung spiegeln sich in seinem Gesicht wider. „Warum kommst du ausgerechnet zu uns?" „Es kann auch Zufall sein, vielleicht? Ich denke, es ist Gottes Wille! Außerdem würde ich kranken Menschen helfen, so ich kann." Mertlin steht auf, nimmt sie an der Hand und meint - „Komm mit, ich will dir einen Menschen zeigen, der uns besonders am Herzen liegt. Er stürzte vor zwei Wochen vom Pferd und fiel in Ohnmacht. Seit dieser Zeit bemühen wir uns, ihn wieder aus dieser anderen Welt zu holen. Es will uns nicht gelingen! Es scheint, als sei er tot! Ist er aber nicht. Weißt du einen Rat?" „Meine Sachen stehen noch in der

Halle." „Das hat Zeit, die nimmt dir keiner weg." „Meine Medizin-
tasche ist auch dabei!" „Ach so, die holen wir!"

Als sie beide am Bett des scheinbar toten Mannes stehen, über-
kommt Katarina ein eigenartiges Gefühl. So als ob ihre geheimnisvolle innere Stimme zu ihr sprechen wollte. „Wer ist das?" Fragt sie
Mertlin. „Es ist Lynhart, der Mönch. Ich kenne keinen Mann unter
Gottes freiem Himmel, der so viel Gutes tun kann und schon getan
hat." „Lasst mich bitte eine Woche mit ihm allein – bitte! Habt ihr
ein Bett für mich?" „Du wirst in einem eigenen Zimmer schlafen.
Komm bitte mit! Deine Sachen lass ich dorthin schaffen. Jetzt
absolvieren wir einen Besuch bei unserer Frau Baronin und ihrem
Verwalter. Seit dem ihr Ehemann von einem unglücklichen Bräutigam in die Hölle geschickt wurde, haben die beiden ein inniges
Verhältnis miteinander." „Warum wurde ihr Mann ins Jenseits befördert? So angenehm soll es dort möglicherweise gar nicht sein."
„Du kennst sicherlich die alte Marotte des Adels, auf das Recht der
ersten Nacht zu bestehen. Das hat der alte Esel auch praktisch an-
gewendet. Die Braut hat sich danach in den Dorfteich gestürzt und
sich das Leben genommen." „Das ist ja furchtbar, Mertlin. Wie
kann sich ein alter Mann gewaltsam an einer jungen Frau vergrei-
fen, die einem anderen Mann bereits als Braut zugesprochen war.
Außerdem könnte sie ja seine Tochter sein. Bei uns im Dorf haben
die Brautväter eine Steuer an den Gutsbesitzer zahlen müssen, das
war alles." „Das hätte der alte Hurenbock auch so anordnen sollen.
Zurück zur Frau Baronin und ihrem Liebhaber! Sie hat die wirtschaftliche Leitung für unser Haus und klagt, wie sollte das anders
sein, ständig über einen akuten Geldmangel. Genug der Meckerei!
Gehen wir in ihr Heiligtum!"

Mertlin und Katarina betreten das Büro der Frau Baronin und nehmen auf den bereitgestellten Stühlen Platz. Die Frau, denkt Katarina, gehört eigentlich nicht hierher, so wie sie aussieht. Na - egal, sie
wird schon ihre Gründe haben.

Mertlin berichtet der Baronin ausführlich, was Katarina an Wissen und Fertigkeiten zur Krankenpflege einbringen kann und warum sie hier im Hause arbeiten möchte. Das Begleitschreiben des Grafen legt er ihr auf den Tisch.

„Ja, gut mein Kind, grundsätzlich freuen wir uns über jede Frau oder Mann, wenn sie uns bei der Arbeit fachkundig helfen können. Und so wie Mertlin berichtet, und wie es vermutlich auch in dem Schreiben des Grafen zu lesen sein wird, bist du eine Bereicherung für unser Krankenhaus. Was die Bezahlung betrifft, so müssen wir uns derzeit noch etwas zurückhalten. Die Zuschüsse der Stadt Plauen, als auch die vom Kloster Auerbüchel fließen spärlich und die Behandlung von kranken Menschen kostet viel Geld."

Katarina kramt eine Weile unter ihrer Kleidung und holt einen größeren Beutel aus einem Versteck. Vorsichtig öffnet sie den komplizierten Verschluss und legt den kostbaren Schmuck - ihr Hochzeitsgeschenk von Ferdinand - auf den Tisch. „Würde das helfen, die wirtschaftliche Lage des Krankenhauses nachhaltig für eine gewisse Zeit zu verbessern?"

Man braucht nur in die Augen der Baronin zu sehen um zu wissen, was Katarina für ein beachtliches Vermögen auf den Tisch gelegt hat. Mertlin kennt diesen Blick aus weit zurückliegenden Zeiten. „Es ist das Hochzeitsgeschenk meines Verlobten, Ferdinand Freiherr vom Rothenanger. Er verstarb an einem heimtückischen Leiden. In Fachkreisen bezeichnet man das als „Schneeberger Krankheit". Sein Leben war nicht zu retten." „Ich habe von dieser Erkrankung gehört, mein Kind. Sie kommt im Erzgebirge häufig vor und endet immer mit dem Tod. Es tut mir aufrichtig leid, Katarina, wirklich! Wenn du bereit bist, den kostbaren Schmuck in das Vermögen des Krankenhauses einzubringen, wirst du damit die fünfte Mitbesitzerin an diesem denkwürdigen Schloss und seiner so wichtigen Verpflichtung. Mein lieber Diethelm!" Und damit wendet sie sich an ihrem Verwalter und Geliebten. „Hast du noch einen guten Tropfen im Keller? Wir sollten uns ein Glas Wein für so einen segensreichen Tag bewilligen." „Ich denke schon! Bin gleich wieder zurück!"

Es wird noch eine gesellige Runde und vieles wird besprochen, was sie noch alles erreichen wollen und auch können. Müde sinkt Katarina in ihr Bett, zumal sie zuvor schon feststellten konnte, dass ihre Sachen ordentlich in den Kleiderschränken verstaut wurden.

Eine geistige Stimme versucht mühsam in ihren wilden Träumen Beachtung zu finden - ständig und immer wieder. Endlich scheint sich was bei Katarina zu regen.

„Sag mal, hat dich das Glas Wein völlig beduselt. Ich rufe seit einer geschlagenen Stunde nach dir." „Du bist das, meine liebste innere Stimme? Ich habe dich wirklich nicht bemerkt, verzeih mir." „Kein Wunder, wenn du gemeinsam mit Ferdinand nur so gewisse Sache im Kopf hast." „Wenn du mir verrätst, wie ich mit ihm hier im Bett kuscheln könnte, lass ich die Träume sein." „Katarina bitte! Es ist schon so schwer für uns beide!" „Verzeih mir, aber die unbändige Sehnsucht nach Ferdinand ist für mich manchmal selbst nicht zu zügeln. Wie geht es meinem Liebsten?" „Ferdinand ist seit einer Woche, jedenfalls wenn man die Zeit der Erde nimmt, in unserer großen Seelengemeinschaft angekommen und wird sich in den nächsten Jahren erstmal richtig einfühlen müssen. Das benötigt seine Zeit. Sein Herz und seine Gefühle sind ja in zwei Welten. Bei dir und in der Seelengemeinschaft. Dort werdet ihr euch auch treffen und gemeinsam mit vielen anderen Seelenleben, die so empfinden wie du und Ferdinand, ein geistiges Leben beginnen." „Heute war für mich ein eigenartiger Tag. Ich meine nicht die Eindrücke, das Haus und die neuen Gesichter." „Habe ich gemerkt! Noch zwei Gläser von dem Wein und du hättest mich mundtot gemacht." „Wieso mundtot? Es war doch recht lustig!" „Alkohol ist für einen besonders empfindlichen Geist, so wie bei mir, denkbar ungünstig. Er versperrt mir den Weg zu deinen Gedanken und Gefühlen. Keine Sorge, bei den wenigen Gläsern die du im Jahr zu dir nimmst, kann ich das verkraften. So, zurück zu deinem schönen Tag.

Was wolltest du mir sagen oder was meintest du noch, wenn es nicht die vielen neuen Eindrücke gewesen wären?" „Es hört sich vielleicht verrückt an! Ein Baderchirurg, Mertlin heißt der Mann, brachte mich zu einem Kranken, der schon seit Wochen ohne Bewusstsein im Bett liegt. Er soll ein Mann mit besonderen Begabungen sein, sagt man." „So, so – dann erzähl mal weiter." „Für wenige Minuten schien es mir so, als würde ich seine Gedanken erkennen, seine Gefühle spüren und – seinen Namen hörte ich auch. Er nennt sich Lynhart! Sag mir bitte, was bedeutet das? Ich kann das nur schwer verstehen. Bitte hilf mir! Oder darf ich dich darum noch nicht bitten? Bin ich dafür noch nicht innerlich genug gefestigt?" „Sprich ruhig weiter, ich höre dir zu!" „Als ich seine Hand hielt, vermeinte ich ganz leise seine Stimme zu hören." „Und was soll ich dir zugeflüstert haben, liebe Katarina?" „Nein, meine liebe innere Stimme, du warst das nicht!" „Ach so und wer dann?" „Ich bitte dich, woher soll ich das wissen? Du bist doch ich, hast du jedenfalls gesagt." „Hast du vergessen, dass wir eine sehr große Seelengemeinschaft sind?" „Nein! Und was tust du dann bei Lynhart." „Ich werde versuchen, dir das zu erklären. Lynhart ist in seinem ganzen Wesen ein Mensch, der die Ungerechtigkeit, die zwischen den verschiedenen Menschengruppen ihr schlimmes Spiel treibt, als böse Kraft und verwerfliche Energie sieht, sowie: Neid, Gier und Hass.- Die drei aller „Übelsten" die es geben mag. Mit seiner Kraft, mit seinem großen Wissen über das Verhalten von Menschen und mit seiner unbändigen Liebe zur Schöpfung in seinem Herzen, bemüht er sich Tag für Tag dieses große Übel für die Menschheit zu verringern. Wieder zu deiner Frage! Was tue ich bei ihm? Lynhart muß erkennen, dass es nicht seine Aufgabe hier auf der Erde ist, all seine Anstrengungen darauf zu konzentrieren, die Menschen so ändern zu wollen, damit sie in Frieden und in Liebe miteinander leben. Ich muß dir ja nicht erklären, was die Schrecken des Krieges für furchtbares Leid bei vielen Familien hinterlassen. Du weißt das selbst aus eigenen schlimmen Erlebnissen. Die Menschen in ihrem Verhalten zu ändern ist nicht möglich. Man kann es vorübergehend zum Guten oder Bösen bewegen, aber grundsätzlich ändern wird sich das nicht - es ist unmöglich!

Jeder, ob Mann oder Frau, sucht sich den Sinn für sein Leben. Und nur das, liebe Katarina, bestimmt sein Handeln - das ist so!

Der Mensch selber ist geschaffen worden, um in einem universellen Großen und Ganzen einen bestimmten Zweck zu dienen. Dein gesamtes Handeln besteht jetzt schon aus einer grenzenlosen Kraft der Liebe. Du solltest, so du dazu bereit bist Lynhart für die Zeit hier auf der Erde einen Teil deiner Liebe schenken. Möglicherweise wird er sich dann mehr auf sein eigenes Handeln konzentrieren und den richtigen Weg für sich selbst finden." „Du meinst damit nicht, dass ich ihn heiraten und eine Familie mit vielen Kindern gründen soll?" „Kannst du dich noch an das Gespräch über die Zukunft mit ihren vielen Gesichtern erinnern?" „Ich weiß, was du mir sagen willst!" „Lass das, was geschehen will so sein, Katarina. Dein Platz bei Ferdinand wird das weitere Leben in einem anderen Universum bestimmen. So, und jetzt muß ich dich verlassen."

Katarina spürt bereits dieses leise Ziehen, das entsteht, wenn sich ihre innere Stimme zurückzieht und ruft ihr noch schnell hinterher - „Warte! Was wird mit uns hier im Krankenhaus noch alles geschehen?" „Mach dir darüber keine Sorgen, Katarina. Die Arbeit mit den kranken und pflegebedürftigen Menschen in eurem Krankenhaus wird euch bestimmt nicht ausgehen und alt werdet ihr auch alle, sehr alt!" So leise wie es ihre innere Stimme in eine andere Welt zieht, so wehen ihre aufgewühlten Gedanken in eine liebevolle Traumwelt. Eine Welt, in der sie ohne Angst mit Ferdinand zusammen sein kann. Die Zeit wird zeigen, welche Aufgaben sie als Mensch auf der Erde erfüllen soll und Lynhart ist möglicherweise eine davon. Wer weiß schon, was alles so geschehen wird?

Sollte jemand von den Schlossbewohnern an ihrem Zimmer vorbeikommen, würde er oder sie nur leise Schlafgeräusche hören.

Im dritten Teil – „Der Mönch Lynhart und die Krankenschwester" trifft der Leser wieder auf die gesamte Schlossfamilie. Nicht nur - aber auch! Der Roman wird Ende März 2017 im Buchhandel erscheinen.

Viele spannende Lesestunden wünscht Ihnen – Dietmar Dressel.

Der Autor

Es kommt die Zeit, da rückt das 65. Lebensjahr in greifbare Nähe endlich - denkt man erleichtert - in Pension. Soweit so gut! Es dauert nicht lang, und man feiert im Kreise der Familie den 66. Geburtstag und stellt dabei mit zunehmender Ungeduld fest, dass so ein Tag, mit seinen 24 Stunden, ziemlich lang sein kann.

Familie, Enkelkinder, Faulenzen, Reisen und gelegentliche botanische Experimente bei der Gartenarbeit reichen nicht mehr aus, um den Tag ein interessantes Gesicht zu geben - was tun? An dieser Frage kommt man nicht mehr vorbei, möchte man nicht den Rest seines Lebens auf der Couch und vorm Fernseher verdösen. Warum, so fragte ich mich, die vielen Gedanken und Ideen, die sich im Laufe eines Lebens gesammelt haben überdenken und - so möglich, schriftlich verarbeiten. Kaum sind solche Gedanken zu Ende gedacht, entwickelt sich dafür die notwendige Initiative - ein Literaturstudium muss her, denkt sich der Kopf, ohne an den Körper zu denken, der ist ja bereits 66 Jahre alt. Diese drei Studienjahre waren es, die mir zeigten, dass das kreative Schreiben kein dunkles Geheimnis bleiben muss, so man sich bemüht es zu lüften. Und noch etwas half mir sehr, das Schreiben ernsthaft anzupacken - das geistige in sich "Hineinhören" um mit dem Bewusstsein und seiner inneren Stimme Gespräche zu suchen. Viele meiner Bekannten und Leser fragen mich, wie machst du das, in so kurzer Zeit so viele Bücher zu schreiben? Ehrlich gesagt, ich kann mir diese scheinbar einfache Frage nicht mal selbst beantworten. Ich glaube, es ist meine innere Stimme, die ständig mit mir diskutieren möchte. Und so fließen die Gedanken, wie von Geisterhand gelenkt, schon fast von allein in die Tastatur meines Computers.

Meiner Frau, meinen Kindern und Enkelkindern habe ich viel zu verdanken. Sie geben mir die Kraft und die Ruhe um zu schreiben. Und das ist es, natürlich nicht nur, was meine Gedanken, mein Bewusstsein und mein Weltbild nachhaltig so wohltuend inhaltsreich beeinflusst.

Das, was ich schreibe ist möglicherweise nicht immer leicht zu verdauen, soll auch nicht so sein. Ich möchte auch nicht der "Besserwisser" sein, oder Derjenige, der alles richtig und wahrhaftig beurteilt. Beileibe nicht - wirklich nicht, ganz ernstlich!!! Wenn es mir in meinen Romanen mit seinen unterschiedlichen Themen und Inhalten gelänge, Nachdenklichkeit zu wecken, aus der sich möglicherweise Fragen entwickeln, wäre ich ein glücklicher Schreiberling und Autor.

Denn sie sind es doch, die helfen, dass wir uns weiter entwickeln können. Und wer will schon in seinem Leben auf der Stelle treten? Das glaube ich auch nicht!!!

Bücher mit Inhalten wie bei Noah Gordon, (der Medicus) und Jostein Gaarder (Sofies Welt) beflügeln meinen Geist.

Eigentlich bin ich ein typischer Zahlenmensch - beruflich geprägt und liebe das Rationale - natürlich nicht nur! Was mich selbstverständlich nicht davon abhält, die Tiefen meiner Seele zu ergründen, das Glück und den Schmerz meines Herzens mit allen Fasern zu fühlen und der sehr, sehr leisen Stimme des Bewusstseins, wenn die Zeit dafür da ist, zuzuhören.

www.dietmardressel.de

Mehr Informationen unter BoD Verlag

Folgen Sie mir auf Twitter

Die DDR in den siebziger Jahren. Viele führende Politiker leben in Saus und Braus. Die Stasi und der Polizeiapparat sorgen mit den dazu passenden Einrichtungen für Angst, Terror und Gewalt, schlimmer als die Inquisition im Mittelalter. Die Denunziation der Menschen untereinander blüht in allen Farben, die Masse des Volkes bedient sich hemmungslos am Volksvermögen und verweigert zunehmend die Arbeitsleistung. Die Wirtschaftsleistung und die Staatsfinanzen werden nur noch durch den Verkauf von Menschen, und durch die massive, wirtschaftliche und finanzielle Unterstützung der BRD aufrechterhalten und abgesichert.

Der Untergang dieses Systems in der DDR ist bereits erkennbar, und viele Bürger sind verzweifelt auf der Suche, einen Ausweg für sich selbst und ihre Familien zu finden.

Zwei junge Menschen lernen sich kennen, verlieben sich und wollen ihr gemeinsames Leben in einem Land verbringen, in dem sie frei von politischen Zwängen sind. Was die beiden auf diesem sehr gefährlichen Weg erleben und erleiden müssen, ist die Hölle und das Grauen an sich. Verwundet und schwer verletzt an Seele, Geist und Körper, erreichen sie nur mit großen Mühen ihr Ziel.

Das Buch verspricht viel hochgradige Spannung, in einer Atmosphäre voller Liebe, Schmerz, Leid und Hoffnung.